E. Bloch
Verbrechen und Liebe

SEVERUS

Bloch, E.: Verbrechen und Liebe. Berühmte Kriminalprozesse
Hamburg, SEVERUS Verlag 2013

ISBN: 978-3-86347-599-4

Druck: SEVERUS Verlag, Hamburg, 2013

Der SEVERUS Verlag ist ein Imprint der Diplomica Verlag GmbH.

Bibliografische Information der Deutschen Nationalbibliothek:
Die Deutsche Nationalbibliothek verzeichnet diese Publikation in der Deutschen Nationalbibliografie; detaillierte bibliografische Daten sind im Internet über http://dnb.d-nb.de abrufbar.

Verbrechen und Liebe

von

E. Bloch

Vorwort:

Dies Buch will — ~ —
Dies Buch soll — — —
Nichts von alledem!

Es ist ein Griff mitten hinein in die Geschichte der Menschheit, wo sie am menschlichsten ist: im Bereiche des Dämons Liebe; wo sie phantastischer und romanhafter ist, als es je eines Dichters Phantasie uns glaubhaft machen könnte; wo sie erschütternder wirkt, als die tragischen Schicksale einer Dichtung: denn die Menschen, die hier vor uns treten, haben wirklich unter des Henkers Beil ihr Leben gelassen oder haben, um der sündigen Liebe willen, im finstern Kerker schmachten müssen. Wir können uns nicht bei dem Gedanken beruhigen: es sind ja nur Geschöpfe des Dichters, die wir leiden sehen.

Mord folgt auf Mord. Bluttat auf Bluttat. Und doch: hinter allem, riesengroß, die Allbeherrscherin der Welt, die Liebe. Opfer der Liebe sind sie alle, die hier vor uns treten: Mörder wie Gemordete. Auch nicht einer von ihnen allen ist ein geborener Verbrecher; schuld- und fleckenlos sind sie durch das Leben hindurchgegangen, tüchtige oder weniger tüchtige Menschen; keinem ward ein Verbrechen zugetraut.

Und befleckten alle ihre Hände mit Blut, mit dem Blute des Gatten oder der Gattin, der Geliebten, des neugeborenen Kindes, des Freundes!

Wer will Richter sein über die Gerichteten?

Wer will den ersten Stein werfen auf die Vernichteten?
Wer will an seine Brust schlagen und rufen: ich hätte nie in die Irre gehen können wie diese Verblendeten?
Großes wirkt die Liebe: Aufbauerin und Zerstörerin zugleich der Menschheit. Begleiten wir sie hier auf ihrem Zuge der Vernichtung, so spüren wir hinter ihrer Allgewalt doch zugleich: daß sie auch die Macht besitzen muß, wie das Schlechte, so das Beste und Edelste im Menschen zur Entfaltung zu bringen.
Und wir beugen uns demütig vor ihrer Majestät.

Berlin, Frühjahr 1914.

E. Bloch.

Die Nonne von Monza.

Die anziehend geschilderte, interessante Episode, in welcher die Signora di Monza, auch Gertrud genannt, als Beschützerin einer Braut Lucia und deren Mutter auftritt, wird vielen Lesern aus dem Buche „Die Verlobten von Manzoni“ bekannt sein. Die Geschichte jener Signora selbst ist tragisch genug. Aus einer fürstlichen Familie entsprossen, wird sie als ganz junges Mädchen von ihrem Vater für das Leben im Kloster bestimmt. Sie widerstrebt, weil sie weder Neigung noch Lust hat, ihre Jugend hinter den Klostermauern zu vertrauern, in dem unabänderlich fest geregelten Laufe eines jeden Tages, eingeschränkt durch eine Hausordnung, die stets dieselbe bleibt, ihren Willen brechen, ihr Fleisch abtöten zu lassen.

Sie weiß es wohl: ihr Vater ist ein unbeugsamer Mann, den Tränen nicht rühren, den Widerspruch nur hartnäckiger macht. Dennoch hofft sie, dennoch traut sie sich zu, stark genug zu sein, um noch im entscheidenden Augenblicke, unmittelbar vor der Einkleidung als Nonne, ihre Zustimmung zu versagen. Als aber die Stunde herankommt, da sie, umgeben von ihren Angehörigen und den Dienern und Dienerinnen der Kirche, gefragt wird, ob sie bereit sei, das Gelübde abzulegen und eine Braut Christi zu werden, da bebt sie in mädchenhafter Scheu zurück vor der Szene, die ihr Nein hervorrufen würde, vor dem Zorne des strengen Vaters. Mit blutendem Herzen spricht sie das Ja, welches jedermann von ihr zu hören erwartet.

Allein sie hat sich das Verständnis bewahrt für den Zwiespalt, den das Klosterleben so leicht in dem Gemüte eines jungen Mädchens erzeugt, welches entsagen muß, wo es genießen möchte, welches Bußpsalmen singen soll, während ihm Lieder der Lust und der Freude auf den Lippen schweben, welches eine irdische Liebe in der Brust hegt und doch sich dem Himmel verlobt hat. Gertrud gestattet den Raub ihres Schützlings, der Lucia, aus dem Kloster, eben weil sie selbst jenen inneren Kampf durchgemacht hat, weil sie es versteht, daß nicht jede Natur stark genug ist, dieses Joch zu ertragen. Sie bedient sich der Hilfe des Egidio, der sodann im Laufe der Geschichte eine verhängnisvolle Rolle spielte.

Die Geschichte dieser Gertrude beruht auf einer wahren Begebenheit; der gegen sie eingeleitete Kriminalprozeß gehört zu den berühmtesten des 17. Jahrhunderts; liegen uns auch die Akten nicht vollständig vor, so sprechen doch gerade die erhaltenen Bruchstücke eine über alles beredte Sprache, und gefesselt verfolgen wir den Prozeß von Anfang bis zum Ende; denn es wird uns an einem Beispiel das Leben und Treiben in den Klöstern damaliger

Zeit deutlich illustriert und auch über das Verbrechen, dessen die Nonne von Monza, ihre Gehilfinnen und ihr Verführer sich schuldig gemacht haben, sowie über die kriminalgerichtliche Prozedur, die freilich wunderlich genug gewesen sein muß, erhalten wir einen wenigstens einigermaßen genügenden Aufschluß.

□

Das Kloster, in welchem die Geschichte spielt, ist das Kloster di Santa-Margherita zu Monza, in dem besonderen Quartier di Agrate. Es gehörte dem Orden der Humiliatinnen. Dieser Orden war im Jahre 1134 gestiftet worden, und zunächst nur für Männer von italienischer Abkunft und von Adel, welche Kaiser Lothar II. nach Deutschland geschickt, und nachdem sie ihren Gehorsam und ihre Demut bewiesen, wieder entlassen hatte mit den Worten: „Denique humiliati estis." Sie nannten sich mit Bezug hierauf Humiliati, stellten sich 1151 unter die Regel des heiligen Benediktus und wurden im Jahre 1200 vom Papste Innozenz III. förmlich bestätigt. Im Laufe der Zeit erwarb der Orden große Reichtümer, insbesondere auch Grundbesitz von bedeutendem Werte. Die Folge davon war, daß die Humiliaten trotz ihres Namens sehr übermütig wurden und sich einem üppigen, schwelgerischen Leben ergaben. Der Erzbischof Carlo Borromeo von Mailand, jener gelehrte und fromme Kirchenfürst, der nachmals heilig gesprochen wurde, griff energisch ein und setzte beim päpstlichen Stuhle die Reform des entarteten Ordens durch. Die Chorherren gerieten darüber so in Zorn, daß einer von ihnen, Namens Farina, am 26. Oktober 1569 in einer Kapelle des Doms zu Mailand während des Gottesdienstes einen Schuß auf den Erzbischof abfeuerte und ihn zum Glück nur leicht verwundete. Der Papst Paul V. hob deshalb den Orden im Jahre 1576 gänzlich auf. Schon früher waren auch Klöster der Humiliatinnen entstanden, die einer ähnlichen Regel folgten wie die der Humiliaten. Sie wurden durch das päpstliche Dekret, welches wir oben erwähnt haben, nicht berührt und bestanden fort, auch nachdem die Klöster der Männer eingegangen waren. Das diesem Orden gehörige Kloster in Monza ist, wie schon erwähnt, der Schauplatz unseres Prozesses, dessen Beginn in das Jahr 1607 fällt. Um diese Zeit herrschte die spanische Linie des Hauses Habsburg über das Herzogtum Mailand. König Philipp III. (1598 bis 1621) hatte als Statthalter Don Pietro Enriquenz de Acevedo di Fuentes eingesetzt. Er sah es nicht ungern, daß spanische Granden in größerer Zahl sich nach Mailand begaben und dort niederließen. Auch die navarresische Familie de Leyva war dorthin gezogen und mit dem Bezirke, in welchem das Kloster di Santa-Margherita lag, beliehen worden.

10

Noch jetzt ist eine Urkunde vom 26. Dezember 1596 vorhanden, laut welcher die Schwester Virginia Maria Leyva, auch Principessa del Borgo e del monastero genannt, in Vertretung ihres Vaters, des Don Martino de Leyva, das Recht verleiht, im Flusse Lambro bei Monza zu fischen. Dieser ebengenannte Don Martino de Leyva war ein stolzer Herr, der den Prunk liebte und alles aufbot, um die Würde und den Glanz seines Hauses zu erhalten und zu mehren. Damit das große Vermögen in einer Hand bleiben sollte, hatte er seine einzige Tochter Virginia gezwungen, den Schleier zu nehmen. Sie war in das Kloster der Humiliatinnen zu Monza eingetreten und hatte, 21 Jahre alt, den Profeß abgelegt. Ausgezeichnet durch vornehme Geburt, durch ungewöhnliche Schönheit und durch reiche Geistesgaben, gewann sie sehr schnell die Herzen der anderen Nonnen. Binnen kurzem hatte sie sich eine Stellung erobert, wie solche vor ihr keiner Bewohnerin des Klosters jemals eingeräumt worden war; selbst die Äbtissin fügte sich ihren Wünschen, und ungestraft durfte sie die Hausordnung und die strengen Ordensregeln übertreten. Aber diese Freiheit wurde ihr Verderben. Die keusche Nonne knüpfte Bekanntschaft an mit einem jungen Manne, der in der Nähe des Klosters wohnte, sie vermittelte, daß er heimlich Zutritt im Kloster erhielt, nahm ihn endlich sogar mit in ihre Zelle und knüpfte ein

Liebesverhältnis an, welches mehrere Jahre von ihr
unterhalten wurde und nicht ohne Früchte blieb.
Ihr Fehltritt ließ sich nicht verbergen, obschon ihr
Geliebter kein Mittel scheute und sogar zum Mörder
wurde, um die Zeuginnen ihres verbrecherischen
Wandels für immer stumm zu machen. Der Prozeß,
welcher auf Befehl des Kardinals Federigo Borromeo, eines Vetters von Carlo Borromeo, der damals Erzbischof von Mailand war und die Gerichts-
barkeit über das Kloster besaß, eingeleitet wurde,
brachte es an den Tag, daß die Humiliatinnen von
Monza gleich liederlichen Dirnen gelebt und in scham-
loser Weise Unzucht getrieben hatten, daß das
Kloster nicht eine Stätte demütiger Entsagung und
frommer Empfindungen gewesen war, sondern ein
Ort, wo Lüge und List, Buhlerei und Brutalität ge-
herrscht hatten.
Am 27. November pochte der apostolische Protonotar und Kriminalvikar der erzbischöflichen Kurie
zu Mailand, Girolamo Saraceno, an die Pforte des
Klosters und begehrte sofortigen Einlaß. Er war
versehen mit einem Schreiben des Erzbischofs Borromeo, welches ihn ermächtigte, in Begleitung eines
Notars sich in das Kloster zu verfügen, dessen Tür
der Regel gemäß für gewöhnlich jedem Manne verschlossen blieb, und dort Verhöre vorzunehmen. Im
innern Sprechzimmer erschien vor ihm zunächst die
Priorin Angela Margherita, in der Welt Angela

Sacchi genannt, um als Informationszeugin ihre Aussage zu erstatten. Sie leistete einen feierlichen Eid auf das Evangelienbuch und wurde hierauf in italienischer Sprache, in welcher überhaupt die Protokolle, die Urteile und alle zu den Akten gekommenen Schriftstücke abgefaßt sind, gefragt: ob sie wisse oder vermute, aus welchem Grunde die Deputation in das Kloster gekommen sei? Sie antwortete: „Ich denke wegen des Verdachts, daß Signor Giampaolo Osio in dieses Haus eingedrungen sei." Aufgefordert, sich näher über diesen Signor Giampaolo und über sein Verhältnis zum Kloster zu erklären, erklärte die Priorin: „Er ist ein Glied der angesehenen adeligen Familie degli Osii, welche ihre Wohnung nahe bei dem Kloster hat. Einige Nonnen haben geäußert, daß der genannte Signor wiederholt in das Kloster gekommen sei; sie wollten ihn gesehen haben. Andere schöpften Verdacht um deswillen, weil seit dem letzten Allerheiligenfeste die Speisen bald früher, bald später als gewöhnlich in die Zellen der Schwestern Ottavia Ricci, Silvia Casati und Benedetta Homati getragen wurden. Diese drei Schwestern sind sehr befreundet mit der Schwester Virginia Maria de Leyva und wohnen mit ihr zusammen." Befragt, weshalb denn diese Wahrnehmung in betreff der Speisen die Nonnen auf die Vermutung gebracht habe, daß Giampaolo Osio sich im Kloster aufhalte? erwiderte die Priorin: „Osio hatte sich nach Monza zurückgezogen, weil er der Ermordung des Apothekers Reineri Roncini daselbst bezichtigt wurde und fürchtete, von der Justiz ergriffen zu werden. Er war befreundet mit der Schwester Virginia, wie uns bekannt war, und es ging das Gerücht von einer Liebschaft zwischen beiden. Die Speisen waren nicht die gewöhnlichen, mußten vielmehr bereitet sein für eine Person, die mit der üblichen Kost der Nonnen nicht fürliebnahm. Sie wurden heimlich aus der Küche geholt und heimlich in die Zellen getragen. Dies aber würde nicht geschehen sein, wenn sie für die Nonnen bestimmt gewesen wären.“ Weiter befragt, weshalb sie denn annehme, daß Osio sich gerade in dieses Kloster geflüchtet habe, um sich dem Arme der Gerechtigkeit zu entziehen, da er doch, ohne einen Einbruch und somit ohne ein Verbrechen zu begehen, nicht in das Kloster hätte gelangen können, und es auch noch viele andere Asyle gebe? sagte die Zeugin: „Zwischen Osio und Virginia besteht schon seit etwa sieben Jahren eine innige Freundschaft. Sie haben sich miteinander unterhalten und sich gegenseitige Geschenke gemacht. Er hat ihr Geflügel, Fische, Früchte usw. geschickt, sie hat ihm Nonnenbackwerk, weiße Halskrausen und ähnliches zukommen lassen. In früherer Zeit bewohnte Schwester Virginia ein Zimmer, dessen Fenster nach dem an das Kloster grenzenden Garten Osios ging, so daß, wenn

er im Garten war, beide sich unbeobachtet sehen und sprechen konnten. Auf Anordnung von Monsignore Bacca, gelegentlich einer Visitation, die vor zwei Jahren stattfand, ist Virginia in eine andere Zelle versetzt und jenes Fenster zugemauert worden."
Auf die Frage, ob sie wisse oder vermute, aus welchen Gründen man dem Osio die Schuld an dem an Reineri verübten Morde beigemessen habe? gibt sie an: „Ich habe gehört, daß Reineri sich über die Freundschaft zwischen Osio und Virginia geäußert und dadurch den Zorn des ersteren erregt haben solle."
Ob sie wisse, daß Osio schon einmal eingekerkert gewesen sei?
„Ich hörte zur Zeit des letzten Karnevals sagen, Osio sei in Pavia wegen seines Verkehrs mit der Schwester Virginia eingesperrt worden, und zwar sei dies geschehen auf Veranlassung des Fürsten von Ascoli, eines Vetters der Virginia, der bei dem Gouverneur Grafen di Fuentes einen Haftbefehl ausgewirkt habe."
Aufgefordert, über die Pförtnerinnen des Klosters und darüber Auskunft zu geben, ob sie zu der Zeit, da sie selbst die Schlüssel in Verwahrung gehabt, gesehen habe, daß ein kleines Mädchen zu wiederholten Malen in das Kloster gekommen sei? nannte sie die Namen der Pförtnerinnen und sagte: „Es ist öfter ein Kind von zwei Jahren, ein kleines Mäd-

chen namens Francesca, in das Kloster gekommen, welches Schwester Virginia sehr zärtlich behandelte. Man erzählte, diese Francesca sei die Tochter des Osio und der Virginia. Ich glaube, das Kind hält sich im Hause des Giampaolo Osio auf und ist als sein Kind legitimiert worden."

Bei den Akten befindet sich in der Tat auch eine authentische Kopie der Legitimationsurkunde, laut welcher Signore Flaminio Melzi, dessen Familie schon unter Kaiser Friedrich III. das Pfalzgrafamt und damit das Privilegium empfangen hatte, uneheliche Kinder (spurii) zu legitimieren, am 17. April 1607 auf Ansuchen des Joh. Paul de Osio die, im August 1604 angeblich von Isabella del Meda geborene Francesca legitimiert hatte."

Befragt, was sie von der Schwester Catterina de Cassini von Meda wisse? erklärte die Priorin: „Eine Schwester dieses Namens, die aber noch nicht als Nonne eingekleidet war, ist allerdings im Kloster gewesen und hat die Schwester Virginia bedient. Vor etwa einem Jahr wurde sie auf Anordnung der letzteren in einen verschlossenen Raum neben der Waschküche, etwas entfernt von den Zellen der Nonnen, eingesperrt. Drei bis vier Tage blieb sie in ihrem Arreste, dann aber war sie verschwunden. Sie hatte in der Mauer, welche sich entlang der Hauptstraße hinzieht, eine Öffnung gebrochen und durch dieselbe die Flucht ergriffen. Es war dies

gerade an dem Tage, an welchem Monsignore Bacca
in das Kloster kam, um eine Visitation zu halten.
Diese Flucht war uns um so auffallender, da Catterina, die etwas beschränkt war, den Monsignore
hatte um Rat fragen wollen, ob sie das Kloster
wieder verlassen sollte, ohne Profeß zu tun. Ich
glaube, Schwester Catterina ist von mehreren Nonnen
in Arrest gebracht worden, weil diese ihnen nicht
gehorsam gewesen war. Die damalige Priorin,
Bianca Homati, und die Vikarin, Virginia, müssen
dies besser wissen. Es ging das Gerücht, daß Catterina Wissenschaft gehabt habe von alledem, was
zwischen Osio und Virginia vorgegangen ist. Sie
sollte nicht reinen Mund gehalten, sondern geplaudert
haben, und deshalb von Osio entfernt und unschädlich
gemacht worden sein.''
Auf die Frage, wie denn Osio Eingang in das
Kloster gefunden haben möge? erwiderte sie: ,,Eines
Abends fand man innerhalb des Klosters, und zwar,
wie mir mitgeteilt wurde, im Zimmer der Schwester
Benedetta, eine Leiter, die vorher außen an der
Mauer gelehnt hatte. Ich stellte Nachforschungen
an und begab mich auch in die Zelle der Schwester
Virginia, um mich zu überzeugen, ob jemand etwa
eingestiegen sei. Aber ich muß zugestehen, daß
ich nicht mit großer Sorgfalt und Genauigkeit
in ihrer Zelle nachgesucht habe. Ich fürchtete mich
vor ihren Vorwürfen und Drohungen und wagte

2 Der Mord.

nicht einmal, einen Verdacht gegen sie auszu-
sprechen."

Hiermit schloß das Verhör der Priorin. Sie wurde
entlassen und ihr bei Strafe der Exkommunikation
aufgegeben, über alles, was der erzbischöfliche Protonotar sie gefragt, das tiefste Stillschweigen zu beob-
achten.

Am folgenden Tage, dem 28. November 1607, erschien die Vikarin Francesca Ambersaga vor der
Gerichtskommission. Sie gab sehr wichtige Auf-
schlüsse über die Vorgänge im Kloster Santa-Margherita und über die von Osio verübten Verbrechen.
Was in dem Protokolle sehr weitschichtig und schwer-
fällig niedergelegt ist, ziehen wir zusammen, halten
uns aber dabei streng an die Akten. Die Vikarin
erklärte: „Ich kann mir nicht anders denken, als daß
ich wegen der Unordnung vernommen werden soll,
welche durch Schwester Virginia in diesem Kloster
entstanden ist, und werde alles mitteilen, was ich
weiß. Vor etwa acht Jahren, als ich noch Priorin
war, wurde ich von Personen außerhalb unseres
Klosters davon in Kenntnis gesetzt, daß Osio ein
Liebesverhältnis mit mehreren Nonnen unterhalte.
Es wurde mir gesagt, Osio pflege von einem seiner
an das Kloster stoßenden Gärten aus mit den
Nonnen, die an einem Fenster mit der Aussicht auf
diesen Garten ständen, zu sprechen und sich über
Stelldicheins zu verständigen. Zuerst knüpfte Osio

mit einer Klosterschülerin Isabelle degli Ortensi aus
Monza an. Sie ging öfter in den Hühnerhof, dort
traf sie mit Osio zusammen, der von einem Baume
seines Gartens, dessen Äste in den Hof ragten, zu
ihr herunterstieg. Später fing er eine Liebschaft an
mit Schwester Virginia. Sie sah ihn und er sah sie
an einem in den Garten gehenden Fensterchen in
der Zelle der Schwester Candida. Als mir dies
hinterbracht wurde, begab ich mich sofort zu dieser
Zelle, aber sie war verschlossen. Virginia und Candida hatten sich eingeschlossen. Ich stieg deshalb auf
den Fruchtspeicher, von wo man den Garten des
Osio überschauen konnte. Hier sah ich, daß Osio
im Garten stand und unverwandt nach dem Kloster-
fensterchen in der Zelle der Schwester Candida
hinaufblickte. Ob Virginia und Candida an diesem
Fensterchen standen, konnte ich nicht bemerken. Ich
verbot den beiden Nonnen, an dies Fensterchen zu
treten, weil dadurch die Ehre des Klosters leiden
möchte. Sie leugneten, jemals von dort mit Osio
geliebäugelt zu haben. Bald darauf ließ ich das
Fenster zumauern. Nach vier oder fünf Monaten
erfuhr ich, daß Virginia öfter an einem Fenster
des Klosterbäckers zu treffen sei, von wo aus man
in einen anderen Garten des Osio sehen konnte, und
daß sie von dort aus mit ihm Blicke wechselte. Ich
stellte sie deshalb zur Rede, sie aber leugnete
alles ab.

2*

Ich vermutete, daß sie auch schriftlichen Verkehr mit Osio unterhielt und sich des Guiseppe Peseno als Boten bediente. Ich untersagte demselben daher den Zutritt in das Kloster. Dies brachte die Schwester Virginia in hohem Grade auf, sie schleuderte mir die schwersten Beleidigungen in das Gesicht, und zwar geschah dies in Gegenwart mehrerer anderer Nonnen. Diese hielten es mit Virginia, die von allen ihres Einflusses wegen gefürchtet wurde, und ließen mich im Stiche. Kurze Zeit darauf wurde Virginia krank; sie legte sich zu Bett und behauptete, ich hätte ihr Gift eingegeben. Sie setzte es mit Hilfe ihrer mächtigen Verwandten durch, daß ich von allen meinen Ämtern entfernt und daß an meiner Stelle die mit ihr eng befreundete Schwester Beatrice zur Priorin, sie selbst aber zur Vikarin ernannt wurde. Nun konnte sie tun und lassen, was sie Lust hatte. Zwei Jahre später starb Beatrice, und ich wurde Pförtnerin. Während ich dieses Amt zu verwalten hatte, bemerkte ich zu wiederholten Malen, daß das Schloß an der großen Tür der Kirche zur Nachtzeit geöffnet war. Ich kam auf den Gedanken, daß Osio auf diesem Wege in das Kloster gelange. Eines Nachts hörte Schwester Vittoria, daß in den anderen Klöstern bereits zu dem Matutinum (dem ersten Gebet) geläutet wurde. Sie stand eilig auf und lief ohne Schuhe nach der Kirche, um ebenfalls zu läuten. Auf der Treppe sah sie die Lampe, welche soeben

noch gebrannt hatte, plötzlich verlöschen. Eine mit
Virginia befreundete Schwester stand vor ihrer Zelle
und sagte zu der Schwester Vittoria, sie sollte die
Lampe wieder anzünden. Wahrscheinlich hatten
Osio und Virginia ein Rendezvous in der Kirche, und
jene Schwester war beauftragt, Wache zu stehen und
die Lampe zu löschen, sobald ein Unberufener sich
nahte.

Ein anderes Mal mußte die Schwester Paol'Antonia
Aliprandi des Nachts ihre Zelle verlassen. Sie sah
im Korridor drei Nonnen von der Pforte herkommen
und rief sie an. Eine der Nonnen, welche ein Tuch
um den Kopf geschlungen hatte, so daß ihr Antlitz
verdeckt war, zog sich hierauf in eine Ecke nahe
bei der Pforte zurück. Antonia war neugierig und
wollte gern wissen, wer diese Nonne sei, sie wurde
aber von Schwester Benedetta — einer der drei
Nonnen — am Arme gefaßt und mit dem Bemerken
zurückgeschoben: es sei die Schwester Giovanna.
Dies war eine Lüge, denn Giovanna befand sich in
der Kirche. Wahrscheinlich hatte Osio sich in das
Gewand einer Nonne gekleidet, um desto ungestörter
bei Virginia sein zu können.

In der Nacht der Vigilien, am letztvergangenen
Allerheiligenfeste, war Schwester Dorothea krank.
Viele Nonnen befanden sich in ihrer Zelle, unter
ihnen auch die Freundinnen und Helferinnen der
Virginia, die Schwestern Candida, Benedetta und

Ottavia. Die letztere ging dreimal aus der Zelle und sprach, wenn sie wiederkam, stets heimlich mit Candida und Benedetta. Ich schloß daraus, daß Osio in dieser Nacht in das Kloster gekommen und bei Virginia sei, die unter dem Vorwande des Unwohlseins dem Gottesdienste nicht beigewohnt hatte. Virginia hatte in der Zelle der Schwester Ottavia geschlafen, diese, Candida, Benedetta und Silvia waren geschäftig aus- und eingegangen, hatten aber regelmäßig die Tür der Zelle verschlossen."

Am folgenden Tage wurde Schwester Virginia aus dem Kloster Santa-Margherita weggebracht und in das Kloster del Borchetto zu Mailand übergeführt. Vermutlich besorgte man, daß manche Nonnen nicht mit der Sprache herausgehen würden, solange Virginia im Kloster wäre und die Mittel besäße, ihren Einfluß geltend zu machen.

Am 30. November 1607, bevor noch weiter in der Untersuchung vorgegangen worden war, ließ sich der Erzpriester Settala bei dem Kriminalvikar der erzbischöflichen Kurie von Mailand melden und überreichte ihm einen ihm soeben im Beichtstuhle behändigten Zettel, in welchem der Guardian des Klosters Maria delle Grazie anzeigte: eine Nonne aus dem Kloster Santa-Margherita sei mit zahlreichen Wunden bedeckt im Kloster Maria delle Grazie angekommen. Der Kriminalvikar Saraceno und der Erzpriester Settala begaben sich ohne Ver-

zug in das außerhalb der Stadt gelegene Kloster
Maria delle Grazie, der Notar aber, den Saraceno
zu seiner Unterstützung mitgebracht hatte, verfügte
sich in das Kloster Santa-Margherita, um Erkun-
digung einzuziehen über die Vorfälle, die sich in der
vergangenen Nacht daselbst etwa zugetragen hätten.
Er ließ durch die Priorin feststellen, welche Nonnen
fehlten, und siehe da, die Schwestern Ottavia Ricci
und Benedetta Homati, die zwei vertrauten Freundinnen der Schwester Virginia, waren während der
Nacht vom 29. zum 30. November aus dem Kloster
verschwunden.
Der Kriminalvikar Saraceno fand im Kloster Maria
delle Grazie eine Nonne, deren Kleider beschmutzt,
zerrissen und durchnäßt waren. Sie blutete stark
und war augenscheinlich sehr schwach. Sie gab an:
Sie sei Schwester Ottavia Ricci und sei zusammen
mit der Schwester Benedetta Homati aus ihrem
Kloster entflohen. Giampaolo Osio habe sie beide
zur Flucht überredet und ihnen den Weg gebahnt.
Was aus ihrer Gefährtin geworden sei, das wisse
sie nicht. Sie war so entkräftet, daß zunächst darauf
verzichtet werden mußte, ein genaues Verhör mit
ihr anzustellen. Sie wurde aus dem Mönchskloster
Maria delle Grazie zu Wagen forttransportiert in
das Nonnenkloster di Santa-Orsola in Monza, dort
entkleidet, zu Bette gebracht und verbunden. Sie
hatte nicht weniger als zwölf Wunden, die meisten

am Kopfe, und war augenscheinlich sehr schwer
verletzt. Als sie wieder so weit genesen war, daß
sie vernommen werden konnte, machte sie folgende
Angaben: „Mein Vater heißt Agrippa, und ich bin
in Mailand geboren. Bis gestern bin ich im Kloster
Santa-Margherita gewesen. Ich war sehr befreundet
mit Schwester Virginia und kannte ihr Verhältnis zu
Osio. Als sie gestern plötzlich aus dem Kloster
weggebracht wurde, erschrak ich und fürchtete, daß
nun auch ich, weil ich ihre Liebschaft mit Osio
unterstützt und ihr Dienste geleistet hatte, zur Rechenschaft gezogen werden würde. Ich konnte es vor
innerer Unruhe nicht mehr in meiner Zelle aushalten
und begab mich zur Schwester Candida, um nicht
allein schlafen zu müssen. Ich kleidete mich eben
aus und wollte zu Bette gehen, als mir Schwester
Benedetta ein Zeichen gab. Ich ging vor die Zelle
und besprach mich mit ihr. Sie sagte mir, sie fühle
sich nicht mehr sicher, fürchte sich vor der Kriminaluntersuchung, die der Kriminalvikar bereits eingeleitet habe, und sei deshalb unter allen Umständen entschlossen, aus dem Kloster zu entfliehen. Sie habe
Osio davon in Kenntnis gesetzt und ihn gebeten, er
solle ihr behilflich sein. Auf meine Bemerkung:
das sei ja Wahnwitz, sie solle nicht so törichte Pläne
verfolgen, entgegnete sie: ‚Wenn ich im Kloster
bliebe und nicht ebenfalls die Flucht ergriffe, würde
der Wahnwitz auf meiner Seite sein. Hierauf ging

24

sie die Treppe, die zur Kirche führte, hinunter, und
ich lief ihr nach, um sie zurückzuhalten. Auf meine
Frage, wo Osio sei, erwiderte sie: ‚Komme mit, du
wirst ihn schon sehen. Er ist eben damit beschäftigt,
die Mauern zu durchbrechen.‘ Sie führte mich an
die Gartenmauer in die Nähe des großen Tores und
rief dem jenseits derselben stehenden Osio zu: ‚Wißt
Ihr schon, daß Ottavia nicht mitkommen will?‘ Er
antwortete: ‚Meinetwegen. Aber nach allem, was
ich erfahren habe, steht der Kopf auf dem Spiele.‘
Während Osio von außen eine Öffnung in die Mauer
brach, half Benedetta von innen nach. Beide wurden
nicht müde, mir vorzureden, welche fürchterlichen
Strafen meiner warteten, wenn man durch die Untersuchung dahinter käme, daß ich dem fleischlichen
Umgange einer Nonne mit einer Mannsperson Vorschub geleistet hätte. Sie malten mir solche Schrek-
kensbilder vor, daß ich endlich mich bereit erklärte,
aus dem Kloster zu entweichen, wenn Osio mir versprechen wollte, mich in ein Nonnenkloster nach
Bergamo zu bringen. Er leistete dieses Versprechen,
ich kleidete mich darauf wieder an und gelangte zusammen mit Benedetta durch die Öffnung der Mauer
ins Freie. Osio geleitete uns entlang der Stadt-
mauer, die wir an einer Stelle, wo sie eingestürzt
war, überstiegen. Nachdem wir den Fluß Lambro
eine kleine Strecke weit verfolgt hatten, kamen wir
an die Kirche der Madonna delle Grazie. Ich schlug

den andern vor, wir wollten niederknien und die Madonna anrufen, daß sie uns auf unserem Wege in Gnaden schützen sollte. Mein Vorschlag wurde angenommen; unter der großen Tür der Kirche knieten wir nieder und beteten siebenmal das Salve Regina. Dann setzten wir unsere Wanderung fort und erreichten wiederum den Fluß Lambro. Ich glitt aus und fiel in das Wasser. Es war indes nicht tief und ich fand bald Grund. Als ich mich an das Ufer arbeitete, zog Osio plötzlich ein Feuerrohr unter seinem Mantel hervor und schlug auf mich ein. Ich rief die heilige Maria von Loretto um Hilfe an, aber er hatte kein Erbarmen, sondern fuhr fort, mich auf den Kopf zu schlagen, ich weiß nicht, wie oft. Als er gar den Hahn des Gewehrs aufzog, fürchtete ich, daß er mich erschießen würde. Er feuerte indes nicht, sondern zerschlug mir die rechte Hand, mit der ich mich aufstützte, um das Ufer zu ersteigen. Schwester Benedetta stand etwas zurück und bat den Osio, von mir abzulassen. Ich verhielt mich nach den Schlägen auf die Hand ganz still, und Osio mochte deshalb glauben, daß ich tot wäre, und ging mit Benedetta weiter. Ich hatte nicht mehr die Kraft, an das Land zu kommen, das Wasser riß mich fort, aber mit Hilfe der heiligen Jungfrau, welche ich bat, sie möchte mich nicht in meinen Sünden umkommen lassen, sondern mir Zeit zum Beichten vergönnen, kam ich an eine seichte Stelle,

wo man mich später gefunden hat. Ich hatte wohl schon drei Stunden dort gelegen, als endlich der Tag anbrach und ich einen Landmann entdeckte, der vorüberging. Ich rief ihn an und bat ihn, mich aufzunehmen in sein Haus und wenigstens eine Nacht zu behalten. Er schlug es mir jedoch ab und reichte mir nur einen Stock als Stütze, mit dessen Hilfe ich mich zum Kloster Maria delle Grazie schleppte."
An der von der verwundeten Schwester Ottavia bezeichneten Stelle wurde der blutige Schaft eines Feuerrohrs gefunden und dadurch die Erzählung der Nonne bestätigt. Sie wurde am 17. Dezember 1607 gefragt, ob sie bereit sei, ihre Angaben unter der Folter zu wiederholen. Sie bejahte es mit dem Bemerken: unrichtig sei nur das Eine, daß sie gesagt habe, sie sei in den Fluß Lambro gefallen. Sie sei nicht hineingefallen, sondern Osio habe sie hineingeworfen. Am 26. Dezember 1607 starb sie an ihren Wunden. Schon vorher, am 2. Dezember, hatte der Erzpriester Settala dem Kriminalvikar durch einen Eilboten anzeigen lassen: Schwester Benedetta sei in einem Brunnen bei Velate aufgefunden worden, ob tot oder lebendig, habe er nicht in Erfahrung bringen können. Augenblicklich eilten der Kriminalvikar und sein Notar in einer Karosse, gefolgt von mehreren berittenen Dienern, an Ort und Stelle. Im Hause des Alberico de Albericis fanden sie eine Frauensperson in einem Bett liegend, deren

Haupt umhüllt war mit Tüchern, so wie Nonnen dieselben zu tragen pflegen. Sie litt offenbar große Schmerzen und brach oft in laute Klagen aus. Auf Befragen sagt sie, daß sie Schwester Benedetta Homati aus dem Kloster Santa-Margherita sei. Der Vikar befahl ihr, aus dem Bette aufzustehen und sich anzukleiden, damit sie nach Monza geschafft werden könnte. Dies geschah; sie wurde in das Kloster di Santa-Orsola übergeführt, in welchem, wie wir wissen, auch Schwester Ottavia ein Unterkommen erhalten hatte. Alberico, zur Auskunft vernommen, deponierte: „Ich kenne diese Donna nicht, und habe sie aus folgender Veranlassung in mein Haus tragen lassen: Als wir alle in der Kirche versammelt waren, hörten wir eine Stimme rufen: ‚Helft mir, ich bin in diesem Brunnen!‘ Wir liefen nun an den einige Dutzend Schritte von der Kirche entfernten Brunnen und sahen, daß unten in der Tiefe ein Weib lag. Es stieg einer hinein und nahm ein Seil mit, vermittels dessen sie heraufgebracht wurde. Sie sagte, daß sie schon den vorigen Tag und die Nacht im Brunnen gesteckt habe." Am 3. Dezember 1607 konnte Benedetta selbst im Kloster di Santa-Orsola verhört werden, und zwar wurde sie als Hauptperson und als Zeugin in bezug auf andere eidlich abgehört. Ihre Aussage ging dahin: „Ich habe gewußt, daß Osio vertrauten Umgang mit Schwester Virginia unterhielt, und bin ihnen bei

28

ihren Zusammenkünften behilflich gewesen. Am
29. November frug Osio brieflich bei mir an, ob
es wahr sei, daß Virginia infolge der Kriminaluntersuchung, die über das Kloster verhängt worden,
bereits in ein anderes übergeführt sei. Ich antwortete
ihm, dies sei richtig, Virginia sei nach Milano gebracht worden, und ich müßte besorgen, ebenfalls
in die Untersuchung verwickelt zu werden. Ich
wollte deshalb lieber das Kloster heimlich verlassen
und mich in ein anderes Kloster begeben, er solle
mir dazu Beistand leisten, und zu einer Stunde, die
ich ihm bestimmte, an der Gartenmauer sein. Osio
kam. Ottavia und ich flüchteten uns durch eine
Öffnung, die Osio in die Mauer brach; wir ver-
ließen alle drei die Stadt Monza und schlugen den
Weg nach Bergamo ein. Bald darauf warf Osio
die Schwester Ottavia — vermutlich, weil er sich
einer Mitwisserin seines strafbaren Verhältnisses
mit Virginia entledigen wollte, in den Lambro. Ich
wollte ihr die Hand reichen und ihr heraushelfen,
aber Osio versetzte ihr mit einem Feuerrohr mehrere
Schläge auf den Kopf, und wir glaubten beide, daß
sie tot sei. Mich zwang er, weiter mit ihm zu wan-
dern. Etwa fünf bis sechs Meilen von Monza entfernt, brachte er mich in ein verlassenes, einsames
Haus und ließ mich dort den Rest der Nacht und
am folgenden Tage allein. Er setzte mir Käse und
Wein vor, ich traute mich aber nicht, etwas zu ge-

nießen, weil ich mich fürchtete, und dachte, er würde
mich vergiften. In der nächstfolgenden Nacht kehrte
Osio zurück und eröffnete mir, wir müßten weiter-
marschieren. Als wir etwa drei Meilen zurückgelegt
hatten, kamen wir in ein Gebüsch, in welchem sich
ein Brunnen befand. Osio gab mir einen Stoß, daß
ich hineinstürzen sollte. Ich fiel jedoch nur auf die
Erde, nahm alle meine Kraft zusammen, stand gleich
wieder auf und entfloh. Osio folgte mir auf dem
Fuße, holte mich ein, schleppte mich mit Gewalt
zurück und warf mich kopfüber in den Brunnen.
Ich schlug im Fallen gegen mehrere hervorragende
Steine und verletzte mich an der linken Seite. Als
ich unten lag, warf Osio große Steine herunter, die
mir das rechte Schienbein zerschmetterten, aber mich
nicht töteten, weil ich den Kopf dadurch deckte,
daß ich mich unter einige Steine duckte, die eine Art
von Dach bildeten. Der Brunnen war sehr tief,
hatte aber kein Wasser. Es waren Steine drin und
Knochen, ein schwarzer Klumpen, der daselbst lag,
hatte das Ansehen eines menschlichen Kopfes. Ich habe
eine entsetzliche Nacht und einen ganzen langen Tag
in dem Brunnen zugebracht, bis endlich gestern früh
mein Hilferuf gehört und ich erlöst wurde. Als ich
in das Haus des Alberico getragen wurde, redete mir
eine ältere Donna, die mir nach ihrer schwarzen
Kleidung eine Witwe zu sein schien, zu, ich sollte
doch angeben, daß ich mich selbst in den Brunnen

gestürzt hätte. Ich entgegnete ihr aber, ich würde
die Wahrheit sagen. Ich habe übrigens nur am Tage
nach Hilfe gerufen, nicht in der Nacht, weil ich besorgte, Osio möchte in der Nähe sein, mich hören
und mich vollends durch Steinwürfe töten."
Als man sie frug, seit wie langer Zeit und auf welche
Weise Osio in das Kloster Santa-Margherita gekommen sei, antwortete sie: „Soviel mir bekannt,
ist Osio seit etwa vier bis fünf Jahren öfter, und
zwar immer des Nachts, in das Kloster gekommen.
Anfänglich kam er durch die Kirche, deren Tür
ihm bald von mir, bald von Schwester Ottavia, bald
von Schwester Virginia selbst geöffnet wurde. Später, als der Schlüssel von der Kirchtür abgezogen
worden war, führten wir ihn mit Hilfe von Nach-
schlüsseln in das Kloster, und zwar in die Zelle der
Virginia, von wo er sich regelmäßig, ehe der Tag
anbrach, wieder entfernte. Aus dem Garten des
Osio führte ein unterirdischer Gang in die Zelle
der Schwester Ottavia. Diesen benutzte Osio verschiedene Male, um seine Geliebte, die dann in der
Zelle der Schwester Ottavia schlief, zu besuchen.
Am letzten Allerheiligenfeste gelangte Osio in das
Kloster, indem er über die Mauer stieg. Er blieb
damals vierzehn Tage im Kloster, teils in der Kammer der Ottavia, teils in der meinigen, welche an die
von Schwester Virginia stieß. Sogar an dem Abende
des Tages, an welchem Virginia das Kloster verließ,

befand sich Osio in meiner Zelle und verbarg sich
hinter den Bettvorhängen.

Virginia hat auch ein Kind geboren, ein kleines
Mädchen namens Francesca, welches Osio zu sich
genommen und dann nach Mailand gebracht hat.“
Schwester Benedetta war die erste, welche den
Priester Paolo Arrigone erwähnte und zur Kenntnis
der Behörde brachte, daß auch er eine Rolle in dem
Verkehr zwischen Osio und Virginia gespielt hatte.
„Anfangs,“ so erzählt sie, „führte Paolo Arrigone
für Osio die Korrespondenz mit Schwester Virginia,
später aber war er frech genug, für sich selbst ihre
Gunst zu begehren. Er wurde indes von ihr mit
Verachtung zurückgewiesen.“

In der Tat befindet sich bei den Akten eine Zu-
schrift von Virginia an Arrigone, in welcher sie ihm
in den stärksten Ausdrücken vorwirft, daß er es
gewagt habe, eine Braut Christi in Versuchung zu
führen.

Benedetta gibt weiter an: Virginia habe oftmals Reue
empfunden und den sündlichen Umgang mit Osio
nicht fortsetzen wollen. Sie habe die Schlüssel zu
ihrer Zelle und zur Klosterpforte in den Brunnen
geworfen, darauf seien die Schlösser verändert worden. Osios Schlüssel hätten nicht mehr gepaßt, und
folglich habe er nicht mehr in das Kloster gelangen
können. Aber Arrigone habe dem Osio die neuen
Schlüssel verschafft, dieser habe sich sofort Nach-

schlüssel machen lassen, sei mit Hilfe derselben wiederum zu Virginia gekommen, und nun sei sie von neuem in Sünde gefallen. Wohl fünfzigmal habe Schwester Virginia die Schlüssel weggeworfen, aber ebensooft habe Osio durch Vermittelung des Priesters Arrigone die neuen Schlüssel erhalten und nachmachen lassen.

Aus Benedettas Aussage geht hervor, daß Osio ein auffallend schöner Mann gewesen ist und durch seine Schönheit auf Virginia großen Eindruck gemacht hat. Als sie ihn vom Fenster der Schwester Candida aus zum ersten Male erblickte, rief sie aus: „Si potrebbe mai vedere la più bella cosa?" („Kann man etwas Schöneres sehen?")

Einige Tage, nachdem Schwester Benedetta aus jenem Brunnen herausgeholt worden war, am 9. Dezember 1607, sandte der königliche Fiscal Tormiani dem Kriminalvikar einen bereits stark in Verwesung übergegangenen menschlichen Kopf zu mit dem Bemerken, daß der Kopf in demselben Brunnen gelegen habe. Der Kopf war mit einem leinenen Tuche umhüllt und reichlich mit Haaren bedeckt, die aber nicht in Zöpfen herabhingen, sondern kurzgeschnitten waren. Das Gesicht mußte, wie man aus der Bildung des Kopfes schließen konnte, rund gewesen sein. Dr. Antonio Monti wurde beauftragt, den Kopf zu untersuchen, und gab sein Gutachten dahin ab: Es sei schwer, zu entscheiden, ob der Kopf

3 Der Mord.

einem Manne oder einem Weibe angehört habe; er neige sich aber mehr zu der Ansicht, daß es der Kopf eines Weibes sei. Es entstand die Vermutung, daß man den Kopf der Schwester Catterina vor sich sehe, die, von Osio ermordet, deren Kopf von ihm in den mehrerwähnten Brunnen geworfen worden sein sollte. Die angestellten Verhöre erhoben diese Vermutung zur Gewißheit. Schwester Ottavia gab noch vor ihrem Tode zu vernehmen: „Schwester Catterina, die kurze Haare trug und ein rundes, volles Gesicht hatte, geriet eines Tages in Zwist mit Schwester Degnamerita. Virginia, die mit der letzteren sehr befreundet war, ließ deshalb die Catterina in einem Raum neben der Waschküche einsperren. Catterina fing darauf an, von Virginia, Benedetta und mir übel zu reden, sie drohte, den Umgang zwischen Virginia und Osio anzuzeigen und sie an ihrer Stelle ins Gefängnis zu bringen. Als Osio dies erfuhr und zugleich hörte, daß Monsignore Bacca im Kloster angekommen sei, um Visitation zu halten, fürchtete er, Catterina würde ihre Drohung ausführen. Er beschloß deshalb, sie zu ermorden. Eines Nachts, als Osio im Kloster bei seiner Geliebten war, begaben wir uns in das Gefängnis der Schwester Catterina. Schwester Benedetta ging zuerst hinein und sprach mit ihr, dann folgte Virginia, dann ich, dann Osio. Er hatte aus der Waschküche den eisernen Fuß einer Haspel (un piede di

bicocca) geholt und versetzte ihr, als sie sich von
ihrem Strohlager erhob, mit demselben etliche
Schläge auf den Kopf. Die Schläge waren tödlich,
sie starb nach wenigen Augenblicken in unserem Bei-
sein, und wir trugen die Leiche in den Hühnerstall.
Benedetta und ich zogen die Tote an den Füßen
in eine Ecke und legten Holz auf sie, so daß sie
nicht gesehen werden konnte. Hierauf brach Osio
mit Hilfe seines Degens eine Öffnung in die Gartenmauer und entfernte sich. In der folgenden Nacht
kam Osio wieder und trug zusammen mit Schwester
Benedetta die Leiche in seine Wohnung. Dort zerstückelte er den Körper, zerstreute die einzelnen Teile
und warf den Kopf, wie er uns später mitteilte, in
einen von Monza ziemlich weit entfernten Brunnen."
Benedetta bestätigte diese Angaben im wesentlichen,
fügte aber noch hinzu, daß auch die Schwestern
Silvia und Candida bei dem Morde zugegen gewesen
wären. Beide räumten es bei ihren Verhören ein,
und im Hause von Osio fand man, als genau nachgesucht wurde, in einem versteckten Raume mehrere
Knochen, welche Sachverständige für Menschen-
knochen erklärten.
Osio, der so schwer angeschuldigte Mann, der in
ein Nonnenkloster eingedrungen, die Schwester Virginia verführt, mit ihr jahrelang Unzucht getrieben,
sodann die Schwestern Ottavia und Benedetta aus
dem Kloster weggebracht, die erstere sowie schon
3*

vorher die Schwester Catterina ermordet und die
Schwester Benedetta zu ermorden versucht haben
sollte, Osio, welchem ferner der Tod des Apothekers Reineri und eines Agenten Molteno vorgeworfen wurde, war schon vor dem Eintreffen des
Kriminalvikars aus Monza verschwunden. Die Justiz
bot alles auf, um seiner habhaft zu werden, aber
vergeblich. Osio war ein gewandter Mann, er hatte
gute, vielvermögende Freunde, und die Grenze war
bald erreicht. Am 12. Dezember 1607 reichte er
beim Erzbischof Frederigo Borromeo eine Vor-
stellung ein, in welcher er keck behauptete: die arme
Virginia und er seien durch schlechte Menschen
in eine Falle gelockt worden. Die Hauptschuld
träfe die Schwestern Ottavia und Benedetta; diese
hätten ihn dazu vermocht, sie aus dem Kloster weg-
zuführen. Unterwegs seien beide in heftigen Streit
geraten, Benedetta habe zuletzt in voller Wut die
Ottavia in den Lambro gestoßen und dann sich selbst
aus Verzweiflung darüber in einen Brunnen gestürzt.
Der Priester Paolo Arrigone und nicht er habe die
Liebesbriefe an Virginia geschrieben. Er bat den
Erzbischof um die Gnade, ihm die Aufnahme in dem
Kastell zu Pavia zu gestatten, damit er der lästigen
Verfolgungen der Justiz- und Polizeibehörden end-
lich überhoben werde.
Es braucht kaum bemerkt zu werden, daß dieses
Gesuch nicht berücksichtigt wurde.

Am 22. Dezember 1607 fand im Kloster del Borchetto zu Mailand das erste Verhör der damals 32 Jahre alten, noch immer liebreizenden und liebenswürdigen Schwester Virginia statt. Sie ward in doppelter Eigenschaft vernommen: als Angeschuldigte und als Zeugin in betreff der übrigen in die Untersuchung verwickelten Personen. Man ließ sie einen feierlichen Eid ableisten, daß sie die Wahrheit angeben werde, und begann auch hier mit der Frage: Ob sie wisse oder vermute, weshalb sie sich in diesem Kloster und nicht mehr im Kloster Santa-Margherita in Monza befinde, und weshalb gegen sie Kriminaluntersuchung eingeleitet worden sei? Sie antwortete: „Ich weiß nicht anders, als daß das Gerede in bezug auf Giampaolo Osio die Ursache ist. Deshalb bin ich auch hierher versetzt worden; übrigens habe ich meine Versetzung selbst gewünscht.“

Nach dem Inhalt des Geredes in bezug auf Giampaolo Osio befragt, erklärte sie: „Meine Obern, insbesondere auch Monsignore Bacca, warfen mir vor, ich hätte mit Osio, dessen Haus sich dicht neben dem Kloster befindet, in welchem ich in Monza gelebt habe, in einem Liebesverhältnis gestanden. Dieser Vorwurf war auch begründet. Es ist aber von meiner Seite eine erzwungene Liebe gewesen, denn freiwillig würde ich nicht einmal dem Könige von Spanien eine Vertraulichkeit gestattet haben. Es sind jetzt sechs Jahre verflossen, seit

mein Agent Joseph Molteno von Giampaolo Osio
getötet wurde. Der Mörder hatte sich, um den
Händen der Justiz zu entgehen, geflüchtet und in
seiner Gartenwohnung dicht an der Klostermauer
versteckt. Eines Tages war ich zufällig in der Zelle
der Schwester Candida Brancolina und stand an
dem nach dem Garten hinausgehenden Fenster. Osio
sah mich dort und grüßte mich ehrerbietig. Als ich
darauf bald wieder an jenem Fenster stand, grüßte
er mich nochmals und gab mir durch ein Zeichen zu
verstehen, daß er mir einen Brief zusenden wollte.
Ich war aufgebracht darüber und zürnte ihm wegen
der obenerwähnten Tötung meines Agenten. Ich
setzte deshalb den Richter von Monza, Carlo Piro-
vano, von dem Versteck Osios in Kenntnis und
hoffte, er würde ihn festnehmen und in das Gefängnis setzen lassen. Da wandte sich die Mutter
Osios an die Priorin und bat sie, bei mir ein gutes
Wort einzulegen, daß ich meine Klage zurückneh-
men und den Richter wissen lassen möchte, ihr
Sohn habe meine Verzeihung erhalten. Die Priorin
stellte mir dies vor und begehrte von mir, ich sollte
den jungen Mann nicht in das Unglück stürzen, nicht
darauf bestehen, daß er bestraft würde. Hierauf
schrieb ich dem Richter, daß er die Sache auf sich
beruhen lassen sollte. Er antwortete mir, es hätten
sich schon viele Kavaliere bemüht, den Lauf der
Gerechtigkeit in diesem Falle zu hemmen, er habe

ihnen indes niemals Gehör geschenkt. Nachdem ich
nun aber selbst auf die Verfolgung verzichtet hätte,
wollte er kein weiteres Verfahren einleiten.

Ich benachrichtigte Osio hiervon, und er dankte mir
vom Garten aus, indem er mir zugleich versicherte,
er würde mir ebenso gern und eifrig dienen, als
Molteno es getan habe. Zugleich bat er um die Erlaubnis, mir einen Brief schreiben zu dürfen. Einige
Tage später war er wieder im Garten und zeigte
mir einen Brief, den er in der Hand hielt. Ich
willigte ein, denselben anzunehmen, er warf ihn über
die Mauer in den Hühnerhof des Klosters, Schwester
Ottavia holte und überbrachte ihn mir. Der Brief
war zwar in respektvollen, aber doch auch in zärtlichen
Ausdrücken geschrieben. Mir kam er zu frei vor,
denn Osio trug mir darin, wenn auch in verblümter
Weise, seine Liebe an, und gab zu erkennen, daß er
hoffte, ich würde ihm ein Rendezvous bewilligen.
Ich schrieb zurück und verwies ihm seine Zudring-
lichkeit. Ich frug ihn, wie er es wagen könne, mir
seine Huldigung darzubringen, und machte ihm bemerklich, daß er es bereuen würde, wenn er fort-
führe, mich zu belästigen.

Osio ratschlagte mit seinem vertrauten Freunde,
dem Priester Arrigone, wie er sich bei mir ent-
schuldigen und insinuieren könne. Arrigone riet ihm,
er solle mich täuschen durch einen Brief voll Reue
und Demut. Osio schrieb demzufolge und bat mich

um Vergebung wegen seiner Kühnheit. Dieser Brief
wurde an einem Faden befestigt, den ich vom Fenster
herabließ, und dann von mir heraufgezogen. Ich
freute mich, daß er seinen Fehler eingesehen hatte
und so zerknirscht an mich schrieb. Seine Mutter
schickte mir seidene Blumen von Bologna, Moschus-
kugeln und andere Dinge als Geschenke. Ich wußte
aber recht gut, daß eigentlich Osio der Geber war.
Den Priester Arrigone sah und sprach ich öfter; anfänglich erzählte er mir, daß er selbst ihm die Briefe
an mich diktiert habe, und daß er von Liebe zu mir
entbrannt sei. Ich verbat mir diese Sprache und
wandte ihm den Rücken. Dagegen gewährte ich das
von Osio an mich gestellte Ansuchen, ihm im Sprechzimmer eine Zusammenkunft zu gewähren. Schwester
Ottavia warf auf mein Geheiß die Schlüssel über
die Mauer in seinen Garten, und mit ihrer Hilfe kam
er eines Nachts in das genannte Zimmer. Ich war
durch ein doppeltes Gitter von ihm geschieden und
hörte ihn nur an. Er bat mich um Verzeihung
wegen der Tötung des Molteno und zeigte die größte
Bescheidenheit in allem, was er sprach.
Ich sah ihn noch ein zweites Mal im Sprechzimmer,
und es kam mir vor, als fühlte ich mich durch Zauberei zu ihm hingezogen. Von da an mußte ich
immer an jenes Fenster in Schwester Candidas Zelle
treten, um ihn zu sehen. Es trieb mich dazu eine
diabolische Kraft, auch wenn ich mir fest vornahm,

es nicht wieder zu tun. Ich erinnere mich, daß ich mir einmal, als Schwester Ottavia mir meldete, Osio sei im Garten und schaue herauf zu dem Klosterfenster, Gewalt antat und nicht an das Fenster treten wollte, aber ich mußte wenigstens auf einen Kasten steigen, um ihn von da aus zu erblicken, während er mich nicht sehen konnte. Ich war sehr unwillig über mich selbst, und flehte Gott um Beistand an in dieser Versuchung. Es half mir aber nichts, sein Bild stand mir Tag und Nacht vor den Augen, ich konnte nicht von ihm lassen. Ich raufte mir die Haare aus und trug mich sogar mit Selbstmordgedanken, aber immer von neuem und immer mächtiger trat der Versucher an mich heran. Ich bin überzeugt, daß Zauberei gegen mich angewendet worden ist, daß teuflische Kunst mich berückt hat. Im Sprechzimmer reichte mir Osio einen Gegenstand durch das Gitter und ließ mich denselben mit der Zunge berühren, indem er mir vorspiegelte, es sei eine heilige Reliquie. Es war aber, wie er mir nachher gestanden hat, ein Magnet, und ist vielleicht das Zaubermittel gewesen, welches er benutzt hat, um mich zu verführen. Als ich noch gegen die in mir aufkeimende Leidenschaft kämpfte, fing der Priester Arrigona von neuem an, mir Liebesanträge zu machen und Liebesbriefe zu schreiben. Ich zerriß die letzteren vor seinen Augen und sagte ihm sehr deutlich, daß er nicht die mindeste Hoffnung hätte,

jemals von mir erhört zu werden. Darauf begann er
um die Liebe der Schwester Candida zu werben,
er brachte sie wirklich dahin, daß sie ihm im Sprechzimmer wiederholt des Nachts ein Stelldichein gab
und seine Geliebte wurde. Unser Faktor Domenico
besorgte den Briefwechsel zwischen beiden, mich
aber empörte diese Falschheit, ich setzte durch, daß
Domenico aus dem Kloster entlassen wurde, und
deshalb warf Arrigone einen tödlichen Haß auf mich.
Bis dahin war zwischen Osio und mir noch kein
anderes Unrecht vorgekommen, als daß ich mit ihm
heimlich zusammengekommen war und mit ihm gesprochen hatte. Einmal bat er mich, ich sollte ihm
in der Nacht hinter der kleinen Klosterpforte ein
Rendezvous geben. Unter dem Einfluß der Zauberei
gestand ich es zu, machte aber die Bedingung, daß
dies die letzte Zusammenkunft sein sollte. Schwester
Ottavia hob die eiserne Stange, welche die Pforte
verschloß in die Höhe, öffnete und führte Osio zu
mir. Wir plauderten miteinander, während Ottavia
in der Nähe blieb. Osio betrug sich sehr anständig
und nahm sich auch in allem, was er sprach, sehr zusammen. Als er sich entfernte, frug er, ob er in den
nächsten Tagen wiederkommen dürfte. Ich erlaubte
es. Es verging aber eine längere Zeit, er wurde sehr
ungeduldig und bestürmte mich, ihn nicht so lange
warten zu lassen. So kamen wir wiederum in der
Nacht hinter der Klosterpforte zusammen und unter-

hielten uns über Verschiedenes. Beim Fortgehen wurde Osio zudringlich und tat mir eine Beleidigung an. Ich rief: „Ach Verräter!" eilte davon und ließ ihn stehen. „Ich betete fleißig und geiselte mich bis auf das Blut, um der Versuchung zu widerstehen und von dem Menschen loszukommen. Ich beschloß, ihn nie wiederzusehen und jede Gelegenheit zu meiden. Aber der Teufel zog mich doch von neuem zu ihm und folterte mich in meinem Gemüte so, daß ich bei meinem Entschlusse nicht beharren konnte und wieder hin zu ihm mußte. Ich kehrte zurück zur Klosterpforte, Osio wartete auf mich, er schloß mich in seine Arme, und ich verfiel der Sünde. Darüber wurde ich ganz schwermütig und krank, so daß ich drei Monate lang zu Bett liegen mußte. Osio hörte unterdessen nicht auf, mir Briefe zu schreiben und mich zu bitten, ich möchte ihm den Eintritt in das Kloster und in meine Zelle gestatten. Als ich ihm erwiderte, daß ich mich der Strafe der Exkommunikation aussetzte, wenn ich dies täte, schickte er mir ein Buch, welches von Gewissenssachen handelte. Darin stand, daß es nicht mit dem Kirchenbanne bestraft werde, wenn ein Mann in ein Nonnenkloster hineingehe, wohl aber, wenn eine Nonne aus demselben herausgehe. Das Buch hatte Osio vom Priester Arrigone geliehen erhalten. Nachdem ich es gelesen hatte, willigte ich ein, daß Osio mich im Kloster besuchte. Er kam nun oft

und blieb Tag und Nacht in meiner Zelle. Nach
einiger Zeit, fühlte ich, daß ich schwanger war. Ich
wurde von einem toten Knäblein entbunden. Ich
erkrankte, bekam ein Fieber, welches mich drei Jahre
lang nicht verließ, und hatte große Gewissensunruhe.
Um endlich von diesem sträflichen Umgange loszukommen, verkaufte ich mein Silberzeug und ließ der
Madonna di Lorretto eine Votivtafel anfertigen, auf
welcher eine Nonne dargestellt war, die, ein Knäblein im Arme, auf ihren Knien lag und weinte. Ich
gelobte späterhin der Madonna noch zweimal Opfer-
gaben, wenn sie mich von dieser sündhaften Leidenschaft befreien wollte. Es half aber nichts, die
Zauberei war zu mächtig, ich setzte den Verkehr mit
Osio fort und gebar eine Tochter.“
Virginia versicherte, daß sie keinen Teil habe an
den Verbrechen, die von Osio gegen die Schwestern
Catterina, Ottavia und Benedetta verübt worden
seien. Schwester Catterina sei allerdings auf ihr
Geheiß eingesperrt worden und habe gedroht, ihr
Verhältnis zu Osio zur Anzeige zu bringen. Sie sei
mit den anderen Schwestern in ihr Gefängnis gegangen, um ihr zuzureden, daß sie diese Drohung
nicht ausführen solle. Catterina aber habe hochmütig
geantwortet, sie werde Virginia und ihren Geliebten
in das Verderben stürzen. Nun sei der mitanwesende
Osio in Zorn geraten und habe sie erschlagen. „Ich
würde,“ beteuerte sie, „niemals, und wenn es der

44

Kaiser verlangt hätte, meine Zustimmung dazu geben, daß jemand ein Übel zugefügt würde."
Am 19. Februar 1608 wurde Virginia gefoltert und unter Anlegung eines den Daumenschrauben ähnlichen Instrumentes (sibilli) aufgefordert, anzugeben, ob sie in ihren früheren Verhören die lautere Wahrheit gesagt habe. Sie rief: „Ich bestätige alles, es ist der Wahrheit gemäß. Bindet mich los, ihr tut mir so weh, ich kann nicht mehr!" Sie wurde losgebunden und unterschrieb das über die Verhandlung aufgenommene Protokoll.
Hiermit schließen die Akten der Voruntersuchung und es folgen die Urteile. Zuerst das Urteil wider Virginia allein vom 18. Oktober 1608. Mannerio Lancilotto, apostolischer Protonotar und Kriminalvikar der erzbischöflichen Kurie zu Mailand, verkündigte in Gegenwart des Notars Gerolamo Bolino, sowie des Pietro Barca, Doktors der Theologie und Kanonikus an dem Collegiatstift di Santo-Ambrogio und des Priesters Antonio Mazinelle, Pflegers des Hospitals di Santo-Ambrogio zu Mailand, das also lautende Urteil: „Nach wiederholter Anrufung des Namens Christi und Gott vor Augen habend erkennen wir nach Anhörung des Rates Sachverständiger und unter deren Zustimmung die Schwester Virgina für überführt, nicht allein durch viele Zeugen, sondern auch durch ihr eigenes Geständnis, daß sie so viele schwere und abscheuliche Verbrechen begangen hat,

und verurteilen dieselbe, indem wir sie mit Rücksicht auf die heiligen Canones und päpstlichen Konstitutionen mild behandeln, zur Strafe der lebenslänglichen Einkerkerung in dem Kloster di Santa-Valeria zu Mailand in der Weise, daß sie daselbst in einem kleinen Gefängnis eingemauert werde, so daß nur eine kleine Öffnung in der Wand bleibt, um ihr das Erforderliche darzureichen, daß sie nicht Hungers sterbe, und ein kleines Fensterchen, damit sie Licht und Luft habe. Sodann soll sie während eines Zeitraums von fünf Jahren wöchentlich an jedem sechsten Tage zu ihrem Seelenheil und zu ihrer Erinnerung an das Leiden Christi fasten und womöglich nur Wasser und Brot erhalten. Auch soll sie gehalten sein, die kanonischen Stunden aufmerksam und fromm abzuhalten. Ihre Einkünfte und Renten, sowie die Früchte ihrer Brautgabe sollen, solange sie lebt, dem genannten Kloster zugewiesen werden, nach ihrem Tode aber mit ihrer Brautgabe an das Kloster di Santa-Margherita zurückfallen. Aller Würden und Privilegien, sowie des aktiven und passiven Wahlrechts wird sie verlustig erklärt."

Das zweite Urteil wurde am 24. Januar 1609 gegen den Priester Arrigone publiziert, nachdem zuvor ein Fiskal, der Advokat Sebastiano Ricci an der erzbischöflichen Kurie aufgetreten war. Die einzelnen Verbrechen wurden aufgezählt und Arrigone für schuldig erklärt:

1. Vor einigen Jahren dem Osio zur Verführung
der Schwester Virginia Rat gegeben und Beihilfe
geleistet, zu dem Ende im Namen des Osio sehr
viele Liebesbriefe an Virginia geschrieben und unter
Anrufung des heiligen Augustinus darin versichert
zu haben, daß man sich ohne Sünde zu tun küssen
könne, und daß ein Mann durch den Eintritt in
ein Nonnenkloster keineswegs der Exkommunikation
verfalle, ferner der Schwester Virginia, um sie zu
täuschen, ein Buch über Gewissensfälle (liber
casuum conscientiae) zugesendet zu haben;
2. zum Zwecke der Verführung der Schwester
Virginia einen Magnet (Kalamiten) geweiht und
ihn dem Osio gegeben zu haben, damit er ihn küsse
und sich damit bestreiche, dann aber des Nachts im
Sprechzimmer der Schwester Virginia überreiche,
um ihn ebenfalls zu küssen und sich damit zu be-
bestreichen;
3. die Hauptursache der folgenden Vergehen gewesen zu sein:
a) daß Osio viele Jahre hindurch nach Belieben in
das Innere des Klosters gedrungen ist, daselbst mit
Schwester Virginia zwei Kinder gezeugt, ja dieselbe
sogar mitunter aus dem Kloster geführt und in sein
Haus gebracht hat;
b) daß Osio die Laienschwester Catterina, eine
Dienerin der Virginia, aus Besorgnis, sie möchte ihn
verraten, eines Nachts im Kloster mit einem eisernen

Instrument erschlagen, die Leiche weggeschafft und
in seinem Hause verborgen hat;

c) daß Osio endlich die beiden Nonnen Ottavia
Ricci und Benedetta Homati aus Furcht, sie möchten vor Gericht über seinen Umgang mit Schwester
Virginia Enthüllungen machen, nach gewaltsamer
Durchbrechung der Gartenmauer aus dem Kloster
weggeführt hat, um sie zu ermorden, daß er sodann
die Ottavia in den Lambro gestoßen und ihr mit
einem Feuerrohre mehrere Schläge versetzt hat, an
denen sie bald darauf gestorben ist, und daß er die
Benedetta in einen sehr tiefen Brunnen gestürzt hat,
so daß ihr rechtes Schienbein und zwei Rippen gebrochen sind;

4. durch Briefe, Gedichte und mündliches Zureden
die Schwester Virginia um Liebe gebeten und alles
getan zu haben, um eine Liebschaft mit ihr anzuknüpfen;

5. endlich vor etwa vier Jahren mit der Schwester
Candida Colomba Liebe gepflogen, ihr Liebesbriefe
geschrieben, von ihr Liebesbriefe empfangen, sie
geküßt und umarmt und, was noch viel schlimmer
und abscheulicher gewesen, fleischlich mit ihr verkehrt zu haben.

Wegen aller dieser Verbrechen wurde Arrigone nach
vorgängiger Beratung mit dem Erzbischofe zu einer
zweijährigen Galerenstrafe und zu ewigem Exil,
fünfzehn Meilen von Monza entfernt, verurteilt.

Arrigone ergriff das Rechtsmittel der Appellation
an den Papst und focht das Urteil als ungerecht an,
weil er die Verbrechen, deren er für schuldig erachtet worden sei, nicht begangen habe, vielmehr
seine Feinde alles, was gegen ihn vorgebracht worden, erdichtet hätten. Aus den Akten ist indes nicht
zu ersehen, ob die Appellation irgendeinen Erfolg
gehabt hat.

Am 16. Juli 1609 erteilte der Erzbischof von Mailand dem Vikar Lancilotto die Ermächtigung, das
Kloster Santa-Margherita mit einem Notar zu betreten, gegen die Nonnen Benedetta, die in dieses
Kloster zurückgebracht worden war, Silvia und
Candida Untersuchung einzuleiten, gegen die erstern,
weil sie das sträfliche Verhältnis zwischen Osio und
Virginia durch ihre Hilfe unterstützt, gegen die
letztere, weil sie dasselbe getan und auch selbst mit
dem Priester Arrigone sich vergangen habe. Der
Vikar erhielt die Befugnis, diese Nonnen, wenn er
es zur Ermittelung der Wahrheit für nötig hielte,
auf die Folter spannen zu lassen.

Sie gestanden, was ihnen zur Last gelegt wurde, und
schon am 26. Juli 1609 konnte das Urteil gefällt
werden. Es lautete dahin, daß alle drei Nonnen eingemauert werden sollten. Eine Appellation nach
Rom, die ihre Verwandten einlegten, scheint vergeblich gewesen zu sein.

4 Der Mord.

Während über die unglücklichen Nonnen eine so
fürchterliche Strafe längst ausgesprochen worden
war, lebte der Hauptverbrecher Giampaolo Osio
noch immer auf freiem Fuße. Der Senat von
Mailand verfolgte ihn zwar durch seine Delegierten,
den Senator und Doktor der Rechte Giovanni di
Salamanca und den Generalfiskal Francesco auf
das eifrigste und nicht bloß ihn allein, sondern auch
seine Diener Camillo, genannt Rosso, Nicolao Per-
rina und Luigi Panzuglio. Die Diener sollten ihrem
Herrn bei der Ermordung des Drogisten Reineri
Roncini, welcher im Oktober 1607 in Monza in
seinem Laden erschossen wurde, geholfen und dann
sich mit ihm verabredet haben, den Priester Arrigone
als Mörder fälschlich anzugeben.
Es gelang jedoch nicht, die Missetäter zu ergreifen,
deshalb wurden durch ein Kontumazialurteil vom
25. Februar 1608 Giampaolo Osio wegen Mordes
zum Tode am Galgen und seine Diener zum Tode
durch das Schwert verurteilt und ihr gesamtes Vermögen konfisziert. Der Statthalter Graf di Fuentes
erließ am 5. April 1608 eine öffentliche Bekanntmachung, laut welcher er demjenigen, der den zum
Tode verurteilten Osio lebendig in die Hände der
Gerichte lieferte, eine Belohnung von 1000 Skudi
zusicherte und ihm ferner versprach, daß ihm für den
Osio vier Verbrecher freigegeben werden sollten.
Dem, der den Osio tot lieferte, wurden 500 Skudi

und die Freigabe von zwei Verbrechern verheißen. Gleichzeitig wurde das dem Osio gehörige Haus in Monza niedergerissen, dem Boden gleichgemacht und dann auf jener Stelle eine Schandsäule errichtet. Allein Osio hatte auch in Monza Freunde; nach wenigen Tagen fand man die Schandsäule umgestürzt auf der Erde liegen. Es kam nicht heraus, von wem dieser Frevel begangen war, obwohl für die Entdeckung des Täters ein Preis von 100 Skudi ausgesetzt wurde. Auch die 1000 Skudi für die Ergreifung Osios verdiente niemand, und dennoch wurde die Strafe an ihm vollzogen. Dies trug sich so zu. Osio irrte unstet und flüchtig lange Zeit umher, seine Einnahmequellen versiegten, weil sein Vermögen in Beschlag gelegt worden war, er litt oft bittere Not und war nirgends willkommen, wo er anklopfte. Zuletzt kehrte er heimlich nach Mailand zurück und wurde aufgenommen von einem seiner früheren Freunde, der dort in großem Ansehen stand. Mehrere Tage blieb er in dessen Hause verborgen, eines Morgens aber sah man auf dem Schafott, welches auf einem freien Platze stand, das Haupt des Verbrechers aufgepflanzt. Sein Gastfreund hatte ihn köpfen lassen und das vom Rumpfe getrennte Haupt auf das Schafott gesteckt. Ob er ihn töten ließ, um sich von dem Verdachte zu reinigen, daß er dem Mörder Herberge gewährt habe, oder weil er dadurch die Gunst des Statthalters zu erlangen

4*

hoffte, oder endlich um anderer Ursachen willen —
wir wissen es nicht. Aber es wird berichtet, daß
bei der Hinrichtung auch eine gewisse feierliche
Form beobachtet worden sei. Der nichts Schlimmes
ahnende Osio soll mitten in der Nacht geweckt, in
ein unterirdisches Gemach gebracht, dort in Fesseln
gelegt, und, nachdem er einem daselbst anwesenden
Priester gebeichtet, enthauptet worden sein.
Die Nonnen Virginia, Benedetta, Silvia und Candida wurden lebendig eingemauert, sie büßten in
ihrem furchtbaren Gefängnis den Bruch ihres Kloster-
gelübdes. Virginia lebte noch lange Jahre in ihrer
Einsamkeit, sie erreichte ein Alter von mehr als
60 Jahren und wurde als ein Muster tiefer Reue und
wahrer Gottesfurcht allgemein verehrt. Der berühmte
mailändische Maler Daniele Crespi (1592—1630)
erhielt vom Erzbischof die Erlaubnis, sie zu porträ-
tieren. Das merkwürdige Bild soll noch jetzt in
Mailand existieren. Der Kardinal-Erzbischof Federigo Borromeo erwähnt die so hart gestrafte Nonne
in einem Briefe vom 21. Juni 1627 nach Madrid,
wo man sich für das tragische Geschick dieses edel-
geborenen Mädchens lebhaft interessierte. Der Erzbischof sagte von ihr, sie könne ein Spiegel von
ernster Reue genannt werden. Es deutet dies darauf
hin, daß er Mitleid für sie fühlte, indes enthalten
unsere Quellen nichts darüber, daß etwa später ihr
Los ein weniger hartes geworden wäre.

So endigte dieser berühmte Prozeß. Er läßt uns
einen Blick tun in die Roheit und Gewalttätigkeit
des italienischen Adels in der Zeit des 17. Jahrhunderts, und nicht minder in die Verwilderung des
Priesterstandes, in die Sittenlosigkeit, die in den
Klöstern damals zu Hause war.

Donno Maria Vicenta de Mendieta.
1798.

Franzisco del Castillo, ein reicher Kaufmann in Madrid, war mit Maria Vicenta de Mendieta verheiratet. Beide waren edler Abkunft, aus dem Stande der Hidalgos; beide gleich begütert. Außerdem wird Castillos Bildung gerühmt. Um ausgebreitetere Handelsbeziehungen zu knüpfen und die Verhältnisse fremder Länder kennen zu lernen, unternahm er große Reisen, unter anderen auch nach London, wohin er seine Frau mitnahm.

Geachtet in seinem Vaterlande, hochgeschätzt von seinen Freunden wegen seiner Liebenswürdigkeit und seiner edlen Sinnesart, schien Castillo nichts zu seinem irdischen Glücke zu fehlen, als die Liebe seiner Gattin. Was diese gleichgültig gegen ihn gestimmt, was vielleicht einem ersten Widerwillen gegen ihn Nahrung gab, wird uns nicht vertraut. Aber gerade so heiß er sie liebte, und je mehr er sich in Aufmerksamkeit gegen Donna Maria erschöpfte, je mehr er ihr alle Wünsche von den Augen abzulesen trachtete, um so kälter nahm sie die Beweise seiner Liebe auf. Nicht, daß sie ihm etwa aus Zwang die Hand gereicht hätte, oder aus äußeren Gründen, um ihn zu heiraten, einer anderen Neigung hatte entsagen müssen; sondern es scheint, nach allem, was man über sie in Erfahrung zu bringen vermag, — sie war ein leichtfertiges, gefallsüchtiges und galantes Weib, und ohne die großartige Leidenschaftlichkeit, um derentwillen wir die Tat, zu der sie sich hinreißen ließ, beim heißen Blut einer glühenden Spanierin milder betrachten könnten.

Auch Don Francisco war kein Spanier, wie wir ihn uns vorstellen, er war kein „Arzt seiner Ehre". Mochte es nun die europäische Bildung, die er sich angeeignet hatte, oder die außerordentliche Liebe zu seiner Frau sein, genug, er ging leicht über Vergehen hinweg, welche die Eifersucht und das Ehrgefühl des alten Spaniers zu blutigen oder grausamen Taten angetrieben hätte.

Castillo war lebhaft, heftig, aber leicht zu beschwichtigen. Donna Marias Aufführung seit der Rückkehr von London gab dem gekränkten Ehemann vielfach Anlaß zum Zorn, zu strengem Einschreiten gegen das leichtfertige Weib. Ihre Verteidiger wollen seine Aufwallungen als Entschuldigungsgründe für ihre Tat geltend machen; man wird aber dem beleidigten Gatten schon einen guten Teil seines Zornes zugute halten müssen. Im Gegenteil erscheint auch sie durch erwiesene und eingestandene Tatsachen von einer Heftigkeit und Entschlossenheit, die nicht annehmen läßt, daß Donna Maria der immer leidende Teil in solchen ehelichen Zwisten gewesen ist. Sie hatte nach ihrem eigenen Geständnis die vollkommenste Freiheit und Herrschaft im Hause, sie konnte jedermann, der ihr gefiel, empfangen, konnte allein Gesellschaften und öffentliche Vergnügungsorte besuchen und nach Belieben Bälle und Gesellschaften im eigenen Hause geben. Ja, so wenig unterdrückt erscheint sie, daß die Zeugen von skandalösen Auftritten berichten, in welchen sie der angreifende Teil war. Bei einem späteren Streite fuhr sie ihm ins Gesicht, daß es davon drei starke Nägelmale erhielt. Als die Anwesenden beschwichtigen wollten, schrie sie auf, man solle sie nur lassen, sie könne schon allein ihren Mann unterkriegen! Inzwischen war eine anscheinende Versöhnung erfolgt. Der Ehegatte entfernte die anstößigen Verbindungen seiner Frau. Donna Maria schien sich seinen Befehlen zu unterwerfen, und den Gesetzen des öffentlichen Anstandes war Genüge getan, als das Unglück zu Anfang des Jahres 1796 einen jungen Mann aus Aragonien nach Madrid und in das Haus Castillos führte. Don Santiago San Juan, ein naher Verwandter Donna Marias und Franciscos Pate, kam in die Hauptstadt, um Advokat zu werden. Er schien sanfter Gemütsart, schüchtern, schweigsam, und verriet keinen besonderen Geist. Castillo nahm ihn mit der größten Gastlichkeit und Herzlichkeit auf, und sein Haus wurde gewissermaßen das Haus des jungen Menschen. Er zog ihn täglich an seine Tafel, unterstützte ihn mit Rat

und Tat und wandte allen seinen eigenen Einfluß
auf, um ihm sein Fortkommen zu erleichtern.

Castillo hatte schlecht für sein häusliches Glück gesorgt und wenig die Sinnesart seiner Gattin erwogen.
Sehr bald entspann sich ein Liebesverhältnis zwischen dem jungen Mann und der Hausfrau, welches
unter Spaniens Sonne nichts weniger als in den
Grenzen einer zarten Neigung blieb. Donna Maria
war 32 Jahre alt, San Juan erst 24; der Frohsinn
der ersteren und der schüchterne junge Mensch aus
der Provinz machen die Vermutung wahrscheinlich,
daß die ersten und deutlichen Aufmunterungen von
seiten der älteren Frau ausgingen. Das Verhältnis
war so auffällig, daß der Ehegatte es nicht allein
merken mußte, sondern sich auch gedrungen fühlte,
des öffentlichen Anstandes wegen Schritte dagegen
zu tun. Sie begnügte sich nicht damit, ihren Liebhaber bei sich zu empfangen. Sie selbst besuchte ihn
verkleidet in seiner Wohnung; sie trug ihm Geld zu,
schenkte ihm Wäsche, sogar ein Bett, sie gab ihm
einen Hausschlüssel, daß er jederzeit zu ihr in die
Wohnung konnte. Die Anklage erwähnt einen skandalösen Ball, den sie in Abwesenheit Castillos gab,
dessen Details zu schildern unmöglich ist. Um nach
dem Balle mit Don Juan ganz ungestört zu sein,
schloß sie einen Offizier mit einer jungen Angehörigen in einem Kabinett ein. Ja, als Castillo
einst unerwartet zurückkam, schob Donna Maria den

Geliebten ins heimliche Gemach, und als jener zu lange blieb, besuchte sie ihn dort, um ihn für das Warten zu trösten. Die Gattenliebe eines heftigen Mannes, wie Castillo, des Spaniers, streift ans Unglaubliche und wirft allerdings auf ihn selbst einen Teil der Schuld zurück, wenn er sich mit einer Anordnung begnügte, welche nur nach außen den Anstand herstellte. Statt den Ehebrecher zu strafen, zu verklagen, aus der Stadt und aus dem Hause zu verweisen, verordnete er, daß er täglich nur einmal sein Haus und seine Frau besuchen solle, und unterstützte ihn nach wie vor.

Obgleich nun Donna Maria ihren Buhlen täglich bei sich sah, ihn in völliger Freiheit besuchen konnte, und San Juan, da sie die völlige Herrschaft im Hause führte, bei jeder Gelegenheit zu ihr dringen konnte, erschien dem ausgelassenen Weibe dieser Zwang doch noch bedrückend. Man weiß nichts davon, daß irgendein anderer bestimmter Anlaß sie oder ihren Liebhaber zum Morde gegen Castillo angetrieben hätte. Es war weder Furcht vor weiterer Beschränkung ihres Zusammenseins, noch Haß oder Rache, die sie bewogen. Ja, was nach unserem Empfinden diesem Verbrechen den äußersten Stempel der Ruchlosigkeit und Gemeinheit gibt: der Mord wurde nicht einmal in der Absicht beschlossen, daß beide Ehebrecher ihren frevelhaften Bund nach Wegräumung des Gatten für die Dauer schlossen. Keine

Andeutung findet sich davon, daß Donna Maria ihren jüngeren Vetter heiraten wollte, vielmehr unternahm er die Tat in Aussicht eines ihm von seiner Buhlerin im voraus bedungenen Geldlohnes, und sie drang darauf, um ihren Lüsten fortan frei leben zu können. Zu erwähnen ist jedoch, obgleich es nicht als Motiv der Tat erscheint, daß Castillo während des ehelichen Friedens sich von seiner Gattin bewegen ließ, sie in einem Testamente zu seiner Erbin einzusetzen.

Die Untersuchung über das Verbrechen zeigt nichts von inneren Kämpfen, die dem Entschlusse vorangingen, nichts von äußeren Ereignissen, die ihn bestimmten. Er ist da, schon lange vor der Tat dagewesen, und mit kaltblütiger Berechnung wird ans Werk gegangen.

Im Winter 1797 will San Juan eine Geschäftsreise nach Valenzia unternehmen. Castillo schießt ihm alles Geld vor, froh darüber, den Rivalen dadurch auf einige Zeit von seiner Gattin fernzuhalten. Der junge Mensch nimmt Abschied und tritt scheinbar seine Reise an. In der Tat aber verläßt er nur seine Wohnung und zieht mit immer veränderten Namen von einer Kneipe in die andere. Donna Maria besucht ihn in jeder dieser Wohnungen, um mit ihm das Nähere und die Gelegenheit zu verabreden. Ja, man hat sie, so weit ging ihre Frechheit, öfters zusammen auf den Straßen, in dunklen Alleen, auf

öffentlichen Spaziergängen im lebhaftesten Gespräch
gesehen. San Juan machte ihr den Vorschlag, er
wolle Castillo in ihrer Gegenwart erdrosseln und ihn
dann aufhängen, damit es den Anschein gewinne, daß
Räuber ihn getötet hätten. Ein anderes Mal rief er
aus, er oder Castillo müsse sterben, worauf Donna
Maria erwiderte, nur ihr Gatte dürfe umkommen.
Einen einzigen flüchtigen Umstand finden wir erwähnt, der eine Spur von Gewissensangst enthält.
Bei einem ihrer Besuche, die sie dem Geliebten ab-
stattete, begegnete Donna Maria in der Straße einem
Verbrecher, der zum Galgen geführt wurde. Sie
meinte, es wäre schrecklich, wenn ihnen das auch
bevorstände, und ob man nicht doch lieber davon
abließe? San Juan redete ihr aber ihre Besorgnis
aus, kaufte sich zwei Pistolen und einen Dolch und
wartete auf eine günstige Gelegenheit.
Es dauerte geraume Zeit, bis der richtige Augenblick
kam, aber in ihrem Entschlusse waren die beiden
niemals wankend. Don Francisco del Castillo fühlte
sich ernstlich krank. Statt durch die Leiden des
Gatten gerührt zu werden, stürzt Donna Maria sofort
zum Versteck ihres Geliebten und teilt ihm die frohe
Botschaft mit, daß man jetzt endlich handeln könne.
Heute noch müsse das Verbrechen ausgeführt werden. Man bestimmt die Stunde um $^1/_2$8 Uhr abends.
San Juan soll sich maskieren und vor dem Hause
auf und ab gehen; wenn sie eine der Jalousien der

Balkons öffne, sei dies ein Zeichen dafür, daß er
sicher ins Haus treten könne.
Am Mittag desselben Tages entspinnt sich wieder
ein kleiner Streit zwischen den Ehegatten. Einem
Verwandten gegenüber beklagt sich Castillo bitter,
daß seine Frau so gleichgültig gegen seine Krankheit
sei; dieser Verwandte wurde später ein gewichtiger
Zeuge zur Entdeckung des Verbrechens. Castillo
drückte den Wunsch aus, daß seine Frau ihm selbst
die Krankenkost bringen möchte. Donna Maria ent-
schließt sich endlich dazu, ja es ist ihr sogar willkommen, weil sie darauf achten muß, daß alle Personen aus der Nähe des Kranken entfernt werden.
Unter irgendeinem Vorwand werden alle männlichen
Bedienten fortgeschickt; es gelingt ihr auch, den
Verwandten zum Fortgehen zu bewegen, der eigentlich den Abend bei Castillo zubringen wollte. Der
Kassierer will die fertigen Briefe zur Unterschrift
bringen, aber sie duldet nicht, daß ihr kranker Mann
gestört werde. Dieselbe Frau, die sich nie vorher
um das Hauswesen gekümmert hatte, ist heute
überall und ordnet alles an. Ja, sie eilt selbst die
Treppe hinunter und öffnet, wenn geklopft wird,
damit ja nicht ein anderer dem Mörder öffne, dessen
Tritt sie bei jedem Geräusch zu hören glaubt.
Endlich, gerade als sie dem Kranken ein kühlendes
Getränk gebracht hat, klopft der Ersehnte. Sie steigt
hinunter, indem sie alle Türen aufläßt, und öffnet

ihm das Haus. Nachdem sie sich von ihm im dunklen Flur getrennt, vielleicht nach einem Kuß, nach einer glühenden Umarmung, um ihn zur Tat zu stärken, geht sie in die Hinterstube, wo das weibliche Gesinde bei der Arbeit versammelt ist. Hier scheint sie zum erstenmal ein Gefühl von Reue empfunden zu haben. Die Mägde bezeugen, daß sie gezittert und geseufzt habe, was ihnen sonst an ihrer Herrin ganz fremd war. Aber gleich darauf weiß sie diese natürliche Empfindung durch eine grauenhafte Lüge von sich zu weisen. Sie beklagt sich gegen die Frauen, daß ihr eigensinniger Mann sie von seinem Krankenlager fortgeschickt habe; eine Lüge, die wahrscheinlich in demselben Augenblick von ihren Lippen kam, als der Dolch des Mörders in ihres Gatten Brust fuhr.

Der verlarvte Verbrecher dringt inzwischen in den Alkoven ein, wo der Kranke lag. Nachdem er vorher behutsam die Flügeltüren verriegelt hat, stürzt er mit gezücktem Dolche auf sein Opfer. Castillo will sich im Bett aufrichten, aber ein erster Stoß wirft ihn nieder. Zweimal ruft er laut auf: „Maria Vicenta, Maria Vicenta!“ Dann strengt er die letzten Kräfte an, springt auf und ringt mit dem Mörder. Es gelingt ihm auch, diesem die Maske abzureißen. Ob er ihn erkannt hat, ist ungewiß; aber der Kranke, schon auf den Tod durch den ersten

Stich verwundet, sinkt nach zehn Dolchstößen zusammen.

Das Hilfsgeschrei drang in die Hinterstube; Maria Vicenta aber behauptet, nichts gehört zu haben. Aber die Mägde sagen aus, daß sie laut mit ihnen gesprochen habe, um die Aufmerksamkeit abzulenken. Auf den Lärm stürzten sie hinaus nach dem Zimmer ihres Herrn. Aber die Tür ist von innen verriegelt. Als sie Instrumente holen wollen, um sie aufzubrechen, fällt Donna Maria in Ohnmacht, augenscheinlich, um dem Mörder Zeit zum Entschlüpfen zu lassen. Auf den Flur oder ins Vorzimmer zurückgekehrt, finden die Frauen das Licht nicht mehr, welches sie dort zurückließen. Sie reißen das Fenster auf und schreien: „Räuber, Mörder!"
Die Nachbarn und Wächter dringen ein, man findet im Alkoven den blutigen Leichnam Castillos, durchbohrt von elf Dolchstößen, halbnackend zwischen den beiden Betten liegen, seine Kleider umhergestreut, die Nachtlampe umgestoßen, die Schnüre zu den Klingeln abgeschnitten, alles mit Blut bespritzt, und in der ganzen Unordnung die deutlichen Spuren des Kampfes und des Widerstandes, den das unglückliche Opfer versucht hat.
Der Mörder war fort. Ob man die Maske, den Dolch oder sonst etwas fand, was auf seine Spur führte, ist nicht bekannt. Dagegen fand man das Bureau des Ermordeten geöffnet, und der Mörder

hatte sich mit den blutenden Händen, in Gegenwart des noch zuckenden Leichnams, daraus den ihm bedungenen Blutlohn, zwei Unzen Goldes, entnommen. Möglich, daß dies geschah, um den Verdacht eines Raubmordes zu erwecken; es paßt aber auch gut zum Charakterbild des niederträchtigen Menschen, daß er mit dem Verbrechen des Mordes sich des Diebstahls schuldig machte.

Maria Vicenta wurde sofort in sichern Gewahrsam gebracht. Zwar liefen Gerüchte um, welche die Blutschuld auf gewisse Mitglieder der mächtigen kaufmännischen Korporation, für welche Castillo soeben bedeutende Geschäfte besorgte, wälzen und den Mord zu einer Tat der Rache machen wollten; aber die öffentliche Meinung in der Hauptstadt bezeichnete nur zu bald die wahre Urheberin. Der Eindruck in Madrid und den benachbarten Provinzen, wo Castillo wohlbekannt war, war unbeschreiblich. Furcht und Schrecken bemächtigten sich der Gemüter, und in angesehenen Familien blickte mancher um sich, ob ihm nicht ähnliches passieren könnte. Ob Donna Maria die Entsetzte, die erschütterte Witwe oder die Heroine gespielt hat, wissen wir nicht. In den ersten Verhören behauptete sie eine gänzliche Unwissenheit; sie hatte keine Vermutung, keinen Argwohn gegen irgend jemand. Erst die Aussagen des Verwandten gaben den Richtern das rechte und vollständige Licht über die Familien-

verhältnisse, und dieser bemühte sich zugleich mit allen Kräften, dem eigentlichen Mörder, den er wohl vermutete, auf die Spur zu kommen.
Ein sonderbarer Umstand half dabei über Erwarten. Don Juan war nirgends aufzufinden. Doch hatte man guten Grund zu der Annahme, daß er sich noch in Madrid aufhielt. Maria Vicenta in ihrer vorläufigen Haft ließ die Angestellten ihres Hauses am 15. Dezember zu sich rufen. Nachdem sie am Morgen den Einen auf das emsigste ausgefragt hatte, was er von den Aussagen des Verwandten wisse, fand der andere ihre Gedanken am Abend noch ganz ausschließlich beschäftigt mit Grübeleien über das, was der Verwandte wohl ausgesagt haben könnte. Sie suchte allerlei Gründe vor, weshalb sie den Verwandten an dem Abend vom Krankenbett des Mannes entfernt hatte und bat den Angestellten, beim Fortgehen einen Brief für sie auf die Post zu geben.
Auf dem Brief stand keine andere Adresse als: „Taddeo Santisa zu Madrid." Eine Person dieses Namens war allen völlig unbekannt; zudem mußte es auffallen, daß sie einen Brief an jemanden in der Stadt auf die Post schickte. Es war damals an allen spanischen Postbureaus die Gewohnheit, daß man ein oder zwei Stunden nach Eingang der Post ein alphabetisches Verzeichnis aller angekommenen Briefe und Pakete am Fenster aushing, auf deren

5 Der Mord.

Adressen die Wohnung des Adressaten nicht genau
bezeichnet war. Jedermann konnte sich dann seinen
Brief holen. Er forderte nur die Nummer, und
wenn er das Porto zahlte, so erhielt er Brief oder
Paket ohne jede weitere Legitimation.
Der Angestellte schöpfte Verdacht. Auf Anraten
seines Beichtvaters eröffnete er den Brief, dessen
rätselhafter Inhalt folgender war:
„Mein lieber Vincent, benutze die Lehre, mein liebes
Kind, zu einem guten Wandel und hüte Dich vor
falschen Schritten. Bleibe hübsch zu Hause oder
verlasse die Stadt, und das beste wird wohl das
beste sein, um die Gefahr zu vermeiden. Bis jetzt
argwöhnt man nichts; aber man geht mutig darauf
los. Es ist auch ein anderer Richter; dem vorigen
haben sie es abgenommen. Leb wohl bis auf Weih-
nachten, wo Du doch gewiß kommen wirst, um mir
Gesellschaft zu leisten. Grüße Deinen Vater. Adieu
nochmals.   M. V. M.“
Der Untersuchungsrichter, dem man sofort dies Do-
kument übergab, hielt es Donna Maria zur Erklärung
vor. Aber sobald sie es erblickte, griff sie danach
und wollte es zerreißen. Der Richter selbst mußte
mit ihr ringen, und nur mit Mühe entzog er es ihren
Händen. Daraufhin wurde sie in ein strengeres Gefängnis gebracht und in Ketten gelegt.
Der Brief ward nun an der Post ausgestellt, und
zwei Wächter sollten auf den Empfänger lauern,

entweder um ihn zu verhaften oder seine Schritte
zu bewachen. San Juan kam auf die Post und forderte wirklich den Brief ab. Aber noch einmal
wollte ihm das Glück wohl. Die Soldaten waren nicht
zur Hand, und als die Postbeamten zauderten, den
Brief auszuhändigen, entfernte er sich, jedoch nicht
aus Madrid. Überhaupt verriet sein Benehmen den
höchsten Leichtsinn oder höchsten Stumpfsinn. Es
war Maria Vicenta gelungen, schon vor diesem Brief
ihm eine Warnung zukommen zu lassen, er solle
fliehen oder sich verbergen: er blieb. Man machte
ihm bei der Post die Schwierigkeiten, aus denen
er sehen mußte, daß seine Person bewacht wurde:
er blieb. Er hörte überall, wo er hinkam, nur ein
Gespräch, das über Castillos Mord, den allgemeinen
Abscheu über die verruchten Mörder: er blieb. Er
ist Zeuge, wie alles sich beeifert, alles sich bemüht,
zur Entdeckung behilflich zu sein: er bleibt und
wandert von Kneipe zu Kneipe. Endlich kommt
man ihm auf die Spur, und als man ihn arretiert,
findet man unter seinen Sachen denselben Anzug,
welchen er bei dem Morde getragen hatte, wohlver-
packt, und ohne daß er sich die Mühe genommen
hätte, die Blutflecken daraus zu entfernen.
Bald nach dieser Verhaftung legten die beiden Mitschuldigen ein vollständiges Bekenntnis ab. Die Aussagen stimmten auch in allen Einzelheiten so vollständig überein, daß an ihrer Richtigkeit nicht zu

zweifeln war. Die Verteidiger hatten einen schweren
Stand und benahmen sich noch ungeschickter als er-
forderlich: sie erklärten es z. B. als eine Rechts-
verletzung, daß man den Brief der Donna Maria
geöffnet habe, daß man eine Adlige durch harte Behandlung zum Geständnis gebracht habe, und dgl.
mehr. Dann versuchten sie es mit dem Beweise,
daß Donna Maria nach ihrer Gemütsart einer solchen Tat völlig unfähig oder unzurechnungsfähig
gewesen sei: nämlich die wütende Leidenschaft habe
aus ihr eine Maschine gemacht, ein willenloses Werkzeug in der Hand ihres Geliebten, so sehr, daß sie
nach dem Tode ihres Gatten weder sehr betrübt
noch sehr erschreckt wegen ihrer Lage gewesen sei,
vielmehr habe sie in ihrem engen Gefängnis immer
mit gutem Appetit gegessen und ruhig geschlafen.
Das Gericht fand sich nicht bewogen, um dieses
gesunden Appetits willen Donna Maria Vicenta
zu begnadigen, vielmehr wurden beide zum Tode
verurteilt. Jedoch, da sie Adlige waren, wurden sie
nicht gehängt, sondern durch die Garotta hingerich-
tet: auf einem Stuhle sitzend, wird der Verurteilte
durch ein eisernes Halsband, welches an einem
hinteren Pfahle befestigt ist, erdrosselt. Die Hinrichtung beider fand am 23. April 1798 statt, unter
dem Zustrom einer ungeheuren Volksmasse.

DieFrau desParlamentsratsTiquet.

In Spanien war noch zu Ausgang des 17. Jahrhunderts ein Gattenmord eine seltene Freveltat. Der Mord des Castillo war dort sprichwörtlich für ein ungeheures, unerhörtes Verbrechen. In Frankreich lagen die Verhältnisse ganz anders. Viele berühmte Weiber aus dem goldnen Zeitalter Ludwig XIV. kamen zu historischer Bedeutung als Symbole der zerrissenen Familienverhältnisse, der sittlichen Verwirrung, welche eine blutige Revolution hervorrufen mußte. Viele Frauen machten sich durch die fürchterlichsten Ausschweifungen und Verbrechen bekannt; im Vergleich zu ihnen erscheint die Frau des Parlamentsrats Tiquet fast harmlos, aber sie ist uns interessant, weil sie mit der Monomanie behaftet war, ihren Mann ums Leben zu bringen. Sie war eine glänzende Erscheinung in der Pariser Welt, gesucht und gefeiert trotz ihrer anrüchigen Moral, und sie würde bis zu ihrem Tode die Achtung ihrer Mitmenschen genossen haben, wenn nicht eben diese Monomanie zu einem Skandal geführt hätte, an dem der weltliche Richter nicht vorübergehen durfte. In gewisser Beziehung bildet dieser Fall, obwohl ein Jahrhundert früher als der spanische Prozeß, ein interessantes Gegen- und Seitenstück.

Angélique Carlier war eins der reizendsten Geschöpfe, von blendender Schönheit, von einem vor-

züglichen Wuchs und einer schier unvergleichlichen
Anmut des Wesens. Sie war sehr klug, gebildet,
verfügte über einen treffenden Witz in der Unter-
haltung, und so war sie, wo immer sie erschien, gefeiert und bewundert. Diese Perle von Frau hatte
aber noch andere Vorzüge, die ihr scharenweise Anbeter und Bewerber zuführte. Sie war die einzige
Tochter des Buchhändlers Carlier zu Lyon, der,
als sie kaum 15 Jahre alt war, gestorben war und
ihr ein rundes Vermögen von einer Million Frank
hinterlassen hatte.
Sie hatte Anspruch auf eine der vornehmsten Partien.
Sie konnte vollkommen frei wählen, wie ihr Herz
entschied. Sie wählte indes weder nach Rang und
Reichtum noch nach dem Herzen, sondern nur aus
einem Einfall der Eitelkeit.
Unter allen ihren Bewerbern soll der Parlamentsrat
Tiquet der wenigst Vermögende gewesen sein. Daß
er durch persönliche Liebenswürdigkeit bestach, ist
nicht anzunehmen. Daß er durch Männlichkeit sich
auszeichnete, ist mehr als zweifelhaft. Er steckte
sich hinter eine Verwandte der Schönen, mit der sie
lebte. Diese bestach er mit 40000 Frank, und damit
gewann er sehr bald den Vorsprung vor allen anderen
Bewerbern. Endlich trug er den entscheidenden Sieg
davon durch seine geschickte Galanterie. Zu Angéliques Geburtstag überreichte er ihr einen wun-
dervollen künstlichen Blumenstrauß mit Tautropfen.

Der Tau waren Diamanten. Der Strauß kostete 15000 Frank. Er kaufte ihre Hand durch dieses Geschenk.

Die ersten Jahre der Ehe vergingen in Lust und Wonne. Schönheit und Jugend, der Reiz der Neuheit, rauschende Vergnügungen und zwei Kinder verdeckten die mancherlei Mängel in beider Sinnesart, die erst mit den Jahren stärker hervortraten. Angélique war für Wechsel und Vergnügen. Er war ein mürrischer Geschäftsmann, der jetzt, da er erreicht hatte, was er erstrebt, es nicht mehr für nötig hielt, den galanten Anbeter zu spielen. Sie liebte Pracht und Aufwand und wollte sich ihren Neigungen rückhaltslos überlassen. Er liebte beides vielleicht auch, aber er hatte vernünftige Gründe dagegen, und er war klug genug, diese Gründe seiner Frau zu verbergen. Er eiferte gegen ihre Vergnügungssucht aus Gründen der Moral; es ist klar, daß eine Frau von der Sinnesart Angéliques solchen Gründen am wenigsten zugänglich ist. Und so forschte sie denn nach den wahren Gründen. Und entdeckte sie. Angélique hatte ihrem Gatten die Hand gereicht im Glauben, daß das Vermögen eines Mannes, der seiner Geliebten diamantene Blumensträuße schenkt, zum mindesten dem ihrigen gleichkommen müsse. Er hatte selbst viel von seinem Reichtum gesprochen. Statt dessen wurde sie mit Schrecken inne, daß sein Vermögen fast nur

in den Einkünften seines Amtes bestand, ja, daß er
Schulden hatte und noch die Gelder für seine Braut-
geschenke, vielleicht sogar für den Diamantenstrauß,
bezahlen mußte. Sie verachtete nunmehr ihren Gatten. Sie sah sich von ihm betrogen, also im Rechts-
zustand gegen einen Betrüger. Diesem elenden, und
noch dazu gegen sie finsteren, trockenen, ja selbst
tyrannischen Manne angehören zu müssen, empörte
sie; aus der Verachtung wurde Abscheu, und aus
dem Abscheu Haß. Ihr Bruder, Carlier, war Offizier bei der Garde; er führte einen Kameraden, den
Kapitän de Mongeorge, im Hause seiner Schwester
ein, einen jungen Mann, der alle Eigenschaften besaß, das Herz einer lebenslustigen Frau zu fesseln.
Es bedurfte kaum des Vergleichs zwischen ihrem
mürrischen Mann und diesem liebenswürdigen Offizier, um sie ganz für diesen letzteren zu gewinnen.
Ihre Neigung ging in eine rasende Leidenschaftlichkeit über, welche sie vor ihrem Manne zu verbergen
kaum für nötig hielt. Dieser dagegen hielt es um so
mehr für geboten, eifersüchtig zu sein oder wenigstens zu scheinen. Das trug natürlich nicht zum
Frieden des Hauses bei.
Der erste Fehltritt blieb nicht der letzte. In ihrem
Sinne hielt sie sich aller Pflichten gegen den un-
würdigen Gatten für ledig, sie ließ ihrer wilden
Leidenschaft, ihrem heißen Blut die Zügel schießen.
Sie haßte nur den Parlamentsrat und liebte nur den

Kapitän, aber sie verschenkte ihre Gunst, wohin
ihre wollüstige Laune sie führte. Den einzigen mo-
ralischen Unterschied zwischen ihr und einer Messa-
lina kann man darin sehen, daß die Pariserin doch
den äußeren Schein des Anstandes wahrt, und trotz
ihrer zügellosen Ausgelassenheit ihren ersten Liebhaber mit einer Herzlichkeit und Aufrichtigkeit
liebte, welche ihn, so wenig glaubhaft es scheinen
mag, zur Hochachtung vor ihrer edleren Natur
zwang.

Der Parlamentsrat wurde von seinen Gläubigern
bedrängt. Eine erwünschte Gelegenheit für seine
Frau, auf Absonderung ihres Vermögens anzutragen.
Das kam einer förmlichen Kriegserklärung gleich.
Nunmehr glaubte Herr Tiquet keinen Anlaß mehr
zur Schonung seiner Frau zu haben. Er bezichtigte
sie öffentlich der schändlichsten Untreue und be-
schwerte sich besonders über ihr offenkundiges
Verhältnis zu Kapitän Mongeorge. Ja, er ging so
weit, in einer Bittschrift seine Not vor den Thron
zu bringen. Er erwirkte auch eine königliche Kabinettsorder, die ihn ermöglichte, das schamlose Weib
zur Verhütung weiterer Schande einsperren zu
lassen.

Wie sonderbar nach unseren Begriffen dies Mittel
an sich schon ist, so machte Tiquet einen noch selt-
sameren Gebrauch davon. Er trat in das Zimmer
seiner Frau und hielt ihr mit drohender Gebärde die

Kabinettsorder hin. Er hatte sich wohl gedacht, entweder, daß er sie damit einschüchtern und wirklich zu einem besseren Lebenswandel bewegen könne, oder daß sie wenigstens in der Vermögensangelegenheit jetzt nachgiebig sein würde. Er hatte sich schwer getäuscht. Madame Tiquet, als sie es hörte, sprang auf ihn los, riß ihm die Order aus den Händen und warf sie trotz des königlichen Siegels in das Kaminfeuer. Eine solche Order war nur mit Mühe zu erlangen. Der Parlamentsrat ersuchte zwar um eine zweite Ausfertigung, aber man lachte ihn natürlich aus, und er hielt es für das Geratenste, nichts mehr davon verlauten zu lassen. Man kann sich denken, daß diese Vorgänge der Harmonie der Ehe nicht gerade förderlich waren; auch war die Frau mit ihrem Anspruch auf Vermögensabsonderung bei den Gerichten durchgedrungen. So lebte man in demselben Hause und aß an demselben Tische, aber wohnte sonst in völlig getrennten Zimmern. Drei Jahre lang erfolgten keine peinlichen öffentlichen Auftritte. Aber das Benehmen des Parlamentsrats in den wenigen Stunden des Beisammenseins, sein mürrisches, schimpfendes, rechthaberisches Betragen schürte täglich aufs neue den Haß seiner Frau und ließ in ihrem leidenschaftlichen Herzen allmählich den Wunsch immer stärker werden, sich des verdrießlichen Gatten zu entledigen. Sittenloser in ihrem Wandel als Donna Maria de

Vicenta, hat sie doch wenigstens ein sittlicheres Ziel
vor Augen: sie wollte sich dereinst mit ihrem Geliebten de Mongeroge verheiraten.
Die Art und Weise, wie sie nun die Beseitigung des
Gatten inszenieren wollte, ist fast rührend unbehol-
fen, so daß sie kaum glaublich scheint. Sie vertraute
sich zuerst dem Portier des Hauses Jacques Mourat.
Sie hatte ihn durch Geschenke und, wie man sagte,
durch sonstige Gunstbezeugungen sich völlig gefügig
gemacht. Mourat zog noch einen Lohnlakaien, Cat-
telin, hinzu, der sich derselben Belohnungen im
voraus erfreute. Dies waren aber noch nicht genug
Teilnehmer. Beide gewannen für ihren Zweck noch
einen Gardisten, zwei Bediente des Hauses, die
beiden Kammerjungfern, einen verarmten Adligen,
den Kutscher des Hauses und noch einige Soldaten
und Taugenichtse!
So furchtbar diese Verschwörung klingt, so erfolg-
los verlief sie. Der Parlamentsrat sollte an einem
Abend, wenn er nach Hause kam, von dem Banditen
niedergeschossen werden; er ging aber unbemerkt an
ihnen vorbei und Frau Tiquet sah das als ein Zeichen
dafür an, daß sie von ihrem Vorhaben abstehen solle.
Sie ließ den Verschworenen sagen, sie brauchten
sich nicht weiter zu bemühen, schärfte ihren Vertrauten unverbrüchliches Geheimhalten ein und be-
lohnte sie noch außerdem für das Versprechen, die
Sache mit ins Grab zu nehmen.

Es scheint nun unbegreiflich, daß die Eifersucht des
Parlamentsrats dabei dauernd zunahm. Er verbot dem
Portier den Kapitän Mongeorge ins Haus zu lassen.
Der Portier aber war bekanntlich die Kreatur der
Frau Tiquet. Er ließ daher den Kapitän nach wie
vor ein; darauf jagte ihn Tiquet fort und schloß
abends eigenhändig die Haustür und legte den
Schlüssel unter sein Kopfkissen.
Aber die Vorsicht war, wie man sich denken kann,
eine höchst überflüssige. Der Kapitän schlich nach
wie vor zu seiner Geliebten und diese sann nach wie
vor, wie sie ihren Gatten beseitigen könne. Sie
wartete jedoch geraume Zeit, bis das erste Attentat
völlig in Vergessenheit geraten wäre. Bei diesem
hatte sie wenigstens das eine gelernt, daß man so
wenig Mitwisser wie möglich haben müsse und zog
daher jetzt nur den Portier Mourat ins Vertrauen.
Durch seine Vermittlung verschaffte sie sich Gift.
Ihr Gatte befand sich eines Tages unwohl, sie
schickte ihm durch seinen Kammerdiener eine Suppe;
dieser aber schöpfte Argwohn, er stolperte absichtlich und ließ die Suppe fallen. Er forderte sofort
seinen Abschied und erhielt ihn, aber er erzählte
den Vorfall öffentlich.
Madame Tiquet gab deshalb ihren Vorsatz nicht
auf. Aber sie kehrte nunmehr zu ihrem ersten Entschluß zurück, ihren Gatten ermorden zu lassen.
Drei Jahre nach dem ersten Mordversuch fand ein

glücklicherer statt, der zur Untersuchung führte, der aber nicht dem Parlamentsrat, sondern Frau Tiquet das Leben kosten sollte.

An dem Tage des Mordanfalls kam Madame Tiquet zu der als Schriftstellerin bekannten Gräfin d'Aunoi, wo sich die beste Gesellschaft von Paris versammelte. Man fand, daß Madame Tiquet ungewöhnlich zerstreut und unruhig sei. Einige der Anwesenden fragten sie, was ihr fehle. — „Ich bin eben zwei Stunden in Gesellschaft des Teufels gewesen." — Als die Wirtin bemerkte, daß das sehr schlechte Gesellschaft sei, bemerkte sie, sie verstehe unter dem Teufel eine der berüchtigten Wahrsagerinnen, welche damals in Paris viel Aufsehen erregten und zum Zeitvertreib der besten Gesellschaft gehörten. Auf die Frage, was ihr denn prophezeit worden sei, antwortete sie: „Lauter Gutes. Ich würde in zwei Monaten über alle meine Feinde siegen und über ihre Bosheit und Nachreden hinaus sein. Indessen — fügte sie hinzu — möge sie denken, daß ich darauf nicht baue; denn solange mein Mann lebt, werde ich niemals ruhig sein können, und er befindet sich zu wohl, als daß meine Wünsche so schnell in Erfüllung gehen können."

Am Abend dieses Tages war die Gräfin Semonville bei Madame Tiquet. Nach ihrem Zeugnisse war durchaus keine Unruhe und Zerstreuung an ihr zu bemerken. Aber die Gräfin war selbst unruhig, weil

der Parlamentsrat noch immer nicht nach Hause
kam. Nicht, daß sie sich nach seiner Person gesehnt
oder eine Bangigkeit für ihn empfunden hätte; es
handelte sich vielmehr nur um eine kleine Bosheit.
Seine häuslichen Verhältnisse waren ihr bekannt,
und sie wußte, daß er selbst den Portier machte.
Sie wollte sich still im Zimmer verhalten, bis er nach
Hause kam und sich ins Bett gelegt hätte. Dann
wollte sie aufbrechen und ihn zwingen, seine Ruhe
zu verlassen, sich anzukleiden und ihr die Haustür zu öffnen. Allein er blieb länger als gewöhnlich, sie wurde ungeduldig und ging, ohne ihn abzu-
warten.
Auch die Bedienten wurden schon ungeduldig über
das ungewöhnliche Ausbleiben ihres Herrn, als auf
der Straße einige Pistolenschüsse fielen. Man
stürzte hinaus, dicht beim Hause lag der Parlamentsrat in seinem Blute schwimmend. Die Mörder waren
entflohen. Aber er war nicht tot, auch seine Besinnung kam ihm wieder, und als man ihn aufhob,
erklärte er, man solle ihn nicht in das Haus seiner
Frau, sondern das seiner benachbarten Freundin
tragen.
Bei der Untersuchung fand der Arzt fünf Wunden,
aber keine war tödlich, die gefährlichste war nahe
am Herzen. Der Wundarzt erklärte, daß offenbar
das Herz sich in plötzlichem Schrecken so zu-
sammengezogen habe, daß es nicht seinen ganzen

natürlichen Raum ausfüllte. Sonst hätte es getroffen
werden müssen.

Die vorläufige polizeiliche Untersuchung wurde sofort eröffnet. Als der Kommissar den Verwundeten
fragte, ob er Feinde habe, antwortete er: „Ich habe
keinen Feind als meine Frau." Diese Antwort be-
stärkte den Verdacht, und es wurde in der Stille
das gerichtliche Verfahren gegen Madame Tiquet
eingeleitet.

Diese selbst, in vollem Bewußtsein des Ungewitters,
das über sie aufzog, bereitete sich dagegen mit Entschlossenheit vor, mit der sie ihm begegnen und
widerstehen wollte. Die Kunde von der Mordtat
war wie ein Lauffeuer durch Paris gegangen. Schon
am nächsten Morgen wußte sie jeder, und Madame
Tiquet wurde allgemein als Mörderin genannt.
Dessenungeachtet besuchte sie an diesem Tage ihre
Freundin, die Gräfin d'Aunoi, wo eine zahlreiche
Gesellschaft versammelt war. Sie wollte zeigen,
daß sie vor dem Gerede sich nicht fürchte und zugleich erfahren, was im Publikum geredet würde.
Alle die in der Gesellschaft anwesend waren, bezeugen, daß man ihrem Betragen, ihren Gesprächen
nichts irgend Verdächtiges anmerken konnte. Sie
war freilich nicht so heiter und witzig als sonst, aber
das waren nur die stillen Zeichen des Kummers,
den jede Frau in ihrer Lage empfinden mußte,
mochte sie auch noch so unschuldig sein. Die voll-

kommenste Schauspielerin hätte ihre Rolle nicht
besser und feiner durchführen können. — Die
Gräfin d'Aunoi warf hin: Herr Tiquet kenne wohl
seine Mörder nicht. Sie erwiderte mit bedeutungs-
voll niedergeschlagenem Blicke: „Auch wenn er sie
kännte, er würde sie nicht nennen. Ich· bin das
Opfer, das man ermorden will."
Kaum nach Hause gekommen, erhielt Madame
Tiquet die Nachricht unter der Hand, man werde
unfehlbar zu ihrer Verhaftung schreiten. Das einzige
Mittel, das ihr bliebe, wäre die Flucht. Sie floh
nicht. Durch acht Tage wiederholten sich diese
Warnungen eines unbekannten Freundes. Sie blieb.
Am achten Tage trat hastig ein Theatiner Mönch in
ihr Zimmer; er erklärte ihr, sie dürfe nicht einen
Augenblick mehr zögern, wenn sie nicht verhaftet
werden wollte. Er zog unter seiner Kutte eine andere
Theatinerkutte hervor und drang in sie, das Gewand
anzulegen. Im Hofe stehe eine Sänfte bereit. Die
Träger wären schon angewiesen, sie an einen Ort
zu bringen, wo bereits eine Postkutsche für sie an-
gespannt wäre. Sichere Leute würden sie nach
Calais und von dort nach England bringen. Madame
Tiquet erklärte mit Ruhe: nur ein Verbrecher habe
nötig zu fliehen. Sie fühlte sich durch ihre Unschuld hinlänglich geschützt und fürchtete daher
keine Drohungen. Sie wisse viel zu genau, daß all
das ehrenrührige Gerede und die Drohungen wider

sie nur aus einer Quelle stammten. Ihr unseliger
Mann sei es, der ihren Ruf untergraben, der sie des
schwärzesten Verbrechens anschuldigte; er werde
es also wohl auch sein, der ihr diese neue Schlinge
lege. Es sei freilich in seinem Interesse, sie durch
falsche Gerüchte aus Frankreich zu vertreiben, um
so desto leichter in den Besitz ihres Vermögens zu
gelangen. Sie dankte dem Mönch und bat ihn, sich
nicht weiter um ihre Sicherheit zu bemühen.
Wirklich hatte es den Anschein, als sei dieser Besuch des Mönches nur ein Manöver gewesen. Die
Gerichtsdiener klopften nicht an und der ganze Tag
verlief ruhig. Am folgenden Tage erhielt sie wieder einen Besuch der Gräfin Semonville, die einige
Stunden bei ihr verplauderte. Als diese endlich fortgehen wollte, bat sie dieselbe dringend, ihr noch
etwas Gesellschaft zu leisten, denn sie ahne, daß
man in den nächsten Augenblicken kommen werde,
um sie zu verhaften, und sie möchte nicht gerne allein
bei Erscheinen dieses Lumpengesindels sein. Kaum
hatte sie ausgesprochen, als auch schon die Tür auf-
ging und der Kriminalleutnant Deffita mit vielen
Gerichtsdienern erschien, um sie im Namen des
Königs zu verhaften. Sie trat ihm dreist entgegen
und redete ihn mit kaltem Hohn, auf seine Begleiter
blickend, an: „Wahrhaftig, mein Herr, Sie hätten
sich die Mühe ersparen können, sich von dem Troß
begleiten zu lassen. Ich beteure Ihnen, es kommt

6 Der Mord.

mir nicht in den Sinn durchzugehen, und ich wäre Ihnen auch dann ohne Widerspruch gefolgt, wenn Sie mich allein mit Ihrem Besuche beehrt hätten.

Mit der vollkommensten Ruhe verlangt sie, daß man ihre Zimmer versiegle, damit ihre Möbel nicht zu Schaden kämen, umarmte zärtlich ihren neunjährigen Sohn, den sie sehr liebte, schenkte ihm Geld, damit er sich etwas Vergnügen machen könnte, bat ihn, die Sache sich nicht zu Herzen zu nehmen, es wäre nicht so schlimm, die Mutter würde schon bald wieder kommen. Dann empfahl sie sich wie in einer Gesellschaft von der Gräfin Semonville und stieg mit Herrn Deffita in die Kutsche, als führe sie ins Theater. Unterwegs begegnete ihr eine Bekannte. Sie grüßte sie und nickte ihr freundlich zu, wie in vollkommenster Heiterkeit der Seele.

Erst beim Anblick der grauen Mauern und Türme des Petit Chatelet wich ihre Heiterkeit der Bestürzung, ohne daß sie doch aus der Rolle fiel. Nachdem sie in das Grand Chatelet gebracht worden war, wurde der Prozeß gegen sie mit großem Eifer geführt. Sie leugnete standhaft und behielt in allen Verhören, unter allen Drohungen ihre Kaltblütigkeit und den entschlossenen Geist, der so viele Verbrecherinnen aus jener Zeit charakterisiert. Der Ausspruch des Gerichts wäre sehr zweifelhaft gewesen, wenn sich nicht unerwartet jener Lohnlakai Catelin gemeldet hätte. Entweder dünkte er sich

schlecht für sein Schweigen bezahlt, oder ihm schlug
das Gewissen, oder der Bandit war in seiner Ehre
verletzt, daß man ihn zum ersten Mordanfalle gedungen hatte, während er bei dem zweiten glück-
licheren aus dem Spiele bleiben mußte. Genug, er
legte ein vollständiges Zeugnis bezüglich des ersten
Komplottes ab, zu dem er von dem Portier Mourat
gedungen war. Man fahndete nun nach diesem und
fing ihn auch ein. Die Gegenüberstellung beider
mit Madame Tiquet führte zu keinem Resultat, auch
fehlten hinlängliche Beweise wegen des letzten
Attentates, dagegen erschien den Richtern der Beweis wegen des vor drei Jahren verunglückten Kom-
plotts gegen den Parlamentsrat Tiquet vollkommen
geführt.

Das Urteil des Chatelet vom 3. Juni 1696 lautete:
daß Angélique Carlier auf dem Greve-Platz enthauptet und Mourat daselbst gehangen werden sollte.
Ihr gesamtes Vermögen solle eingezogen werden und
demjenigen zufallen, dem es nach dem Gesetz gehöre; doch für den Fall, daß das Vermögen nicht
dem König zufiele, sollten 100000 Franks für den
König und 100000 Franks als Entschädigung für
Herrn Tiquet abgezogen werden, von welcher Summe
er Zeitlebens die Nutznießung haben solle, während
das Eigentum den Kindern verbliebe. Ferner wurden beide vururteilt, auf die Folter gebracht zu
werden, um ihre Mitschuldigen zu nennen.
6*

Herr Tiquet appellierte an das Parlament, weil ihm nur die Nutznießung der 100000 Frank zuerkannt war und verlangte noch 20000 Frank für sich allein als Entschädigung; ob er diese Entschädigung für seine Ehre oder für seine Wunden beanspruchte, gab er nicht an. Das Parlament erkannte denn diese Forderung auch noch an.

Diese schmutzige Geldepisode mitten in dem blutigen Drama erregten selbst in Paris, wo man auch damals über solche Dinge leichter dachte, großen Unwillen. Herr Tiquet, von seinen Wunden genesen, warf sich mit seinem Sohn und seiner Tochter dem König in Versailles zu Füßen und bat um die Begnadigung für die Mutter seiner Kinder. Als ihm die Bitte abgeschlagen wurde, bat er noch in demselben Atemzuge wenigstens darum, daß ihm das ganze eingezogene Vermögen seiner Frau zufallen möge. Ludwig XIV. bewilligte zwar die letzte Bitte, bemerkte aber zu seiner Umgebung: Tiquet habe durch die zweite Bitte alles Verdienstliche seiner ersten Bitte getilgt.

Ernstlicher als ihr Ehemann bemühten sich ihr Bruder und Kapitän Mongeorge, ihrer Schwester und Geliebten das Leben zu erhalten. Daß es trotz der vielfachen Bemühungen einflußreichster Persönlichkeiten nicht gelang, lag lediglich an dem Erzbischof von Paris. Dieser stellte dem Monarchen das Gefährliche einer solchen Begnadigung vor: die Beichtväter hörten ohnedies in Paris nichts als die Bekenntnisse galanter Frauen, die ihren Männern nach dem Leben getrachtet hätten. Wenn auch diese offenkundige Freveltat unbestraft bliebe, würde kein Ehemann mehr seines Lebens sicher sein.

Die Publikation des unwiderruflichen Endurteils sollte mit der Hinrichtung an einem und demselben Tage erfolgen. Die Gerüste für die Zuschauer waren schon auf demselben Platz gezimmert, denn halb Paris drängte sich, die Hinrichtung der berühmten schönen Frau zu sehen. Sie wurde morgens um 5 Uhr in die Marterkammer geführt. Noch wußte sie nichts vom Urteile des Parlaments. Sie fragte auf dem Wege, ob ihr Prozeß denn noch nicht bald zu Ende käme. — „Bald genug“, lautete die Antwort.

Der Kriminalleutnant erwartete die Verbrecherin in der Marterkammer, er hieß sie niederknien, wie es vorgeschrieben war, und so das Urteil anhören, das der Gerichtsschreiber vorlas. Kaltblütig, ohne sich zu verfärben, fast regungslos, als ginge das Ganze sie nicht an, hörte sie zu. Es war nun Bestimmung, daß dieselbe Person, die das Urteil zur Kenntnis brachte, der Verurteilten eine Ermahnungs- und Strafrede zu halten hatte. Der Kriminalleutnant malte ihr in pathetischen Bildern den Unterschied des Einst und Jetzt aus, jene freudenvollen Tage, verlebt in Schönheit, Jugendlust und Überfluß an

allem, was das Herz erfreute, und diese Tage
des Schreckens, die in wenigen Stunden drohende
schimpfliche Todesstrafe. Er bat sie dringend, von
der kurzen Zeit, die sie noch zu leben hätte, Gebrauch zu machen, und offen bekennend, sich und
ihm die Schmerzen zu ersparen, wenn er sie auf die
Folter bringen lasse.
Er hatte sich getäuscht, wenn er bei ihr auf dieselbe
Wirkung rechnete, welche der Auftritt auf ihn selbst
machte. Sie antwortete mit stolz erhobenem Kopf.
„Sie haben recht, der heutige Tag ist sehr verschieden von denen, die ich erlebt habe. Heute liege ich
vor Ihnen auf den Knien; damals lagen Sie vor mir.
Das waren allerdings schöne Tage, aber über diese
Erinnerung bin ich hinweg. So wenig fürchte ich
mich vor dem Augenblick, der mein unglückliches
Leben zu Ende bringt, daß ich ihn vielmehr als
Erlösung ansehe. Ich hoffe, das Schafott mit der
gleichen Standhaftigkeit zu besteigen, die ich in den
Verhören und jetzt beim Urteil bewiesen habe."
Der Polizeibeamte hatte zu den Verehrern der
schönen Frau gehört. Heute war er verurteilt, sie
auf die Folter zu spannen und Zeuge ihrer Qualen
zu sein.
Ihr war die Wassertortur, die Question à l'eau, zuerkannt. Diese bestand nach französischem Gerichts-
gebrauch in folgender Prozedur: Die Delinquentin
wurde entkleidet, man setzte sie auf eine Bank und

fesselte sie mit Händen und Füßen an zwei in die Mauer der Marterkammer übereinander befestigte eiserne Ringe. Dann wurde ihr ein Trichter in den Mund gesteckt und Wasser in Fülle nach und nach in den Mund gegossen. Bei der ordentlichen Folter mußte die Deliquentin vier, bei der außerordentlichen Folter acht volle Maß auf diese Weise verschlucken. Gewöhnlich waren danach die Delinquentinnen so erschöpft, daß man sie auf eine Matratze und im Winter ans Feuer legen und durch einige Gläser Wein wieder ins Leben rufen mußte, damit das Urteil an ihnen vollstreckt werden könnte, was in der Regel fünf oder sechs Stunden später erfolgte.

Madame Tiquet war schon von den Qualen, die ihrem Leibe das erste Maß Wasser verursachte, überwältigt. Sie bat, sie mit dem zweiten zu verschonen und bekannte alles über den Hergang, was wir oben berichtet haben. Auf Befragen, ob der Kapitän Mongeorge an den Anschlägen teilgehabt hätte, antwortete sie entschieden: „Ich hütete mich wohl, ihm etwas davon zu entdecken, denn es hätte mich auf immer seiner Achtung beraubt.“

Die geistlichen Tröstungen durch den Pfarrer von St. Sulpice empfing sie anscheinend mit allen Anzeichen christlicher Gesinnung. Ihr letzter Auftrag war, daß er ihren Gatten in ihrem Namen um Verzeihung bitten möge.

Keine Hinrichtung unter Ludwig XIV. hat soviel

Zuschauer in Paris angelockt. Die Fenster nach dem Greve-Platz waren zu teuren Preisen vermietet, die Dächer waren mit Schaulustigen bedeckt, die Straßen, durch welche der Zug ging, waren so gedrängt voll, daß mehrere Personen erdrückt wurden. Madame Tiquet war nie schöner, als in dem weißen Kleide an ihrem Hinrichtungstage. Als die Blicke der vielen Tausende auf sie fielen, zog sie die Haube tief ins Gesicht und beugte den Kopf zur Brust. Ihre Kühnheit war verschwunden. Aber als der Pfarrer von St. Sulpice ihren sinkenden Mut durch seinen geistlichen Zuspruch wieder gestärkt hatte, richtete sie sich abermals in die Höhe, schob die Haube zurück und blickte auf die Pariser mit unbefangenem, ruhigem Blicke, aus dem aber alle Herausforderung und aller Hohn geschwunden war. Der Portier saß ihr gegenüber auf demselben Wagen. Sie bat ihn, zu verzeihen, daß er durch ihre Schuld denselben Weg mit ihr fahre.

Abends um 5 Uhr kam sie auf dem Greve-Platz an. Ein Aufschub der Exekution kam vom Himmel herab. Es goß in Strömen, die Bretter des Schafotts wurden so schlüpfrig, daß der Scharfrichter nicht mit Sicherheit darauf stehen konnte. Zur Verschärfung ihrer Qual mußte die feine Frau lange Zeit, bis die Wolken sich verteilten, in ihrem leichten Kleide, im Angesichte aller, den Wolkengüssen, die ihre zarte Haut verwundeten, auf dem Karren

standhalten. Sie mußte alle Zubereitungen sehen, die
sonst der Angstschleier, welcher sich um die letzten
Blicke des Verurteilten legt, verhüllt. Auch die
schwarze Kutsche, mit ihren eigenen Pferden be-
spannt, die ihre Leiche fortführen sollte, auch die
Hinrichtung des Portiers Mourat, die vor ihren
Augen erfolgte, erschütterte sie nicht. Sie reichte
dem Scharfrichter die Hand, sie aufs Schafott zu
führen, küßte oben das Beil, strich ihre Haare
zurück und setzte das Kopfzeug fest, und alles mit
einem Anstand und rascher Gewandtheit, welche die
Pariser entzückte. Mit derselben Anmut kniete sie
nieder, entblößte den Hals und legte den Kopf auf
den Block. Die ungewöhnlichen Reize, die er erblickte, verwirrten sogar den Scharfrichter. Er mußte
fünfmal zuhauen, ehe er den Kopf trennen konnte.
Der Kopf der Ehebrecherin und Gattenmörderin
blieb einige Zeit auf dem Schafott ausgestellt. War
die Absicht dabei, Entsetzen und Abscheu vor der
Tat zu wecken, so war sie verfehlt. Die Pariser
konnten sich an dem schönen Kopfe nicht sattsehen.
Die Züge sollen nicht in dem Geringsten verändert
gewesen sein; ja, man meinte, daß die lebendige
Tiquet nie so schön ausgesehen habe. Und doch war
es der abgeschlagene, blutlose Kopf einer Frau von
42 Jahren. Ihr Gatte tröstete sich, indem er den
Körper der Entseelten in allen Ehren bestatten ließ
und ihr Vermögen für sich einzog.

Die Pariser trösteten sich durch lebhafte Teilnahme
an dem Schicksal des unglücklichen Geliebten der
Madame Tiquet. Kapitän Mongeorge irrte einsam
in dem Park von Versailles während der Exekution
umher. Weder der Zuspruch des Königs noch die
Teilnahme der ganzen Stadt an seinem Schmerze
konnte seinen Kummer stillen.

So starb Angélique Carlier auf dem Schafott. Ihr
Tod war noch lange Zeit ebenso ein Gegenstand
der Rührung, wie ihre Hinrichtung ein Schauspiel
wohl des pikantesten Interesses gewesen war.

Die Spanier durchrieselte ein Entsetzen, als Donna
Maria de Mendieta ihre sündige Lust auf der Garotta büßte. Beim Gedächtnis an die Tiquet flüsterten die Damen von Paris ein „Schade um die schöne
Frau", und ein Lächeln schwebte um die Lippen,
wenn der Parlamentsrat Tiquet erwähnt wurde.

Der Doktor Jahn.

Motto: Ihr seid noch ziemlich wohlgebaut,
   An Kühnheit wird's Euch auch nicht fehlen,
   Und wenn Ihr Euch nur selbst vertraut,
   Vertrauen Euch die andern Seelen.
   Besonders lernt die Weiber führen,
   Es ist ihr ewig Weh und Ach
   So tausendfach
   Aus einem Punkte zu kurieren.
   Und wenn Ihr halbweg ehrbar tut,
   Dann habt Ihr sie all' unterm Hut.
   Ein Titel muß sie erst vertraulich machen,
   Daß Eure Kunst viel Künste übersteigt,
   Zum Willkomm tappt Ihr dann nach allen Siebensachen,
   Um die ein andrer viele Jahre streicht,
   Versteht das Pülslein wohl zu drücken
   Umfaßet sie mit feurig schlauen Blicken
   Wohl um die schlanke Hüfte frei,
   Zu sehn wie fest geschnürt sie sei.

In diesen Zeilen ist ausgedrückt, welche hohe Verantwortung in den Händen des Arztes liegt und welche Gefahr er darstellt, wenn mit seinem verantwortungsvollen Berufe nicht zugleich ein hohes Ethos verbunden ist. Bei der Leichtigkeit der Annäherung einerseits, bei der mühelosen Verfügung über alle Gifte und sonstigen Mittel andererseits, ist es nur natürlich, daß ein haltloser Charakter leichter darin zum Straucheln kommt als irgend ein andrer. So ist denn auch die Kriminalistik an berühmten Prozessen gegen Ärzte reich. Der nachstehende Fall ist als ein typischer dieser Art herausgegriffen, obwohl er sich nur in einem engen Kreise abgespielt hat. Das große Interesse des Prozesses beruht namentlich in der Art und Weise, wie man zur Überführung des Mörders gelangte und in dem raschen Abschluß des Dramas unmittelbar nach der Verurteilung.

In dem zwei Stunden vor Dessau gelegenen ansehn-
lichen Dorfe Quellendorf wohnten im Juni 1860
zwei Schwestern. Emilie und Luise Berger, die
erstere 30, die letztere 29 Jahre alt, in einer kleinen
Mietswohnung. Die Familie war seit kurzer Zeit
vielfach von schweren Unglücksfällen heimgesucht
worden. Im Dezember des Jahres 1859 war der
Vater, ein unvermögender Schuhmacher, im Januar
darauf die Mutter an Typhus gestorben. Dieselbe
Krankheit hatte zwei Brüder ergriffen, und auch
Emilie Berger wäre ohne die unermüdliche Pflege
ihrer Schwester Luise kaum durchgekommen. Luise
Berger, hübsch von Gesicht und Gestalt, war
immer ein heiteres, lebenslustiges, ausgelassenes, ge-
schwätziges Mädchen, nicht spröde den Männern
gegenüber, wie die Tatsache bezeugt, daß sie mit
einem fremden Nagelschmiedegesellen ein vertrautes
Verhältnis anfing, in dem sie am 27. Februar 1859 von
einem Mädchen entbunden wurde. In der letzten Zeit
sah man sie häufig niedergeschlagen und sorgenvoll,
ja, auf manchen machte sie zeitweilig den Eindruck
einer geistig Gestörten. Auch der Schwester war es
aufgefallen; sie vermutete eine neue Schwangerschaft;
aber Luise bestritt jeglichen Verkehr mit Männern.
Am 22. Juni war Luise den Morgen über in ihrer
Wohnung und wartete ihr Kind; mittags brachte sie
es ihrem Bruder und ging selbst arbeiten zu einem
Gastwirt Werther; um 7 Uhr abends verzehrte sie

bei ihrem Bruder etwas Hirsebrei und ging dann nochmals zu Werther zurück. Um 9 Uhr kam sie flüchtig in die Wohnung, sagte der Schwester, daß sie noch einmal weggehen müßte, und verließ die Wohnung wieder.

Bald nachher legte sich Emilie Berger zu Bett. Sie wachte noch, als Luise zwischen 9 und 10 Uhr von außen an das Fenster klopfte und ihr zurief, sie könne noch nicht nach Hause kommen, sie sei von dem Doktor Jahn an die „Buschecke“ bestellt gewesen, er sei aber dort nicht erschienen, und so müsse sie ihn darum in seiner Wohnung aufsuchen. Auf die Erwiderung Emilies, den Mann könne sie ja doch zu jeder anderen Zeit treffen, entgegnete Luise: „Ja, das sprichst du, er hat es aber schon öfters so gemacht und mir etwas geben wollen, aber, wenn er kommt, sagt er regelmäßig, er habe nichts!“ Und damit ging Luise fort.

Emilie war in lebhafter Unruhe, denn sie wußte nicht, was ihre Schwester bei Dr. Jahn wollte. Dieser wohnte in unmittelbarer Nähe ihres väterlichen Hauses und war als Hausarzt in der Krankheitszeit dort täglich ein und aus gegangen. Was hatte Luise mit ihm? Wozu hatte er sie bestellt? Was hatte sie so dringend von ihm zu fordern, daß sie noch am späten Abend zu ihm gehen mußte.

In diesem Nachsinnen konnte Emilie nicht einschlafen. Die Uhr in ihrer Stube, welche eine

Stunde vorging, hatte eben Mitternacht geschlagen, als Luise endlich zurückkehrte. Emilie hatte die Lampe brennen lassen; sie bemerkte nichts Auffälliges an Luise. Auf ihre Frage, wo sie denn so lange gewesen sei, antwortete sie:

„Ach Gott, Emilie, ich will es dir nur sagen, ich bin schwanger.‟

Emilie machte ihr Vorwürfe darüber, daß es wieder mit ihr dahin gekommen sei, sie frug nach dem Namen des Schwängerers. Luise nannte den Doktor Jahn.

Als ihr nun Emilie vorhielt, wie sie sich mit einem so vornehmen Manne hätte einlassen können, der noch dazu verheiratet wäre, so daß er sie nicht heiraten könnte, brach sie in Tränen aus: sie leugnete unbedingt, daß sie mit irgendeinem andern Manne Verkehr gehabt hätte.

Sie erzählte dann, daß sie soeben bei Doktor Jahn gewesen wäre. Um mit ihm sprechen zu können, habe sie fälschlich gesagt, der in ihrer Nähe wohnende Arbeiter Berger sei erkrankt und lasse ihn rufen, und darauf sei der Doktor mit ihr fortgegangen. An der Buschecke habe sie dann mit dem Doktor gesprochen. Er habe sie gefragt, ob ihr Bruder und ihre Schwester von ihrer Schwangerschaft wüßte, und, als sie das verneinte, ihr verboten, davon zu reden.

Auf Emilies Frage, ob ihr der Doktor noch kein

Geld gegeben, sagte sie: ja, er habe ihr am Abend
vorher einen Taler gegeben. Und heute habe er
versprochen, ihr fünf Taler und später noch einmal
fünf Taler zu geben.

Emilie fragte nun, da ihr eine merkwürdige Äußerung eines Bekannten einfiel, ob der Doktor ihr
schon einmal etwas eingegeben habe. Luise sagte:
ja, aber sie besitze das Fläschchen nicht. Offenbar
war sie bei diesem ganzen Gespräch sehr erregt.
Etwa eine halbe Stunde war seit ihrer Rückkehr vergangen, ohne daß Luise Anstalten machte, ins Bette
zu gehen. Auf Emilies Ermahnung zog sie sich
aus und wollte dann, als sie damit fertig war, die
Lampe ausblasen. Obgleich diese ganz dicht vor
ihr stand, versuchte sie es fünf- oder sechsmal vergeblich, und erst als sie die Lampe vom Tisch nahm
und unmittelbar vor den Mund, gelang es ihr.
Dabei sagte sie:

„Weißt du, Emilie, was der Doktor gesagt hat?
Er hat gesagt, wenn das Herzgeblüte kommt, soll
ich zu dir sagen, du sollst ihn gleich rufen; dann
würde er sofort kommen. Und weißt du, was er
dann sagte? Wenn dies noch nicht helfe, dann würde
er es selbst mit Instrumenten holen!“

Noch immer zögerte sie, sich ins Bett zu legen. Vor
dem Bett stehend, brach sie mit auffallend matter
Stimme in neue Klagen aus.

„Es ist doch traurig,“ sagte sie, „nun komme ich

von so einem Manne in die Wochen, der mir nichts
gibt. Wenn ich was haben will, spricht er, er habe
nichts. Gestern abend hat er mich auch hinbestellt,
gab mir einen halben Taler und sprach, er hätte
weiter nichts."
Emilie tröstete wieder und mahnte sie, sich hin-
zulegen. Luise legte sich darauf auch gleich, jedoch mit etwas schwerfälligen Bewegungen, zu der
Schwester vorn in das gemeinschaftliche Bett, un-
gewohnter Weise mit Unterröcken und Kopftuch.
Im Augenblick des Hinlegens sagte sie:
„Ach Gott, ich kann ja wohl gar nicht schlafen.
Ich muß morgen früh um fünf Uhr wieder aufstehen
und auf die Arbeit gehen!" Und nach einem kurzen
Weilchen: „Du willst dich nun vermieten, was soll
ich nun anfangen mit zwei Kindern, und kriege
nichts."
Wenige Minuten nachher fühlte Emilie, wie ihre
Schwester heftig mit den Ellbogen gegen sie an-
drängte, so daß ihr eigener Platz beengt wurde.
Dann machte sie eine Bewegung, um sich auf die
Seite zu legen. In demselben Augenblicke begann
ihr Atem heftiger zu werden und förmlich zu jagen.
Etliche Augenblicke darauf klagte sie über Übel-
keit, stöhnte, als wenn sie sich übergeben wollte,
und bat um frisches Wasser. Emilie sprang aus
dem Bett und eilte, ohne sich anzukleiden, mit einem
im Hausflur stehenden Eimer auf die Straße nach

dem nur wenige Schritte entfernten Ziehbrunnen. In der Hast und Aufregung — sie hörte Luise sehr laut und schmerzlich stöhnen — ließ sie den Eimer in den Brunnen fallen. Eiligst weckte sie die Ehefrau des Hauswirts, des Nachtwächters Wust, erhielt von dieser frisches Wasser und eilte — sie war nur wenige Minuten fort gewesen — in die Stube zurück. Luise war still und antwortete auf ihren Zuruf nicht; Emilie beleuchtete sie mit der Lampe: Luise war tot.

Die kaum glaubliche Tatsache wurde bald nachher vom Arzt, von Dr. Jahn, bestätigt. Auf den Wunsch Emilie Bergers war dieser herzugerufen worden. Er untersuchte den toten Körper und gab seinen Ausspruch dahin ab, daß Luise Berger wirklich tot sei. Die Plötzlichkeit des Todesfalles und eine freilich noch sehr unbestimmte Vermutung, daß ein Verbrechen vorliege, bewog den Pfarrer, dem Kreisgericht schriftliche Anzeige vom Todesfall zu machen.

Der Verdacht, der sich von vornherein auf Dr. Jahn lenkte, gibt uns Anlaß, uns mit der Vergangenheit des Dr. Jahn zunächst einmal zu beschäftigen.

Hermann Jahn stand damals im 30. Lebensjahre. Er war der Sohn eines Pfarrers in einem anhaltischen Dorfe. Bis zum Jahre 1840 wurde er von dem Vater selbst unterrichtet, dann besuchte er in Dessau das Gymnasium und war dort in Pension

7 Der Mord.

bei seinem Onkel. Vater und Onkel hielten ihn
streng, so daß er von den Freuden der Jugend nichts
genießen konnte. Die natürliche Reaktion trat nach
dem Verlassen des Gymnasiums ein; die Jugendlust seines stürmischen Gemütes und die Jugend-
kraft eines ungewöhnlich gesunden und starken Körpers loderte in der Luft der akademischen Freiheit
desto höher auf, und aus dem scheuen, bedrückten
Knaben wurde bald ein wilder, in seinen Kreisen
hervorragender Korpsstudent. Sein ohnehin stark
gerötetes, nicht häßliches, durch eine Fülle dunkeln,
struppigen Haares gehobenes Gesicht trug in zahlreichen Schmissen die Zeichen des flottesten Bur-
schenlebens in Leipzig und Würzburg.
Nach vierjährigem Aufenthalt auf diesen beiden
Universitäten genügte er als Assistenzarzt seiner
Militärpflicht und ließ sich dann nach dem Staats-
examen als praktischer Arzt in Görlitz nieder. Dort
war keine eigene Apotheke, so daß er die Filiale
einer öffentlichen Apotheke selbständig zu verwalten
und seinen Kranken selbst die Arzneien zu bereiten
hatte. Trotz seiner schlechten Vermögenslage heiratete er schon dort das Mädchen, mit dem er sich als
Student verlobt hatte.
Dr. Jahn hat sich stets geäußert, daß seine Ehe
eine äußerst glückliche gewesen sei, und es liegt
auch keinerlei Zeugnis vor, das dagegen spricht; er
selbst hatte Sinn für ein ruhiges, häusliches Leben,

nachdem er sich vorher ausgetobt hatte, und seine
Frau hatte alle die Vorzüge, die einem Mann das
Heim angenehm machen können; zwei Kinder trugen
zu dem häuslichen Glück bei.

Im Januar 1859 hatte er Gelegenheit, die Praxis
in der wohlhabenden Gegend in Quellendorf zu
übernehmen, er siedelte dorthin über und bezog das
von dem Vorgänger neuerbaute hübsche Haus, in
welchem zugleich die Apotheke untergebracht war;
wie bei seinem Vorgänger, so waren auch zwischen
ihm und dem Apotheker die Beziehungen so freund-
schaftlich, daß die Wohnräume ohne Trennung in-
einander übergingen.

Jahn gab sich tüchtige Mühe, die gute Praxis zu
erhalten. In seinem ärztlichen Wirken fehlte es ihm
auch nicht an Glück, freilich trat der traurige Fall
ein, daß im Juni 1860 binnen vier Tagen drei
Kinder eines Gerichtsunterbeamten an Bräune starben; jedoch wurde ihm allgemein kein Vorwurf
daraus gemacht, und so hatte er auch Aussicht, allmählich die Schuldenlast seiner Studentenjahre von
sich abzuwälzen.

Von seinen Freunden und Bekannten wurde Dr. Jahn
allgemein seine freiherzige Offenheit nachgerühmt,
andere loben seine weltmännischen Talente, andere
wieder fanden seinen Charakter sehr verschlossen.
Fest steht ferner, daß Jahn heftige geschlechtliche
Neigungen gehabt hat und diesen Neigungen in un-

7*

gewöhnlichem Maße und oft unbesonnener Weise
nachgegeben hat.

Auf die Anzeige beim Kreisgericht wurde die Ob-
duktion der Leiche angeordnet. Auch Dr. Jahn
wohnte dieser Handlung bei. Der Kreisphysikus
Dr. Mann war ein Jugendbekannter Jahns. Dem
Richter gegenüber äußerte Dr. Jahn, daß die
Untersuchung doch wohl nur auf Selbstmord
gerichtet werde.

Allein zu einer „Untersuchung auf Selbstmord" lag
so wenig Anlaß vor, daß vielmehr zu einer sehr
genauen Sektion geschritten wurde.

Das merkwürdigste anatomische Ergebnis dieser
Untersuchung war, daß Luise Berger nicht
schwanger gewesen war. Wie hätte man daran
zweifeln sollen nach den letzten Lebensstunden der
Unglücklichen, die nur von dem Gedanken an ihre
Schwangerschaft erfüllt war, ja nach den Angaben
des Doktor Jahn selbst. Dieser hatte während einer
augenblicklichen Abwesenheit des Kreisphysikus den
Schnitt getan, welcher diese Tatsache enthüllte und
rief im Ton der größten Verwunderung dem wieder
eintretenden Kreisphysikus zu: „Sieh einmal, Mann,
sie ist ja gar nicht schwanger." War's nur Verwunderung, die ihn erfüllte? War's wirklich Ruhe und
Sicherheit des Gemüts, die in seinem Äußeren beim
Beginn der Sektion und auch bei Eröffnung der
Unterleibshöhle kein Zeichen einer Angst und Auf-

regung erkennen, bei der Unterbindung des Magens
und der Darmstücke ihn fest und sicher mit Hand
anlegen ließ?
— — Noch ehe die chemische Untersuchung des
Mageninhalts den Tod durch Coniin erwiesen hatte,
eines Giftes, das sehr selten ist, verdichteten sich die
Verdachtsmomente gegen Dr. Jahn. Als Dr. Mann
nach Dessau fuhr, um sich über die chemische
Analyse zu informieren, bat Jahn, sein Freund
möchte ihm, sobald die Untersuchung irgend etwas
Verdächtiges ergebe, durch einen expressen Boten
Nachricht zukommen lassen.
Mann hatte schon am Tage zuvor von den Verdachts-
gründen gehört und fragte daher Jahn, ob er mit Luise
Berger geschlechtlichen Umgang gepflogen habe.
Dieser gab zu, daß das im Februar geschehen sei.
Am 28. Juni sollte die chemische Analyse völlig
beendet sein. Dr. Mann kam an diesem Tage bei
Jahn vorbei. Dieser sagte zu ihm: „muß das denn
so genau genommen werden?“ und fügte dann hinzu:
„Du könntest doch dabei manches tun.“
Mann erwiderte jedoch, er könne in der Angelegen-
heit nichts tun, als seine Pflicht.
Im Augenblick des Fortgehens bat Jahn flehentlich:
„Schicke mir einen expressen Boten: Ich muß
meine weiteren Maßregeln treffen — — Ich
kann meine Frau nicht als Witwe eines Mörders zurücklassen.“

Da ihn die Auskunft von Mann nicht beruhigt hatte,
begab sich Jahn noch zu dem andern Physikatsarzte,
Dr. Mohs, mit dem er näher befreundet war, als mit
Mann, und sagte ihm, es müsse auf alle Fälle ver-
mieden werden, daß der Richter in Quellendorf
von eventuellem verdächtigen Befunde eher unterrichtet sei als er, dann würde er sicher verhaftet
werden, und dann wäre seine Existenz, selbst für
den Fall einer Freisprechung, vernichtet; er müsse
Zeit haben, vor der Verhaftung sich, seine Frau
und sein Kind ums Leben zu bringen. Er bitte
daher Mohs inständigst, die Chemiker zu veranlassen, die Untersuchung nicht zu genau zu führen,
das sei vielleicht die letzte Gefälligkeit, die er in
seinem Leben ihm erweisen könne.
Es blieb den beiden Physikatsbeamten nichts übrig,
als die ihnen gemachten Äußerungen Jahns dem
Staatsanwalt mitzuteilen, und derselbe schritt darauf
unverzüglich zur Verhaftung.
Bei seiner ersten Vernehmung war Dr. Jahn äußerlich so ruhig und unbefangen, als ob er des leichtesten
Vergehens beschuldigt würde, und erklärte:
„Mit Bewußtsein habe ich am Tod der Luise Berger
keine Schuld. Ich kannte sie seit der Zeit meines
Aufenthalts in Quellendorf. Während der Krankheit
ihrer Angehörigen kam sie sehr oft in meine Wohnung; sie hatte mir wiederholt zu erkennen gegeben,
daß sie mir zu Willen sein wolle, und, von Sinnenreiz

verführt, benutzte ich sie einmal im Februar in
einem zu meiner Wohnung gehörigen Scheunen-
gebäude zum Beischlaf. Ich habe das später noch
einmal in ihrer Wohnung getan, aber sonst nicht.
Es ist vollkommen ausgeschlossen, daß eine Schwän-
gerung dabei eingetreten ist. Im April klagte sie
mir, sie sei darüber ängstlich, daß ihre Regel nicht
wiederkehre. Ich beruhigte sie und gab ihr ein
leichtes Mittel, damit ihre Schmerzen nachließen,
da ich an eine von mir herrührende Schwangerschaft
nicht denken konnte.
Wenige Wochen nachher wurde ich zu ihrem Bruder
gerufen. Ich fand sie fast besinnungslos auf dem
Bett in heftigem Erbrechen. Sie hatte angeblich
schon seit mehreren Stunden gebrochen und konnte
vor Erschöpfung kaum ein Wort hervorbringen. Ihr
Bruder erzählte mir, daß er mit ihr einen sehr heftigen Auftritt gehabt habe; sie sei zu ihm gekommen
und habe ihn kniefällig gebeten, sie wieder zu sich
zu nehmen. Er habe ihr das abgeschlagen; sie sei
dadurch sehr aufgeregt gewesen und dann sei das
Erbrechen eingetreten. Ihr Bruder hätte ihm vertraut, er hätte den Eindruck gewonnen, daß seine
Schwester wieder schwanger wäre und etwas dagegen eingenommen hätte.
Die Berger wäre dann mehrere Male zu ihm gekommen und hätte immer erklärt, sie wäre schwanger, und zwar von ihm, obwohl ich das für voll-

kommen ausgeschlossen halten mußte. Er habe sie
oberflächlich untersucht und keinen Anhalt für die
Schwangerschaft gefunden. Sie habe ihn mehrfach
um Geld gebeten, und er habe ihr auch einen Taler
gegeben. An dem fraglichen Abend sei sie wieder
zu ihm gekommen, angeblich um ihn zu dem Arbeiter
Berger zu holen, in Wirklichkeit aber, um ihn nochmals zur Rede zu stellen, und sie habe ihn um ein
Medikament gebeten, damit die Regel sich wieder
einstelle. Um sie zu beruhigen, habe er ihr ein paar
Tropfen Hoffmannschen Lebensbalsam gegeben.
In der Nacht zwischen 11 und 12 Uhr sei er dann
gerufen worden und habe Luise Berger tot vor-
gefunden. Der auf ihn fallende Verdacht, er könnte
einen Kunstfehler begangen haben, indem er ein gefährliches Medikament verordnete, sei ausgeschlossen, und der Gedanke, daß er etwa absichtlich der
Berger Gift gegeben habe, sei vollkommen unsinnig.
Es wäre ihm natürlich das Drängen der Berger
unangenehm gewesen, aber von dieser Unannehm-
lichkeit bis zu dem Entschluß, sich das Mädchen
durch ein Verbrechen vom Halse zu schaffen, sei
ein unendlicher Schritt. Auch wäre durch sein Verhältnis zur Berger die Ehe nicht getrübt geworden,
denn seine Frau wäre nach einem offenen Bekenntnis, wie er es nach dem Tode der Berger ihr
abgelegt habe, zur völligen Verzeihung bereit gewesen. Seine Überzeugung sei es daher, daß, wenn

tatsächlich tödliches Gift bei der Sektion gefunden
werde, die Berger sich dasselbe verschafft habe,
um ihrem Leben selbst ein Ende zu machen; denn
in Quellendorf gingen schon seit längerer Zeit Gerüchte um, daß die Berger sich mit Selbstmordgedanken trage. Endlich sei es ja auch möglich, daß
die Berger irgendein sogenanntes Hausmittel gebraucht habe, wie es die Landleute häufig tun, und
daß sie zur Bereitung eines solchen Hausmittels
irrtümlich auch Schierling oder Bilsenkraut oder
etwas Ähnliches gepflückt habe.
Der Angeschuldigte bestritt also von vornherein jede
Möglichkeit einer Beteiligung am Tode der Berger
und baute von vornherein seine Verteidigung auf
die Wahrscheinlichkeit eines absichtlichen oder un-
absichtlichen Selbstmordes der Berger auf.
Mit dieser Auslegung des Todes schien er zunächst
Glück zu haben, denn es fanden sich in der Tat eine
ganze Masse Zeugen, die aussagten, daß die Berger
in der letzten Zeit ein merkwürdiges Wesen zur
Schau getragen habe und allen möglichen Bekannten
gegenüber den Wunsch des Todes hatte durchblicken
lassen. Ferner ergab sich zugunsten des Angeklagten, daß nachweislich eine ganze Masse Hausierer
auch in Quellendorf aus und ein gingen, die den
Bauersleuten allerlei Mittel anboten, und sicher auch
häufig den Mädchen Abtreibungsmittel anpriesen.
So war es möglich, daß Luise Berger in der Furcht

vor der Schwangerschaft auch durch einen solchen Handelsmann ein Gift bekommen hatte.

Die chemische Analyse strafte jedoch alle diese Vermutungen Lügen, auf die Dr. Jahn seine Verteidigung aufgebaut hatte. Es war nämlich in dem Magen der Berger Coniin gefunden worden, ein äußerst seltenes und kostbares Gift, das fast nie zur Anwendung gelangte. Genaue Nachforschungen in der Quellendorfer Apotheke hatten erwiesen, daß zur Zeit, als Dr. Jahn nach Quellendorf kam, in der Apotheke noch ein Fläschchen Coniin vorhanden war, und daß jetzt dieses Mittel fehlte. Es befand sich in dem nur dem Apotheker und Dr. Jahn zugänglichen Giftschranke, und da sich aus den Büchern der Apotheke genau nachweisen ließ, daß das Coniin nie benutzt worden war, so war damit der Beweis der Schuld des Dr. Jahn nahezu erbracht. Als er die Schlinge sich so fest um seinen Hals zuziehen sah, griff Dr. Jahn zu dem letzten ihm noch übrig bleibenden Verteidigungsmittel. Er gab zu, daß er an dem Abend dem Hoffmannschen Lebensbalsam, den er der Berger zur Beruhigung gab, noch ein Opiat hatte hinzufügen wollen, damit sie in der Nacht gut schliefe, und da bestände dann die Möglichkeit, daß er sich in dem Giftschrank vergriffen und irrtümlich das Coniin hinzugefügt habe. Durch Aussage des Quellendorfer Apothekers war jedoch erwiesen, daß das Coniin nicht vornan und leicht

erreichbar gestanden habe; auch diese Verteidigung
schlug fehl, und der Staatsanwalt mußte in der
Verhandlung darauf bestehen, daß die Schuldfrage
auf Mord zu bejahen sei.

Der Verteidiger führte in einer außerordentlich glänzenden Rede alles an, was zugunsten Dr. Jahns
anzuführen war, sein ganzes Bestreben ging dahin,
daß die Geschworenen lediglich auf Tötung er-
kannten, nicht auf schuldig des Mordes.

Nach dem Schlusse der Parteiverhandlungen gab
der Präsident des Gerichtshofes das Resumee der
mündlichen Verhandlungen. Klar und anschaulich
legte er zunächst den objektiven Tatbestand dar,
in vollständiger Beherrschung des in vielen Beziehungen ungemein verwickelten Materials. Dann teilte
er den Stoff in die Fragen, ob Selbstmord für möglich zu halten sei, eventuell ob Mord oder fahrlässige
Tötung vorliege, für deren jede er alle Gründe
für und wider sichtete und vorführte. Daran knüpfte
er eine Anrede an die Geschworenen über die Größe
ihrer Geschworenenpflicht und über die hohe Bedeutung des Falles. Anknüpfend an die Worte des
Staatsanwalts und des Verteidigers schloß er: „Es
ist kein Schimpf für unser Vaterland, wenn Sie
durch Ihren Ausspruch feststellen, daß dasselbe
einen ungewöhnlich schweren Verbrecher zu seinen
Bürgern zählt; wir würden dieses Unglück mit vielen
Ländern teilen; auch das ist kein Schimpf, wenn

der Angeklagte trotz des gegen ihn vorgebrachten
Verdachts seinem Berufe erhalten bleibt; aber es
wäre wohl ein Schimpf, wenn Sie, im Widerspruch
mit Ihrer Überzeugung, gegen die Wahrheit erkennen sollten."
Gegen 10 Uhr abends zogen sich die Geschworenen
zurück. Von den Zuhörern verließ niemand seinen
mühsam eroberten, während zweier langen Tage
innegehabten Platz, ja, es drängte von außen un-
aufhaltsam eine immer größere Menge in den matt-
erleuchteten Saal, hart an die Plätze der Richter,
an die Bank des Angeklagten hinan. Welche Entscheidung wird die nächste Stunde bringen? Wie
würden wir urteilen? Schuldig des Mordes oder
nicht schuldig, nur nicht der fahrlässigen Tötung!
Aber ich stimme für schuldig! So flüsterte es überall:
Für „schuldig des Mordes" hatte sich die Überzeugung der Anwesenden von Stunde zu Stunde
gesteigert.
Die Entscheidung kam; um 11 Uhr traten die Geschworenen ein. Auf ihren Gesichtern war nichts
zu lesen als Ernst, hier und da Schmerz. Wie mit
einem Zauberschlage war das Summen der flüstern-
den Menge verstummt vor dem Wort des Präsidenten:
„Ich frage den Obmann der Herren Geschworenen
nach dem Ergebnis ihrer Beratung."
Die Nerven des Stärksten bebten, und es erfolgte
der Wahrspruch:

108

„Auf meine Ehre und Gewissen, vor Gott und vor
den Menschen, der Ausspruch der Geschworenen ist:
„Ist der Angeklagte schuldig, infolge eines mit Vor-
bedacht oder Überlegung gefaßten Entschlusses, die
unverehelichte Luise Berger zu Quellendorf am
22. Juni 1860 durch Beibringung von Coniin vor-
sätzlich getötet zu haben?"
Ja, mit acht Stimmen;
Nein, mit vier Stimmen."
Das waren die erforderlichen zwei Drittel für das
Schuldig wegen Mordes, freilich auch keine einzige
Stimme darüber. Der Angeklagte wurde eingeführt,
stehend vernahm der Angeklagte den Spruch, dann
sank er zusammen und vergrub den Kopf in seinen
Händen.
Eine Viertelstunde danach wurde das Urteil des
Gerichtshofes verlesen. Es lautete auf lebenslängliches Zuchthaus; wankenden Schrittes verließ der
Angeklagte den Saal.
Am folgenden Morgen war Dr. Jahn tot. Man fand
ihn erhängt am Fenster seiner Zelle. Schreibmaterial
war reichlich in seiner Zelle vorhanden; daß er es
nicht dazu benutzt hatte, die Worte zu hinterlassen:
„ich bin unschuldig", darf als sicheres Bekenntnis
seiner Schuld angesehen werden.

Die Hexe von Montauban.

Der nachfolgende Prozeß steht nur in mittelbarer Beziehung zu der Liebe selbst, weil es sich hier um Verbrechen handelt, die nicht um der Liebe selbst willen begangen wurden, die aber doch in der Liebe ihren Ursprung haben. Solange für die unehelichen Kinder so schlecht im Staate gesorgt ist, solange mit der unehelichen Schwangerschaft ein so furchtbarer Lebensmakel verbunden ist, wie es auch in unserer heutigen fortgeschrittenen Zeit noch immer der Fall ist, solange wird auch das Entsetzlichste aller Verbrechen, die Engelmacherei, seinen Nährboden finden. Denn es bleibt den verzweifelten Mädchen kein Ausweg, als irgendeiner ihr Kind heimlich anzuvertrauen, ohne daß es ihr möglich ist, die Pflege des Kindes zu überwachen. Und wenn sie selbst in bitterster Not ist und nicht weiß, woher das Geld für die Pflege nehmen, wer will es ihr verdenken, wenn sie erlöst aufatmet, wenn ihr die Nachricht wird, daß ihr Kind, das für sie doch nur den Fluch des Lebens bedeutet, gestorben ist. Diese Mädchen sind ja so oft gar nicht in der Lage zu kontrollieren, wie für ihr Kind gesorgt wird, daß den gewissenlosen Weibern ihr Handwerk damit sehr leicht gemacht wird. —

In den letzten Wochen des August 1868 starben zu Dorbarieu bei Montauban im südlichen Frankreich zwei Frauen sehr zweideutigen Rufes, die eine an Blutungen aus gewissen Unterleibsorganen, die andere an einer Darmfellentzündung. Beide waren, die eine im vierten, die andere im fünften Monat guter Hoffnung gewesen, und der Tod beider war nach dem Gutachten der Ärzte durch Operationen herbeigeführt worden, welche zur Beseitigung dieses Zustandes vorgenommen worden waren. Die Polizei schöpfte Verdacht gegen eine gewisse Frau Anna Delpech zu Montauban. Man schritt gegen sie ein, und bald genug hatte man ausreichendes Belastungsmaterial zusammen, um einen Kriminalprozeß gegen sie einzuleiten. Dieser Prozeß nimmt eine so hervorragende Stellung in der Kriminalistik ein und wirft ein so grelles Schlaglicht auf die damaligen sittlichen Zustände Frankreichs, daß er nicht übergangen werden darf. Auch die Tatsache des schwurgerichtlichen Spruches selbst ist interessant: die Öffentlichkeit der Sitzung wurde nicht ausgeschlossen, dagegen hatte der Präsident Befehl gegeben, keine Damen zuzulassen. Freilich bemerken wir, daß es nicht möglich war, dieses Verbot aufrechtzuerhalten, und daß doch eine große Zahl verheirateter und unverheirateter Damen aller Stände — er erweist einigen der vornehmsten die zweifelhafte Ehre, sie namentlich aufzuführen — den Verhandlungen mit größtem Interesse gefolgt sind. Wir überlassen es unseren Leserinnen, ob sie sich als

ausgeschlossen oder zugelassen betrachten wollen. —
Frau Delpech bewohnte vor ihrer Verhaftung ein
kleines in einer Vorstadt von Montauban hart am
Ufer eines Flüßchens belegenes Haus, welches in
der Stadt wegen eines über der Tür auf die halb
verfallene Wand gemalten weißen Vierecks unter
dem Namen Perno blanco bekannt und bei der
Polizei als Schlupfwinkel lichtscheuer Zusammenkünfte berüchtigt war. Sie selbst hatte von ihren
Nachbarn den wenig schmeichelhaften Beinamen
Catano gatasso, d. h. nach einem Bericht dicke,
nach dem anderen böse Katze erhalten, 53 Jahre
alt, von großer Figur und einer Körperfülle, die
jeder Beschreibung zu spotten scheint — embon-
point phénomenal — sagt ein Bericht — mit großen,
tückischen Augen und weingeröteter Nase, war sie
ein Bild gemeinster Verworfenheit. Sie war bereits
einmal wegen Diebstahls, einmal wegen Betruges
bestraft, und hatte ihre letzte Strafe 1863 in dem
benachbarten Städtchen Cadillac verbüßt.
Im November 1867 wurde die junge Nähterin Emilie
Lages zu Montauban von einer Tochter entbunden.
Sie liebte ihr Kind und pflegte es, so gut sie konnte,
mußte sich aber doch ihrer Armut halber entschließen, es fremden Händen anzuvertrauen, und
wendete sich auf den Rat einer Freundin an Frau
Delpech, welche sie alsbald mit der Nachricht erfreute, daß in Cadillac eine Anstalt, namens Naza-

reth, existiere, in der das Kind leicht unentgeltliche
Aufnahme finden könne. Emilie übergab ihr dasselbe am 13. August unter Tränen; ihre Freundin
riet, demselben irgendein Zeichen zur sicheren Wie-
dererkennung zu machen. Anna Delpech erklärte
aber, das könne sie nicht über das Herz bringen,
küßte die Kleine und entfernte sich, nachdem ihre
Mutter ihr vorläufig 40 Frank für die Kosten der
Reise und der Unterbringung des Kindes gezahlt
hatte. Schon nach wenigen Tagen erkundigte sie
sich, wie das Kind die Reise überstanden habe.
„Vortrefflich,“ entgegnete Frau Delpech, „es hat
allen Sirup, den Sie uns mitgegeben, ausgetrunken,
und ich habe ihm noch eine Flasche Milch geben
lassen. Ich habe es der Frau Fougères übergeben,
welche mir versprochen hat, bestens dafür zu sorgen;
sie hat ihm ein Skapulier umgehängt, und ich habe
ihm ein Medaillon gekauft.“ Bald darauf wurde
Frau Delpech verhaftet, und auf die Bitten der
Lages fuhr ihre Freundin nach Cadillac, um dort
Erkundigungen über die Kleine einzuziehen. Eine
Nonne, die sie nach Nazareth fragte, erklärte, eine
solche Anstalt existiere nicht, das Kind möge wohl
an Zigeuner verkauft worden sein. Nun erwirkte
die unglückliche Mutter die Erlaubnis, die Delpech
im Gefängnisse aufzusuchen, um sie nach dem Ver-
bleib ihrer Tochter zu fragen. Lange machte diese
allerlei Ausflüchte; endlich entgegnete sie mit ent-

8 Der Mord.

setzlichem Zynismus: „Dein Kind liegt längst im
Abtritt."
Die Polizei stellte in Perno blanco Nachforschungen an. Man fand am bezeichneten Orte zuerst die
oberhalb der Knie abgeschnittenen Beine und dann
den Körper eines etwa neun Monate alten Kindes.
Sonst wurde in diesem Hause nichts gefunden; von
desto schrecklicherer Ergiebigkeit waren die Nach-
suchungen in einem in derselben Straße belegenen
kleinen Hause, in welchem Frau Delpech bis vor
vier Jahren etwa zwei Jahre lang gewohnt hatte.
Unter dem Fußboden eines Wohnzimmers fand man
zwei, unter einer Treppe drei, in einem Anbau verscharrt zwei zum Teil verstümmelte und von Ratten
zernagte Skelette, die augenscheinlich von Kindern
zartesten Alters herrührten. Frau Delpech, die sich
inzwischen veranlaßt gefunden hatte, die umfassend-
sten Geständnisse abzulegen, war bei der Nach-
grabung zugegen. Der Polizeikommissar, der dieselbe leitete, versicherte später, sie habe ihm die
Verstecke meist selbst nachgewiesen und zwischen-
durch harmlos mit einem anwesenden kleinen Knaben
gescherzt. Sie gestand aber nicht nur, die Kinder,
deren Überreste hier ans Tageslicht gefördert wurden, ermordet zu haben, sondern sie beschuldigte
eine der beliebtesten und geachtetsten Hebammen
von Montauban, Frau Coyne, ihr einige dieser Kinder zum Zwecke der Tötung überliefert zu haben.

114

Sie gestand ferner, in Gemeinschaft mit Frau Coyne
an einer Reihe von Mädchen und Frauen verbrecherische Operationen zur Beseitigung der
Schwangerschaft vorgenommen zu haben. Man kann
sich schwer einen Begriff von der Aufregung
machen, die durch diese Enthüllungen in der Stadt
und der Umgebung hervorgerufen wurde. Die Zahl
der Schlachtopfer wurde auf das Ungeheuerlichste
übertrieben. Im Volksmunde verbreitete sich bald
das Gerücht, Frau Delpech habe die gemordeten
Kinder zubereitet und verspeist, und man gab ihr
den Namen L'Ogresse, den wir nur unvollkommen
durch Hexe wiedergeben können, denn die deutschen
Hexen waren, soviel bekannt, im allgemeinen frei
von solchen kannibalischen Gelüsten. Man erzählte,
sie habe beim Eintritt in das Gefängnis ausgerufen:
„Macht nur Türen und Zellen weiter, ihr werdet
hier bald seidene Gewänder sehen; bald soll Volk
und Aristokratie hier vertreten sein." Grund genug,
das Publikum in jene angenehme Spannung zu versetzen, welche die Aussicht auf den widerwärtigsten
Skandal stets hervorzurufen pflegt. Die ungedul-
digste Neugier, die wütendste Erbitterung erreichten
bei den heißblütigen Südfranzosen einen so hohen
Grad, daß der Maire von Montauban sich für verpflichtet hielt, vor Beginn der schwurgerichtlichen
Verhandlungen durch öffentliche Bekanntmachung
vor Ruhestörungen zu warnen.

Die Sitzung begann am 3. März 1869. Auf der Anklagebank erschien zuerst Frau Delpech, welche die Wahnsinnige spielte. Sie lachte fast beständig, am meisten aber, wenn ihre Leidensgefährtinnen irgend etwas von ihrer Schuld wegzuleugnen suchten. Ihr folgte Frau Coyne, angeklagt, an zwei Mordtaten und an den obenerwähnten verbrecherischen Operationen teilgenommen zu haben, eine nicht mehr ganz junge, aber immer noch schöne Frau. „Voilà la belle prisonnière", soll sie beim Eintritt in das Gefängnis ausgerufen haben. Ihre Kleidung ist elegant, ihre Haltung meist ruhig und anständig, nur wenn von ihrem Verkehr mit der Delpech gesprochen wird, wird sie leidenschaftlich erregt und wirft derselben Blicke des wütendsten Hasses zu. Frau Verm, die Schwester, und Frau Barriere, die Tochter der Hauptangeklagten, gemeine Weiber, die alles ziemlich gleichgültig über sich ergehen lassen. Jeanne Beyer, die Gattin des Adjunkten eines benachbarten Maires, aus sehr ehrenwerter Familie, in dem nicht mehr schönen Gesicht den Ausdruck tiefster Verzweiflung, Eulalie Laroque und Pauline Durand, zwei recht hübsche und recht leichtfertige Dirnen, sind angeklagt, sich den verbrecherischen Operationen der Frau Delpech und Coyne preisgegeben zu haben; endlich Frau Plantede, ein großes, schönes und sehr liederliches Weib, bei dem an der Durand verübten Verbrechen behilflich gewesen zu sein.

Die Reihe der Verbrechen, welche Frau Delpech lachenden Mundes eingestand, begann mit einem, das nach französischem Recht bereits verjährt war, da diese Frist auch für die schwersten Verbrechen nur zehn Jahre betrug. Ihre Tochter Jeanne, die jetzige Frau Barriere, wurde 1857, 17 Jahre alt, zum ersten Male Mutter. Frau Delpech behauptet, ihr gesagt zu haben, sie werde sie des Kindes entledigen; Jeanne stellt entrüstet in Abrede, daß ihr eine derartige Andeutung gemacht worden sei. Frau Delpech benutzt einen Augenblick, als die Hebamme Paul, in deren Hause die Entbindung stattgefunden hatte, abwesend war, um ihrem kaum 48 Stunden alten Enkel etwas verdünnte Schwefelsäure einzuflößen. Das Kind starb fast unmittelbar darauf, die Hebamme und ihr Ehemann schöpften Verdacht, es wurde ein Arzt gerufen, welcher die Todesursache nicht entdeckte, und die Mörderin tröstete ihre Tochter, wie diese sagt, damit, daß sie ihr erklärte, das Kind sei noch nicht gehörig ausgebildet gewesen und nicht lebensfähig, weil Jeanne selbst noch so jung war.
Nach solcher Tat, sagte die Angeklagte, brauchte sie vor keinem Verbrechen mehr zurückzuschrecken, und so machte sie bald einen schrecklichen, aber einträglichen Erwerbszweig ausfindig; sie wußte sich neugeborene Kinder zu verschaffen, versprach, sie in eine Anstalt in Pflege zu geben, ließ sich dafür

bezahlen und ermordete die Kinder. Das ist in der Tat in wenigen Worten der ganze Inhalt der Anklage. Wir brauchen auf die Einzelheiten um so weniger einzugehen, als ihr Verfahren, wie sie wenigstens behauptet, stets das gleiche war: sie hielt die unglücklichen Geschöpfe so lange in einem Gefäß mit dem Kopfe unter Wasser, bis sie erstickt waren, dann grub sie irgendwo in ihrer Behausung ein Loch und verscharrte sie. War das Loch zu klein geraten, so zerschnitt sie die Leichname; lachend machte sie in der Sitzung die Pantomime des Zerbrechens über dem Knie, und läßt sich's nicht sehr anfechten, daß in dem überfüllten Zuhörerraum ein Geheul der Wut und der Abscheu ausbricht, welches der Vorsitzende schwer zu beschwichtigen vermag. Einzelne Leichen warf sie auch in die Senkgrube. Sie war mit einem Totengräber verwandt und besuchte ihn bisweilen. Auf die Frage, ob sie auch diese Bekanntschaft benutzt habe, um Leichen fortzuschaffen, entgegnete sie: „O nein, die Kinder, die einmal in mein Haus gekommen waren, kamen nie wieder heraus."

Im September 1859 wurde Jeanne Gamel von einer Tochter entbunden, die sie zuerst einer Amme in Pflege gab. Einige Zeit darauf klagte sie der Frau Delpech, es werde ihr schwer, ihr Kind auf diese Weise zu erhalten. Frau Delpech schlug ihr vor, sie wolle das Kind in einem Hospital unterbringen.

Jeanne ging im Einverständnis mit dessen Vater
hierauf ein und übergab ihr das Kind; einige Tage
später fragte die Hebamme Escudié, ob sie denn
auch bestimmt wisse, daß ihre Tochter in ein Hospital gebracht worden. „Was sollte die Delpech
anderes damit machen?" fragte Jeanne verwundert.
„Nun, mein Gott," entgegnete jene, „vielleicht hat
sie das Kind getötet." Jeanne glaubte nicht, daß
dies ernst gemeint sei, und sprach zwar später noch
einmal den Wunsch aus, ihr Kind zu sehen, ließ sich
jedoch von der Delpech leicht beschwichtigen. Als
sie dann auf verschiedene an diese gerichtete Briefe
keine Antwort erhielt, nahm sie an, dieselbe sei gestorben, und kümmerte sich um so weniger um ihr
freilich längst verscharrtes Kind, als sie sich bald
anderweit verheiratete. Gewinn brachte der Mörderin dieses Verbrechen nicht; sie behauptet, der
Vater habe ihr 200 Frank für die Unterbringung
des Kindes versprochen, was dieser aber eidlich in
Abrede stellt. Einträglicher war ein gleiches Geschäft mit Rosa Dilleris, welche 1860, 36 Jahre alt,
durch die Hebamme von einem Knaben entbunden
wurde und ihn auf deren Rat der Frau Delpech übergab; Rosa zahlte 500 Frank für die Unterbringung
des Kindes und hat nie wieder nach demselben gefragt, aus Furcht, ihr Geheimnis verraten zu sehen.
Die nächsten drei Opfer lieferte Frau Coyne. Marie
Vielcazal war in Beziehungen zu ihrem Dienstherrn,

dem Schmied Clary, geraten, welche sie im April 1861 nötigten, ihre Zuflucht zu Frau Coyne zu nehmen. Sie genas unter deren Beistand eines Knaben und übergab denselben bald darauf auf ihren Rat der Frau Delpech, welche sich anheischig machte, ihn im Hospital Nazareth zu Bordeaux unterzubringen. Frau Coyne erhielt von Clary 500 Frank; 300 Frank sollten das Honorar für ihre Mühewaltung bilden; dagegen verpflichtete sie sich schriftlich, 200 Frank zurückzuzahlen, falls das Kind innerhalb der nächsten zehn Jahre sterben sollte. Sie zahlte hiervon 80 Frank an Frau Delpech. Bald darauf schöpfte Marie Vielcazal, welche allerlei Übles über die letztere gehört hatte, Verdacht, und Clary begab sich alsbald nach Bordeaux, wo er natürlich nichts über sein gemordetes Kind in Erfahrung bringen konnte. Als er dies der Delpech vorhielt, suchte diese ihm begreiflich zu machen, daß er sehr töricht gewesen sei, selbst nach dem Kinde zu fragen, über das doch nur ihr Auskunft gegeben werden könnte. Drei Wochen später schrieb er an Frau Coyne, um sein Kind zurückzufordern. Diese einigte sich angeblich auf den Rat des inzwischen verstorbenen Dr. Verdier mit ihm dahin, daß sie ihm 150 Frank zurückzahlte und er jene Verschreibung zurückgab. Sowohl Dr. Verdier als seine Freundin, welche Clary das Geld überbracht hatte, rieten ihr, sich nie wieder auf ähnliches einzulassen;

sie bleibt aber hartnäckig bei ihrer Behauptung, daß sie der Delpech niemals etwas Böses zugetraut hätte, obgleich diese ihr ins Gesicht sagt, bei Rückzahlung der 150 Frank habe sie sie mit der Äußerung getröstet, man könne ja gelegentlich andere Kinder verschwinden lassen und sich dadurch entschädigen. Tatsache ist, daß bald darauf zwei Mädchen von der Coyne entbunden wurden, daß die Kinder auf den Rat der letzteren der Delpech übergeben und von dieser ertränkt worden sind. Die Coyne erhielt von jedem der Mädchen 200 Frank und zahlte in dem einen Fall an die Delpech 80 Frank, in dem anderen 70. Auf die ernsten Vorhaltungen des Vorsitzenden: sie habe doch unmöglich glauben können, daß diese kaum die Reisekosten deckenden Summen zur mehrjährigen Verpflegung der Kinder ausreichten, entgegnete sie zuerst, Frau Delpech habe sie in den Glauben versetzt, daß die Kinder unentgeltlich in einem Hospital untergebracht würden, und als man daran zweifelt, erklärt sie: wenn man mir nicht glauben will, so werde ich nichts mehr sagen; machen Sie mit mir was Sie wollen.

Im Jahre 1863 beseitigte Frau Delpech für 100 Frank bzw. 400 Frank zwei Kinder. Bald darauf wurde sie kurze Zeit durch eine Verurteilung wegen Betruges unschädlich gemacht, aber gleich nach ihrer Rückkehr ermordete sie ein anderes Kind mit einem Gewinn von 300 Frank. Der Umstand,

daß sie 1868 endlich eine Mutter fand, welche sich
nicht mit leeren Ausflüchten abspeisen ließ, führte
zu ihrer Entdeckung. So furchtbar der Gedanke ist,
so kann man doch nicht annehmen, daß all den Müttern all die Jahre lang nicht das leiseste Bedenken
gekommen ist, sondern man muß an eine Art still-
schweigender Übereinkunft zwischen den Müttern
und der Mörderin glauben.
Bisweilen scheint diese ein Kind für eine etwas
weniger verbrecherische Industrie eine Weile ge-
schont zu haben. Ihre Hausgenossin, Frau Clement,
sah sie eines Tages mit einem etwa vier Monate
alten Kind auf dem Arm in der Haustüre stehen.
Ein Arbeiter kam, sie sagte dem Kinde: „gib Papa
einen Kuß!" worauf jener das Kind küßte und in
das Haus ging. Bald nachdem er dasselbe wieder
verlassen, erschien ein Herr aus der Stadt. Abermals erging an dasselbe Kind die Weisung: „Gib
Papa einen Kuß!" Der Erfolg war derselbe. „Was
ist das für ein Geschäft? Wieviel Väter hat das
Kind?" fragte die verwunderte Zeugin. „Nun,"
entgegnete jene, „man muß eben sehen, wie man sich
durchhilft. Der Arbeiter hat mir zwei Pfund
Zucker, der Herr 10 Frank gegeben." Die Angeklagte teilt die Heiterkeit des Publikums über
diese Episode; „das ist sehr komisch," ruft
sie aus, „aber es ist eine Fabel." Vielleicht war
dieses Kind für alle Väter eins der Antonie Palle-

122

gry, welche ihr das Zeugnis gibt, daß sie ihr nacheinander zwei Kinder in Pflege gegeben und dieselben wohlbehalten zurückbekommen habe. „Sie haben viel Glück gehabt," bemerkte der Vorsitzende.

Über die Verbrechen der anderen Kategorie sagen wir nur soviel, daß alle Angeklagten mehr oder weniger umfassende Bekenntnisse ablegten. Es ergab sich daraus, daß Frau Delpech und Frau Coyne einer großen Zahl von Mädchen und Frauen auf jede mögliche Weise behilflich gewesen waren, die Schwangerschaft zu beseitigen. Sie hatten mit ihrer Kunst beinahe öffentlich ein schnödes Gewerbe getrieben.

Das fortwährende, selten von einem kurzen Tränenstrom unterbrochene Lachen der Delpech konnte nicht verfehlen, den Eindruck zu erwecken, als habe man es mit einer Wahnsinnigen zu tun; darauf zielte die Angeklagte auch hin. Es gelang ihr jedoch nicht, als verrückt behandelt zu werden, denn der Gerichtsarzt Dr. Darnis erklärte sie für geistig gesund. Dieser hatte sich noch ein anderes Verdienst erworben; er hatte die aufgefundenen Überreste so zusammengefügt, daß sie als Skelette auf dem Gerichtstisch figurieren konnten. Es war nämlich in Frankreich Brauch, durch Schaustellung möglichst vieler sogenannter Corpora delicti eine Art Dekorationseffekt hervorzubringen.

Auch der Staatsanwalt ging gleich von diesen Skeletten aus. Er begann seine Rede: „Soeben, als ich den Blick auf jene Gebeine heftete, geschah's mir durch eine jener seltsamen Erscheinungen, welche einer geistigen Luftspiegelung gleichen, daß ich mich unmerklich verleitet fühlte, in jenen traurigen Spuren des Verbrechens nichts als Trugbilder zu sehen. Ich zweifelte einen Augenblick an der Wirklichkeit dieses kaltblütig ersonnenen und ausgeführten Massenmordes von Kindern, und die Erzählung der entsetzlichen Mordtaten, diese verbrecherischen Operationen schwebten meinem Geiste nur wie die Erinnerung an jene gräßlichen Träume vor, welche selbst nach dem Erwachen noch die Phantasie verfolgen und das Herz beängstigen. Das war, weil die Schrecknisse der Verbrechen hier die Grenze des Wahrscheinlichen, des Möglichen übersteigen: Meine Täuschung entsprang aus dem schmerzlichen Gefühle, welches sich meines Geistes immer mehr und mehr bemächtigte, je näher der Augenblick heranrückte, in welchem ich diese schreckliche Anklage vor Ihnen aufrechterhalten sollte. Dieser Augenblick ist nunmehr gekommen. Ich, das Organ der öffentlichen Strafgewalt, stehe vor Ihnen, den Geschworenen, den souveränen Spendern der Strafe. Die Stunde der Täuschung ist vorüber, die Wirklichkeit tritt wieder in ihr Recht. Nein, es sind keine Trugbilder, diese Opfer einer abscheulichen bar-

barischen Geldgier, sie ist wirklich hier, diese verruchte Frau Delpech, dieser Schandfleck der Menschheit! Auf die Ungeheuerlichkeit ihrer Schandtaten hat sie ihr System der Verteidigung gebaut, sie hat eingesehen, daß die menschliche Vernunft sich sträubt, an jene Verbrechen zu glauben und bemüht sich, der Vernunft beraubt zu erscheinen!"
Der Staatsanwalt beantragte dann gegen Frau Delpech die Todesstrafe und gegen alle anderen die härtesten Strafen, weil eine milde Bestrafung oder eine Freisprechung die Sittenlosigkeit ermutigen müßte. „Der Spruch der Jury wird die Gesellschaft schützen, ihre Entscheidung die dem Zynismus des Lasters gegenüber erschlaffenden Sitten wieder kräftigen."
Auf die Reden der Verteidiger sei hier nur eingegangen, soweit sie charakteristisch sind für die theatralischen Gebärden vor französischen Gerichten. Der Verteidiger der Delpech schließt mit den Worten, nachdem er ihre Unzurechnungsfähigkeit behauptet hat: „Wenn Sie diese Frau zum Tode verurteilen, haben Sie alsdann nicht zu befürchten, daß sie laut auflacht, wenn sie das Schafott besteigt?"
Der Verteidiger der Frau Boyer schloß mit einem glänzenden Bühneneffekt: „Die Gerechtigkeit fordert Rechenschaft für neun Schlachtopfer. Nun

wohl, ich stelle Ihnen hier eine Frau vor, die dem Land neun Kinder geschenkt hat. Ich kann sie Ihnen nicht alle vorführen, denn sie hat deren drei verloren, aber sechs sind am Leben, sie sind hier. Erhebt euch, Kinder der Boyer, bittet die Jury, euch eure Mutter wiederzugeben, die euch erzogen hat, die euch liebt, die ihr liebt; die Jury wird es euch nicht abschlagen können!" — Und die sechs Kinder der Frau Boyer, deren ältestes 20 und einige Jahre zählt, erheben sich wie ein Mann und weinen, bis auch der härteste Geschworene gerührt ist.

Und der Advokat Detoures, ein siebzigjähriger Greis, hat Pauline Durand zu verteidigen. Er beginnt mit den Worten: „Man würde mir wenig Dank wissen, wenn ich behaupten wollte, sie sei immer verständig gewesen. Aber was wollen Sie, sie hat geliebt! O, ich weiß, es gibt Sittenrichter, die keine Schwäche begreifen! Ich liebe diese mitleidslosen Sittenrichter nicht, sie flößen mir weder Achtung noch Vertrauen ein, und ich versichere Ihnen, wenn man jene mit dem Mädchen, das ich verteidige, in ein Zimmer einschlösse, so möchte ich nicht durchs Schlüsselloch sehen."

Nach einem fast vierstündigen Schlußvortrage des Präsidenten und ebenso langer Beratung verkünden die Geschworenen ihren Spruch. So unglaublich es klingt: es ist ihnen gelungen, zugunsten der Frau Delpech mildernde Umstände zu entdecken, sie spre-

chen Frau Coyne von der Teilnahme am Morde
frei, Frau Boyer wird gänzlich freigesprochen, für
alle anderen lautet das Urteil auf Schuldig. Es wird
niemand begreifen, wie es möglich war, daß ein
solches Scheusal von den Geschworenen nicht zum
Tode verurteilt werden konnte.

Pauline Gottschalk und Eduard Röhner. Giftmord Jena 1860.

Am 1. März 1858 wurde in der Universitätsstadt Jena eine fröhliche bürgerliche Hochzeigt gefeiert; Pauline, die Tochter eines allgemein geschätzten Jenaschen Bürgers, verheiratete sich mit dem Chirurgen Bernhard Gottschalk, der als Jenenser ein Jahr vorher das Recht zur Ausübung des Barbierhandwerks in Jena erworben hatte. Das junge Paar paßte in Stand, mäßiger Wohlhabenheit, scheinbar auch in der Gemütsart und sogar in der Figur ganz gut zusammen. Der Barbier war klein und schmächtig, ein bißchen redselig und nicht gerade besonders klug, aber er war überall gern gesehen wegen seiner unverwüstlichen Gutmütigkeit. Seine junge Frau war etwas kleiner als er, aber geschmeidig, zierlich und voll von Gestalt, von einer gewissen Anmut des Ausdrucks und an Verstand und Bildung dem Manne weit überlegen. Nur eins fiel dem genauen Betrachter auf: in' den großen vorstehenden blauen Augen und um die vollen Lippen lag der Ausdruck starker Sinnlichkeit.

Sie hatte sich, dem Willen der Eltern folgend, mit früheren Liebeleien abgefunden, und das erste Jahr der Ehe verlief ohne besondere Erregung. Das Tagebuch, das die Frau in der Zeit führt, ist nüchtern und kalt, es ist mehr von Vermögensdingen darin die Rede, als von der Liebe zu ihrem Mann. Am 31. Januar 1859 gebar Pauline ein Mädchen, und von da ab setzt mit einmal der Zank in der Geschichte der Ehe ein. Der sonst so gutmütige Gottschalk hatte von vornherein einen förmlichen Haß auf das Kind; als einzige Erklärung kann man wohl nur annehmen, daß er das Kind nicht als sein eigenes betrachtete, obwohl nichts davon bekannt ist, daß seine Frau in der Zeit irgendeine andere Liebelei gehabt hätte. Daß Gottschalk, der selbst schwächlich war und sich dessen bewußt war, daß er dem sinnlichen Verlangen seiner Frau keineswegs genügen könne, einen solchen Argwohn hegte, wäre ja nicht verwunderlich, aber jedenfalls hat er Dritten gegenüber den Verdacht nie geäußert.

Pauline ertrug die Mißhandlungen ihres Kindes nicht mit Gelassenheit; sie machte ihrem Mann bittere und gewiß nicht ungerechte Vorwürfe darüber, es kam oft zu heftigem Streit, aber so sehr auch Gottschalk sich sehnte, Frieden im Hause zu schaffen, vermochte er nicht, seine Stellung zu dem Kinde zu ändern. So ergriff er denn mit Freuden den Vorschlag der Eltern Paulines, das Kind zu sich ins Haus zu nehmen, auch Pauline selbst gab schließlich ihre Einwilligung, aber empfand bitter die darin liegende Kränkung, und es war damit ihre schwache Neigung zu ihrem Manne zum Wider-

willen gewandelt, der durch die Unmännlichkeit
seines Wesens täglich neue Nahrung empfing.
In dieser Zeit fand sich für Gottschalk Gelegenheit,
ein für sein Geschäft passendes Haus in der Schloß-
gasse zu erwerben. Eigentümer war der Chirurg
Rhöner und seine Frau, beides in der Stadt übel be-
leumundete Leute, die allmählich in vollkommenen
Vermögensverfall geraten waren. Bei ihnen wohnte
der damals neunundzwanzigjährige Sohn Eduard.
Dieser hatte medizinische Vorlesungen gehört, galt
als ein fähiger Kopf und verspürte daher wenig
Neigung, das Barbierhandwerk des Vaters auszuüben. Er trieb im Stillen eine ziemlich ausgebreitete
ärztliche Winkelpraxis, schrieb ab und zu kleine
Artikel und führte im übrigen das Leben eines
Müßiggängers. Er war schlank und kräftig gebaut,
hatte etwas Vornehmes in seiner Haltung und feine
Züge, doch die etwas schlaffe Haltung und das
schon dünn werdende blonde Haar zeigten, daß er
die Freuden des Lebens überreichlich genossen
hatte. Er scheint beständig in ein oder mehrere
Liebeshändel verwickelt gewesen zu sein und scheute
nicht davor zurück, um die Mädchen sich willfährig
zu machen, sich mit ihnen scheinbar zu verloben. Die
Eltern ließen ihm hierin vollkommen freie Hand,
der Vater kümmerte sich überhaupt nicht darum und
die Mutter vergötterte ihr einziges Kind so, daß
sie alles tat, was er mochte, und seinem lockeren

130

Treiben sogar nach Möglichkeit Vorschub leistete. Sie selbst war dem Genusse geistiger Getränke übermäßig ergeben. Gottschalk kaufte diesen Leuten das Haus ab, jedoch behielten sie das Recht, noch einige Monate in dem oberen Stock wohnen zu bleiben, während Gottschalks in das Erdgeschoß einzogen. Nachdem Rhöners und Gottschalks auf die Weise bekannt geworden waren, war es nur natürlich, daß der Frauenjäger Eduard Rhöner ein Liebesverhältnis mit Pauline anzuknüpfen trachtete: die Sinnlichkeit der jungen Frau und ihr Widerwille gegen den Gatten kam ihm dabei sehr zustatten. Was ihnen beiden aber völlig unerwartet kam, war dies, daß ihr Verhältnis sie alle beide mit ungeheurer Leidenschaft erfüllte; Paulines leichtfertiges, kaltes und unbefriedigtes Herz wurde immer heftiger entflammt, und ihre glühende Leidenschaft teilte sich dem durch Frauengunst verwöhnten und flatterhaften Eduard bald in gleicher furchtbarer Stärke mit.

Am 27. März bezogen die neuen Eigentümer das Haus, und die Liebenden hatten es nunmehr viel bequemer heimlich zusammenzukommen, da Gottschalk viel aus dem Hause war, und die Eltern Rhöner alles taten, um das Verhältnis zu fördern. Denn sie wußten nicht wo sie hin sollten, wenn sie das Haus räumen mußten und hofften daher, Pauline würde sich von ihrem Manne scheiden lassen, Eduard heiraten und so ihnen Geld ins Haus bringen. Ob

die Eltern schon von Anfang an daran gedacht haben,
durch ein Verbrechen Pauline zur Witwe zu machen
und so ihren Sohn Eduard zum Erben des Gott-
schalkschen Hauses, steht nicht fest. Jedenfalls aber
warnten schon von Anfang an die Freunde Gottschalk vor der Vergiftung durch Rhöners.
Als Gottschalk endlich Kenntnis davon erhielt,
daß Pauline den größten Teil ihrer Zeit während
seiner Abwesenheit bei Rhöners zubrachte, verbot
er ihr den Besuch dieser Wohnung. Dies hatte
jedoch nur den Erfolg, daß seine Frau noch er-
bitterter auf ihn wurde und mit allen Mitteln auf
Scheidung sann. Da ihr Anwalt erklärt hatte, die
von ihr angeführten Gründe reichten nicht aus zu
einer Scheidung, führte sie einen gewaltsamen Auftritt herbei, bei dem Gottschalk vor Zeugen des
Hauses von den Rhönerschen Eheleuten in Gegenwart seiner Frau mißhandelt wurde. Jedoch der er-
hoffte Erfolg blieb aus, denn Gottschalk war zu
friedfertig, um sich lange darüber aufzuhalten und
sagte nur, „warum soll ich mich mit den schlechten
Leuten herumstreiten? Ich will alles ertragen, wenn
ich die Menschen nur erst aus dem Hause hätte.“
Pauline benutzte den Vorfall für ihren Plan, borgte
von Rhöners einen Reisekoffer, reiste, von Eduard
begleitet, nach Apolda und von da nach Leipzig,
um bei Verwandten ihres Vaters Aufenthalt zu
nehmen. Dort, wie in einem Brief an die Eltern,

beklagte sie sich über ihren Mann und behauptete, von ihm aus dem Hause gejagt zu sein. Den Eltern war die Flucht Paulines, die sehr großes Aufsehen in Jena machte, sehr unlieb, und es wurden von beiden Seiten Versuche zur Versöhnung gemacht. Der ewig nachgiebige Gottschalk ging auf alles mit Freuden ein, und Pauline kehrte zurück.

Mit dieser Rückkehr trat eine seltsame Veränderung in dem Wesens Paulinens gegen ihren Mann und gegen Rhöners ein. Sie zog sich auf einmal von Rhöners zurück und behandelte ihren Mann freundlich, ja sogar zärtlich. Ihr Bruder, der sie aus Leipzig zurückgeholt hatte, war freudig erstaunt über die Einigkeit, die jetzt im Hause herrschte, auch den Hausbewohnern fiel es auf, wie geflissentlich Pauline jede Berührung mit Rhöners vermied. Ganz außer sich vor Glück über diese unerwartete Änderung war Bernhard Gottschalk. Er hatte alle widerfahrenen Kränkungen vollständig verziehen, behandelte seine Frau zärtlich und liebevoll und bot alles auf, um auch seine Schwiegereltern sich wieder geneigt zu machen. Er zeigte sich eben auch hier als einen harmlosen Menschen, der nicht vertragen kann, daß jemand mit ihm zürnt, gleichviel an wem die Schuld liegt. Nichts spricht wohl so sehr für die schrankenlose Gutmütigkeit seines Wesens, als die Tatsache, daß ihn jetzt nur noch das eine bedrückte: sein gestörtes Verhältnis zu einem Onkel Fleischermeister. Dieser hatte ihm gezürnt, weil er die Pauline geheiratet hatte, hatte ihm sein Haus verboten, als er nach der Mißhandlung durch Pauline diese trotzdem wieder bei sich aufgenommen hatte. Er suchte nun diesen Onkel auf und war ganz glücklich, als er auch von diesem wieder die Erlaubnis erhielt, sein Haus zu besuchen.

Er konnte nicht ahnen, daß dieser erste Besuch im Hause seines Onkels auch sein letzter gewesen sein sollte. Er kam ungefähr um drei Uhr nachmittags von diesem Besuche nach Hause, brachte voll Freudigkeit über die jetzt volle Harmonie in der Familie seiner Frau noch einige Windbeutel mit und kehrte strahlend heim, im Bewußtsein, daß jetzt alle mit ihm ausgesöhnt waren und im Hause Friede und Liebe herrschte; selbst von den gefürchteten bösen Feinden über ihm spürte er nichts mehr, der Tag nahte, der ihn vollständig von ihnen erlöste und dann blieb ihm nichts mehr zu wünschen übrig.

In dieser Stimmung machte er es sich nach seiner Heimkehr bequem in seinem Schlafrock und seinen Pantoffeln, besuchte gute Freunde im zweiten Stockwerk und fing an, bei ihnen Kaffee zu trinken, als er von seiner Frau in die Barbierstube abberufen wurde. Da er nun einmal unten war, blieb er dort und trank in seiner Wohnung den Kaffee, den ihm seine Frau bereitet hatte. Er setzte sich

auf das Sofa und schlummerte ein wenig. Dabei
fing er an zu schwitzen und sah sehr rot aus, so daß
der Freund von oben im Vorbeigehen es bemerkte
und eintrat. Gottschalk erwachte und richtete sich
empor, seine Frau machte sich um ihn zu schaffen
und wischte ihm den Schweiß von der Stirn. Bald
darauf kam die Frau des Freundes vorbei, sie sah,
daß Gottschalk noch immer am Kaffeetische saß,
und sagte: „Nun, da trinken Sie hier Kaffee und
oben steht Ihr Kaffee auch."
Gottschalk erwiderte darauf: „Mir schmeckt der
Kaffee nicht, er hat so einen ekligen, weichlichen
Geschmack, und es wird mir übel darauf. Bei Ihnen
schmeckt mir der Kaffee."
Pauline schwieg dazu, obwohl sie auch eine Tasse
Kaffee vor sich stehen hatte, sie saß am Fenster und
strickte. Die Frau des Freundes erkundigte sich,
wo Pauline den Kaffee holte, empfahl dann die
Handlung, wo sie den Kaffee kaufte und entfernte
sich. Bald darauf kam die Mutter Paulines mit einer
Verwandten zu Besuch. Gottschalk fühlte sich sehr
unwohl, er schwitzte bedeutend, ihm war sehr übel,
Erbrechen und Durchfall stellte sich ein, und er sagte,
es sei ihm in seinem Leben noch nicht so schlecht
gewesen. Seine Frau kochte ihm Wermuttee und
brachte ihn dann ins Bett. Er klagte abwechselnd
über Hitze und Frost, zeigte eine immer größere
Teilnamlosigkeit und deutete nur noch nach dem

Magen als dem Sitz seiner Schmerzen. Pauline war die erste, die den Wunsch nach ärztlichem Beistande aussprach; die Freundin ging ihn zu holen, aber erst um $^1/_2$7 Uhr konnte der Arzt, Dr. Schillbach, erscheinen. Dieser schloß nach dem ganzen Zustande auf eine durch schwer verdauliche Speisen veranlaßte Magenerkrankung, verschrieb ein Brechmittel und ordnete an, in welchen Zwischenräumen das Mittel gegeben werden sollte.

Dann entfernte sich Dr. Schillbach; das Mittel hatte jedoch keinen Erfolg. Die Kräfte Gottschalks nahmen zusehends ab, er wurde zuletzt ganz sprachlos, der Frost schüttelte ihn heftig, die Augen richteten sich starr in die Höhe, vor den Mund trat weißer Schaum. Der Arzt, gegen neun Uhr nochmals herbeigerufen, traf einen Sterbenden, dessen Atemzüge eben erloschen. Alle Wiederbelebungsversuche waren fruchtlos, die Leichenkälte teilte sich ungemein rasch dem ganzen Körper mit.

Die Gottschalk benahm sich während der kurzen Krankheit ihres Mannes als hilfreiche Pflegerin und legte dabei durch Mienen und Gebärden Kummer an den Tag. Dem Bruder trat sie mit dem Ausdruck des Schmerzes entgegen: „Mein lieber guter Schwager, mein Mann ist tot." Ihr Vater fand sie am Morgen des nächsten Tages vor dem Bette des Toten kniend und weinend, sie erzählte ihrem Vater auf dessen Frage, was ihrem Manne so plötzlich zu-

gestoßen sei: „Er hat sich acht Tage zuvor die Füße
gewaschen und dabei wahrscheinlich sich erkältet."
In der Stadt verbreiteten sich bald unheimliche Gerüchte über Gottschalks Tod. Auch dem Arzt kam
die Angelegenheit sehr bedenklich vor, er sah sich
veranlaßt, sofort dem Gericht Kenntnis von seinem
Bedenken zu geben, und unverzüglich griff der
Bürgermeister ein; bereits am 16. Mai wurden Pauline Gottschalk und Eduard Rhöner verhaftet. Dieses schnelle Eingreifen der Polizei hatte einen unerwartet günstigen Erfolg, denn man fand in der Tasche
Eduard Rhöners einen Brief folgenden Inhalts:

„Jena, den 7. Mai 1860.

Innigstgeliebter, einziger, treuer, unschätzbarer,
geliebter Eduard!

O, wäre mir Unglücklichen doch nur vergönnt, Deine
Gedanken und trüben Kummer, welche Du Dir
meinetwegen machst, durch den richtigen Anstand
meines Entgegenkommens der Lage, in welche Du,
treues Leben, versetzt bist, zu erscheinen, welches
Dich, meinen, so Gott will, recht baldigen, teuern
Lebensgefährten meiner zukünftigen Schicksale,
welche wohl nicht ausbleiben werden, beruhigten
und Dich nicht in Mißtrauen gegen mich versetzen.
Glaube mir, liebe Seele, daß ich stets heiße Liebe,
und zwar wahrhafteste reine Liebe, die je ein Herz
für das andere empfinden kann, für Dich, mein

trautes Liebchen, hege und welche nie verlöschen
wird, solange ich noch ein Herz habe, welches
schlägt. Traue mir daher doch immer ganz und
laß nie, guter Eduard, ein böses Anfliegen von
Mißtrauen gegen Deine Dich treu liebende Pauline,
die doch so gern und willig Deine Leiden, mein
armer Engel, mit Dir teilt und doch auch schon geteilt hat, Dir entgegenwehen, sondern wenn ich Dir
lieber Eduard, einmal nicht mit den Worten, Mienen
und Gebärden entgegenkomme, welche Dir für den
Augenblick nicht recht scheinen, so rechne es mir
nicht für kaltblütig an, denke im Gegenteil, daß ich
mitunter auch sehr viele Gedanken mir mache, die
mich in Traurigkeit versetzen, und ich dann, wenn
Du, mein einziger Engel, mir mit einem recht liebe-
vollen und doch auch so schmerzempfindenden Herzen entgegentrittst, ich nicht gleich weiß, wie ich sein
soll, und es dann nicht so zärtlich äußerlich geschieht,
als es aber doch mein Inneres meint. Ich hoffe, daß
Dir, mein Leben, diese paar Zeilen beweisen, daß
ich doch, und mit heißer Liebe Dir entgegenkomme
und Dich gewiß nicht beleidigen, um so weniger aber
mit Absicht kränken wollte. Bleib nur immer mit
festem Vertrauen an Deiner ganz Dir gehörenden
Pauline hängen und habe nie wieder einen unrechten
Gedanken wider mich.

Deine Dich ewig liebende und treue Gefährtin
Pauline.

Wenn man die Glut, die leidenschaftliche Verwirrung des Briefes mit den dürren Notizen ver-
gleicht, die Pauline im ersten Jahre ihrer Ehe ins
Tagebuch eingetragen hat, so muß man über die
Umwandlung erstaunen, die mit dem kalten, leicht-
fertigen Herzen vorgegangen ist, über die furchtbare Gewalt, von der es jetzt beherrscht ist. Zugleich fühlt man sich aber von Abscheu ergriffen,
daß diese Frau zur nämlichen Zeit, da sie ihrem
Geliebten einen solchen Brief schreibt, sich mit
ihrem Manne versöhnt, in sein Haus zurückkehrt,
ihm Reue und Liebe heuchelt, ihn durch Zärtlichkeit beglückt. Die Verwirrung der Leidenschaft
konnte noch unser Mitleid erregen, das schwache
unmännliche Wesen Gottschalks, die bittere Kränkung, die er dem Mutterherzen zufügt, die mächtige
Liebe des Verführers — das alles sprach noch zugunsten der schwachen, sinnbetörten Frau. Das
heuchlerische Benehmen seit der Rückkehr in das
Haus des Mannes findet keine Entschuldigung mehr,
schaudernd ahnt man eine furchtbare Tat.

Als die Untersuchung gegen Pauline Gottschalk eingeleitet wurde, und sie zuerst vorgeführt wurde, erschien sie gefaßt, ruhig, vollkommen geistesklar.
Sie erzählte mit großer Zungengeläufigkeit, wie ihr
Mann bis vorgestern gesund gewesen sei, daß sie

beide von demselben Kaffee getrunken hätten, und
daß er dann über Unwohlsein geklagt hätte, während sie selbst nicht den geringsten Nachteil davon
gespürt hätte. Sie schilderte dann ihr ganzes eheliches Verhältnis und sagte, daß nach der Versöhnung mit ihrem Manne sie ganz einig und glücklich
gelebt haben. Jedes Liebesverhältnis stellte sie in
Abrede. Nun wurde ihr der bei Eduard Rhöner vorgefundene Brief vorgelegt, sie starrte das Papier
eine Weile an und erklärte dann: „Da bin ich gefangen, ich will alles gestehen.“ Und sie erzählte
nun mit der gleichen Geläufigkeit, mit der sie vorhin gelogen hatte, den wahren Grund der ehelichen
Zerwürfnisse bis zu ihrer Flucht. Dann fuhr sie
fort: „Eduard drohte, wenn ich mit meinem Manne
wieder gut würde und nichts mehr von ihm wissen
wollte, würde er ihn und sich töten. Er sagte auch,
seine Eltern hätten Gift; sie könnten meinem Manne
das Gift geben. Die alten Rhöners haben mir dann
zugemutet, ich sollte das Gift geben; es würde jetzt
Himmelfahrt, da müßte mein Mann in den Himmel
fahren. Ich war aber so ängstlich und bat immer,
sie sollten es nicht tun, es käme doch heraus. Ich
glaube nun, daß, als ich mit meinem Mann bei den
Freunden war und unten die Stube offenstand, die
alte Rhöner hinuntergegangen ist und das Gift in
meines Mannes Tasse getan hat. Die alte Rhöner
war die, welche hauptsächlich drängte. Sie sagte

auch einmal, sie wollte es machen, wenn mein Mann auf das Land ginge, dann sollte er in dem letzten Essen etwas bekommen, damit er unterwegs stürbe." Nach dieser Vernehmung war die elfte Vormittagsstunde herangekommen und das Gericht begab sich mit den Verbrechern nach dem Leichenschauhaus. Hunderte von Menschen standen in Gruppen den ganzen Weg entlang bis hinauf an das Leichenhaus, das hoch über der Stadt auf dem Gottesacker liegt, von dem aus man die damals in vollster Blüte prangenden Gärten, die Stadt und die Berge des Saaletales weithin erblickte. So sehr der herrliche Frühlingstag in die Berge hinauslockte, die Menge harrte aus, um erst noch den Anblick des verbrecherischen Paares zu haben, das gemäß dem Gesetze hinaufgeführt werden mußte, den Leichnam anzuschauen und anzuerkennen. Eduard ging den schweren Gang verschlossen in sich und gefaßt; ohne eine Spur von Bewegung zu verraten, sprach er kurz die Anerkennung aus. Pauline brach bei dem Anblick in Jammer und Wehklagen aus, sie stürzte sich verzweifelt über die Leiche ihres Mannes, umarmte, küßte sie und wollte mit ihr in das Grab. Die vorgenommene Sektion ergab dann die Vergiftung durch Arsen.

Haben wir bis hierher nur mit Schaudern den Weg verfolgen können, den die Liebenden gegangen sind, so beginnt jetzt im Kampfe der beiden Seelen ein Zwiespalt, dem das Erhebende nicht abgeht.

Es ist das Merkwürdigste an allen Verbrechern, daß sie selbst, wenn sie in der Hauptsache geständig gewesen sind, sich dann mit einer merkwürdigen Beharrlichkeit darauf verlegen, eine Reihe unwichtiger Einzelpunkte abzuleugnen. Eduard Rhöner hatte zuerst vollkommen bestritten, daß er überhaupt ein sträfliches Verhältnis zu Pauline gehabt habe. Er erklärte, daß, als die gewünschte Scheidung sich als unmöglich erwiesen hätte, er jede Beziehung zu Pauline abgebrochen habe, und daß der bei ihm vorgefundene Brief Paulines die Antwort auf seinen Absagebrief darstelle. Pauline dagegen bekannte von vorneherein, daß die Frau Rhöner sie dazu angestiftet habe, sie beharrte jedoch darauf, den wirklichen Sachverhalt dauernd abzuleugnen. Am 14. Juli jedoch bat sie um ein Verhör und erklärte: „Es ist heute mein Geburtstag (der zwanzigste), alles was in der letzten Zeit geschehen ist, ist wieder lebendig vor meine Seele getreten, und ich kann es nicht ertragen, daß Eduard Rhöner, für welchen ich noch immer heiße Liebe empfinde, mich so beharrlich als eine Lügnerin darstellt. Ich muß darüber von ihm Aufschluß haben. Lassen Sie zu meiner Beruhigung ihn nochmals in meiner Gegenwart kommen.“

Die Bitte wurde erfüllt und Pauline bestürmte das Herz ihres Geliebten solange auf das leiden-

schaftlichste, bis er nach einem letzten Kampfe erklärte, ihr zu Liebe wolle er nun die ganze reine
Wahrheit sagen. Er tat es. Wir sind damit bei dem
Wendepunkt nicht nur des äußeren, sondern auch des
inneren Streites in dem verbrecherischen Paare angelangt. In einem denkwürdigen Gegenverhör erhalten wir Aufschluß über die Vollführung der Tat,
zugleich den sicheren Einblick, wie der Gedanke
entstanden, wie der Entschluß gereift, wie der Plan
ausgesonnen worden ist. Wir können uns die Einzelheiten jetzt erlassen, nur das Eine und Entscheidende
geht aus allem hervor, daß zwar die Überredungs-
künste der Eltern Rhöner sich an Pauline versucht
haben, daß jedoch das alles nichts über sie vermocht hätte, wenn nicht Eduard unerbittlich in sie
gedrungen wäre. Bei ihm ist es nicht irgendein
Gedanke an eine Vermögensverbesserung, sondern
er ist tatsächlich so von Leidenschaft für Pauline
erfüllt, daß er jeden Weg für recht erachtet, der
Pauline zu der Seinen machen kann. Es ist ihm nicht
leicht geworden, Pauline dahin zu bringen, sie hat
sich ständig dagegen gewehrt, ihm nachzugeben, aber
auch ihre Leidenschaft war zu glühend, als daß
sie nicht nachgeben mußte, als sie vor der Frage
stand, Eduard zu behalten oder zu verlieren.
Eduard Rhöner leugnete bis zuletzt jegliche Mitschuld seiner Eltern, und dieses Leugnen wird man
ihm trotz alledem nur zum Verdienste anrechnen

dürfen. Die Rhönerschen Eheleute selbst beharrten
bis zum Schluß auf jeder Ableugnung der Mit-
wisserschaft.

Am 14. und 15. September fand die Schwurgerichtsverhandlung statt. Eduard und Pauline wurden zum Tode durch Enthauptung verurteilt, Frau
Rhöner zu 15 Jahren Zuchthaus. Bei Verkündi-
gung des Urteils brach Pauline in krampfhaftes
Schluchzen aus, doch erholte sie sich bald wieder
und benahm sich von da an mit einer wunderbaren
Ruhe und Heiterkeit. Bei der Rückkehr nach
Weimar ließ sie sich beim Untersuchungsrichter
melden und sagte, sie wolle nur dann, daß ein
Gnadengesuch eingereicht werden solle, wenn auch
für Eduard die gleiche Gnade erzielt würde. Sie
hätten beide gleiche Schuld und sie wolle nicht leben,
wenn Eduard sterben müßte. Zuletzt aber ließ sie
sich doch bewegen, von ihrer Begnadigung zu lebens-
länglichem Zuchthaus Gebrauch zu machen, während
Eduard enthauptet wurde. Der Seelsorger, der
Eduard zum letzten Gange vorbereitete, wies ihn
darauf hin, daß sein letzter Gedanke Gott gelten
müsse, er aber sagte, er könne nicht anders denn an
Pauline denken. Er ging völlig gefaßt und in tiefer
Reue zum Schafott.

Der Herr von Pivardière.

Louis de la Pivardière, mit dem Beinamen du Bouchet, stammte aus einem der ältesten Häuser der Touraine, aber seine Vermögensumstände waren nicht so, daß er dem Glanz seines Namens entsprechend auftreten konnte. Er war zudem der jüngste von drei Brüdern. Gern hätte er seine Vermögensumstände durch eine reiche Heirat verbessert; aber auch sein Äußeres war nicht dazu angetan, große Eroberungen zu machen. Er war untersetzter Statur und wenn auch nicht abschreckend, so doch nicht anziehend. Er besaß indes manche gesellschaftlichen Talente, und sein Adel und sein Name, Dinge, welche nicht nur damals in der Welt große Geltung hatten, ließen ihn zuletzt eine für seine Umstände ganz annehmbare Partie finden.

Er heiratete eine Tochter des Chevalier de Chauvelin, sie war die Witwe eines Herrn von Menou und hatte außer dem alten Namen ihres ersten Gatten noch fünf Kinder von ihm. Indessen starben die vier Söhne bald, die einzige Tochter verheiratete sich später. Marguerite Chauvelin war weder durch ihre Jugend noch durch ihre Schönheit ausgezeichnet, aber von ungemeiner Anmut, von Liebreiz und Ungezwungenheit im Umgang. Sie liebte sehr die Geselligkeit und war eine vortreffliche Wirtin. Die Talente und die alten Namen fanden sich zusammen.

10 Der Mord.

Außerdem hatte Marguerite von ihrem Vater das Rittergut Nerbonne geerbt, dies war aber ihr einziges Besitztum.

Herr von Pivardière wurde durch die Heirat Lehns- und Gerichtsherr dieses Rittergutes und hätte mit seiner Gattin vielleicht notdürftig standesgemäß auf demselben leben können, wenn ihn die Vasallenpflicht nicht beim Aufgebot der Lehnsträger ins Feld gerufen hätte, eine Verpflichtung, die nicht allein die Person des Vasallen, sondern auch dessen Kasse sehr in Anspruch nahm, weil er sich selbst während des Feldzuges erhalten mußte.

Herr von Pivardière brachte während der Kriege Ludwigs XIV. mehrere Jahre im Felde zu und konnte nur abwechselnd seine Heimat und seine Gattin besuchen. Die Last der Ausrüstungskosten und der Reisen ging über seine Mittel, er suchte sie daher loszuwerden und bewarb sich um eine Anstellung bei der Linie. Er ging deshalb im Jahre 1671 nach Paris, und es gelang ihm nicht allein, eine Offiziersstelle als Fähnrich im Dragonerregiment des Grafen Sainte Hermin, sondern auch einen königlichen Schutzbrief zu erlangen, ein unter dem großen Siegel ausgefertigtes Moratorium, welches solchen Personen erteilt war, die als Gesandte außer Landes oder im Felde sich befanden, um sie gegen ihre andringenden Gläubiger zu schützen. Herr von Pivardière bedurfte dieses Schutzes in besonders hohem Maße.

Der neue Offizier verfügte sich zu seinem Regiment, besuchte aber von der Garnison aus abwechselnd seine Gattin und sein Gut Nerbonne. Das gesellige Leben scheint hier sich so angenehm abgespielt zu haben, als Edelleute auf dem Lande mit beschränkten Mitteln es nur haben können. Eine Viertelmeile vom Schlosse lag die Abtei von Miseray, auf der sich gewöhnlich zwei oder drei Chorherren vom Orden der Augustiner aufhielten, die auch ein angenehmes, ungezwungenes Leben führten. Sie liebten die Geselligkeit und standen in regen Beziehungen zu den benachbarten Edelleuten. Seit dem Jahre 1685 war ein gewisser Charost, ein Geistlicher aus einer sehr angesehenen Familie, der Prior der Abtei. Er war ein besonders liebenswürdiger und amüsanter Gesellschafter, und Herr und Frau von Pivardière waren mit ihm eng befreundet. Bei der Nähe des Schlosses und der Abtei hörten beide Edelleute weit öfter die Messe in der Abtei als in der Pfarrkirche ihres Ortes.

Auch das Schloß von Nerbonne hatte eine Kapelle mit der Eigenschaft einer Priorei, und die Untertanen mußten dem Prior als Kaplan ein Gehalt an Geld und Getreide geben. Als der bisherige Kaplan abging, verliehen die Pivardières ihrem Freunde Charost die Pfründe, was sie noch enger miteinander

verband, denn nun mußte Charost jeden Sonnabend
die Messe in der Klosterkapelle lesen. Jedermann
hatte den Gutsherrn und den neuen Kaplan nie anders
als im besten Einvernehmen gesehen, so oft der
Ehemann in Nerbonne erschien. Ebensolche Innig-
keit und Einigkeit schien zwischen den beiden Ehegatten zu herrschen.

Dies änderte sich jedoch. Als Herr von Pivardière
im Felde war und hörte, daß der Prior seine Besuche im Schlosse nach wie vor fortsetzte, äußerte
er sich mißmutig darüber. Er zeigte sich bei seinen
gelegentlichen Besuchen von einer anderen Seite als
bisher. Er runzelte finster die Stirn und führte
spitze Reden über die Freundlichkeit des Priors,
seine Gattin auch während seiner Abwesenheit durch
seine trostreichen Besuche zu erfreuen.

Auch Frau von Pivardière begann ihrerseits Verdacht zu schöpfen. Ihr Gatte kam immer seltener
und auf immer kürzere Zeit; es schien ihm überhaupt
nur daran zu liegen, die Pachtgelder zu erheben.
Ihr Verdacht bezüglich der Untreue ihres Gatten
verdichtete sich, als ihr im Juli 1697 ein Geschäfts-
freund aus Paris meldete: ein Kapuziner aus Auxerre
habe sich bei ihm nach dem Aufenthalt des Herrn
von Pivardière erkundigt, weil eine Frau von dort
ihm Kleider und Wäsche nachsenden wolle. Die
Gattin geriet in lebhafte Beunruhigung. Nach den
Briefen ihres Mannes war derselbe nie von der

148

Armee fortgekommen. In welcher Verbindung konnte nun eine Frau in Auxerre mit ihm stehen? Bei reiflicher Überlegung kam sie zu der Überzeugung, daß ihr Gatte in Auxerre eine Liebschaft hätte, die ihn ernstlicher fesselte als eine flüchtige Neigung, aus der eine Soldatenfrau ihrem Manne keinen Vorwurf macht. Diese Liebschaft kostete dem Manne das viele Geld, und er besuchte seine Frau nur, um dieses Geld abzuholen. Mit diesen Gedanken belastete Frau von Pivardière ihr Gemüt. Im August 1697 reiste Herr von Pivardière nach seinem Gute. Ein Maurer, Marsau, traf ihn sieben Meilen von Nerbonne und wunderte sich, daß er in solcher Nähe seines eigenen Schlosses sich nicht eile, dorthin zu kommen; Herr von Pivardière antwortete aber: er wolle nicht vor Abend in Nerbonne ankommen, denn er beabsichtige dort den Prior von Miseray zu treffen und sich mit ihm auseinanderzusetzen; einer von ihnen beiden müsse heute noch sein Leben lassen. — Frau von Pivardière und der Prior erfuhren diese Äußerungen bereits einige Stunden später.

Es war das Fest Mariä Himmelfahrt, zugleich der Tag der Kirchweihe im Schloß Nerbonne. Der Prior von Miseray hatte vormittags sein feierliches Amt gehalten und die Frau vom Schlosse hatte ihn und alle adligen Nachbarn als Gäste eingeladen. Herr von Pivardière fand bei seiner Heimkehr eine

ansehnliche Gesellschaft versammelt: Herrn und
Frau von Préville, Herrn und Frau von Lanze,
eine Frau von Dumer und mehrere andere.
Alle erhoben sich bei seinem Eintritt, um ihn zu be-
grüßen; auch der Prior gab seiner herzlichen Freude
Ausdruck, den Freund wiederzusehen. Nur Frau
von Pivardière blieb auf ihrem Stuhle sitzen und
nahm kaum Notiz von ihrem Gatten; man bemerkte
es und verwunderte sich darüber. Herr von Pivardière aber sagte spöttisch: „Ich bin ihr Mann, das
ist wahr, aber ich bin nicht ihr Liebhaber." Er
setzte sich darauf hin, ohne ein Wort zu sprechen.
Infolgedessen trat eine allgemeine Verstimmung ein,
und die Gäste brachen bald auf, um der peinlichen
Szene zu entgehen. Schon um $^{1}/_{2}11$ waren die
beiden Ehegatten allein.
Von dem Auftritt, welcher nachher zwischen ihm
und seiner Frau stattfand, erfuhr man folgendes:
Die Frau vom Hause blieb mürrisch und verdrieß-
lich. Er fragte sie nach der Ursache ihres Un-
willens. Sie antwortete mit ausbrechendem Zorn:
„Geh' und frage dein Weibsbild. Die, von der du
eben zu mir kommst, wird dir das am besten sagen
können."
Herr Pivardière bemühte sich, ihren Verdacht zu
zerstreuen. Es war vergebliche Mühe. Seine Entschuldigung und sein Versuch, sich zu rechtfertigen,
steigerte vielmehr ihren Zorn, und sie rief zuletzt

in heller Empörung: „Du sollst bald erfahren, ob
du eine Frau, wie ich bin, so beschimpfen darfst!“
Das waren ihre letzten Worte. Sie riß sich von
ihm los, ging in das Schlafzimmer ihrer Kinder und
schloß sich daselbst ein. Da Herr von Pivardière
auf all' sein Zureden keine Antwort von ihr erhielt,
begab er sich in das Schlafzimmer.
Am anderen Morgen sah man ihn nicht mehr. Man
begriff nicht, weshalb er so plötzlich fortgeeilt sein
sollte. Man verwunderte sich um so mehr, als man
sich zuflüsterte, daß sein Pferd, seine Pistolen, seine
Stiefel und sein Mantel noch immer im Schlosse
wären. In den nächsten 14 Tagen wuchs dieses Gerücht durch verschiedene Umstände und Redereien
zu einem furchtbaren Verdacht an. Es erregte die
Aufmerksamkeit, daß man am Morgen nach dem
Verschwinden des Schloßherrn das Schloßtor auf-
gebrochen gefunden hatte. Vier Personen ver-
sicherten, sie hätten in der Nacht einen Schuß fallen
hören. Eine Frau Hybert flüsterte ihren Bekannten
zu, sie wisse es von ihrem Manne, daß Herr
von Pivardière tot sei. Endlich sprach man es deutlich aus: Herr von Pivardière sei von seiner Frau
ermordet worden. Da auch zwei junge Mägde im
Schloß sehr verdächtige Reden führten, so verwunderte man sich, daß noch immer nicht die Obrig-
keit eingriff.
Eine Schwierigkeit lag darin, daß der Gerichtsstand

von Nerbonne nicht klar lag: mehrere Gerichte
meinten zuständig zu sein; andererseits war ihnen
allen die Sache etwas kitzlich, so daß sie sich nicht
damit befassen mochten. Als das Gerücht jedoch
zur Kenntnis des Oberrichters von Châtillon drang,
verfügte dieser eine sofortige Untersuchung. Dieselbe erfolgte durch den Untersuchungsrichter. Schon
am Vormittage traf er im Schlosse ein und vernahm
in aller Eile 15 Zeugen. Die meisten sagten aus,
daß sie ihre Wissenschaft aus den Reden der beiden
Dienstmädchen geschöpft hätten. Diese Aussagen
waren so bedenklich, daß das Gericht die Verhaftung der Madame de la Pivardière und ihrer
beiden Kinder sowie der beiden Dienstmädchen verfügte. Aber nur die 15jährige Katharina Lemoine
wurde wirklich ergriffen; das andere Mädchen,
Marguerite Mercier, war geflohen. Auch Frau
von Pivardière hatte zeitig genug Wind bekommen,
um ihre Angelegenheiten zu ordnen und die Flucht
zu ergreifen. Bald darauf kam eine furchtbare Anzeige zur Kenntnis des Gerichts. Die neunjährige
Tochter Pivardières war bei Frau von Préville untergebracht worden. Hier hatte sie in Gegenwart ver-
schiedener Personen folgendes erzählt: „In der
schrecklichen Nacht habe ich oben in einem Zimmer
des Schlosses schlafen müssen, während ich sonst
immer unten schlief. In der Nacht wurde ich von
großem Lärmen wach. Ich hörte jemand mit kläg-

152

licher Stimme schreien: Ach, mein Gott, hab' doch
Erbarmen mit mir. Da bin ich aufgesprungen und
wollte hinuntereilen, aber meine Tür war fest verschlossen. Am Tage darauf sah ich auf dem Fußboden in meines Vaters Schlafzimmer Blutspuren
und einige Tage darauf sah ich, wie meine Mutter
am Bach blutiges Leinenzeug auswusch."
Der Eindruck dieser Nachricht, die man aber nur
aus dem Munde der als Zeugen vernommenen Personen, welche sie von dem Kinde gehört haben wollten, zusammenstellte, war außerordentlich. Welche
Motive konnten ein unschuldiges Kind zu einer un-
wahren Aussage bewegen? Wieviel mehr Gewicht
erhielt diese Aussage dadurch, daß die Mutter mit
derjenigen Magd entflohen war, welche ihre besondere Vertraute gewesen war? Auch gegen den
Prior von Miseray wuchs der Verdacht, als man
erfuhr, daß er mit seinen zwei Bedienten am
15. August in Nerbonne gewesen war.
Alle diese Verdachtsgründe wuchsen zur festen Überzeugung, als es gelang, der andern Magd habhaft
zu werden. Sie legte alsbald ein offenes Bekenntnis ab: „Als meine Herrin sah, daß ihr Ehegatte
fest eingeschlafen war, hat sie alle Personen im
Hause, denen sie nicht vollkommen traute, entfernt.
Der älteste Sohn aus erster Ehe wurde zu Herrn
von Préville geschickt. Eine Viehmagd wurde in
eine abgelegene Kammer verwiesen. Das neun-

jährige Töchterchen wurde in einem oberen Zimmer
untergebracht. Als das Kind eingeschlafen war,
ging die gnädige Frau hinunter; dort stand der Prior
von Miseray mit seinen zwei Bedienten. Der Koch
hatte ein Schießgewehr, der andere einen Säbel.
Dann jedoch schien meiner Frau die Nähe der
Katharina doch bedenklich und sie schickte das
Mädchen in das nahe gelegene Vorwerk, um nach
frischen Eiern zu suchen. Dann erst befahl mir
meine Herrin, den Prior mit seinen Bedienten vom
Hofe heraufzuholen.

Alsdann drangen diese drei in das Schlafzimmer des
gnädigen Herrn; dieser lag jedoch so im Bett, daß
sie ihn schlecht tödlich verwunden konnten; darum
stellte sich der Koch auf einen Stuhl und schoß ihm
von oben herunter in den Kopf. Der Unglückliche
wurde durch den Schuß nur verwundet; er sprang
aus dem Bett, stürzte mitten ins Zimmer, fiel dort
— sein Gesicht ganz mit Blut bedeckt — auf den
Boden, wand sich und winselte und flehte bald die
Mörder, bald die Gattin um Mitleid an, aber vergebens. Der andere Bediente versetzte ihm mit
dem Säbel mehrere Hiebe über den Kopf. Als ich
ihn so jämmerlich winseln hörte und seinen im Blut
schwimmenden Körper und seine Todesangst sah
und sein Todesröcheln hörte, hielt ich es nicht mehr
aus; ich ächzte und schrie. Aber man drohte mir,

154

wenn ich nicht das Maul hielte, würde es mir ebenso ergehen.

Die Aussage klang zwar sehr schauerlich, aber vor Gericht mußte eine solche Erklärung eines 17jährigen Mädchens starke Bedenken erregen, denn man konnte sich die Sache zwar nicht romanhafter und schauerlicher, aber auch nicht gut ungeschickter vorstellen. Indes wurden diese Bedenken dadurch zerstreut, daß zwei andere Zeugen, das 15jährige Dienstmädchen und ein gewisser Hybert, ein Diener des Hauses, getrennt vernommen, im wesentlichen das gleiche aussagten.

Noch 30 andere Zeugen, alles Nachbarn und gute Freunde der Edeldame, berichteten dieselbe Geschichte.

Merkwürdigerweise begab sich der Richter nicht selbst auf das Schloß, sondern schickte nur acht Gerichtsdiener hin. Was diese an Ort und Stelle vorfanden, ist den Akten nicht zu entnehmen.

Der schwerste Verdacht fiel neben der Gattin auf den Prior von Miseray. Vorläufig hatte ihn noch niemand mit Bestimmtheit belastet, aber man konnte an der Aussage des Mädchens nicht mehr zweifeln, als es in eine heftige Krankheit fiel und vor Empfang der Sterbesakramente aussagte: sie hätte, was den Prior betreffe, noch immer mit der vollen Wahrheit zurückgehalten; er wäre aber wirklich bei der Mordtat gewesen und hätte dem Herrn von Pivar-

dière den letzten Streich versetzt. Nun wurde auch
der Prior von Miseray verhaftet.
Schon war niemand mehr in der ganzen Gegend, der
nicht mit aller Bestimmtheit jetzt an die Ermordung
Pivardières glaubte. Der Prozeß nahm seinen Fort-
gang, als plötzlich Frau von Pivardière in Paris auftauchte und beim Parlament eine Bittschrift ein-
reichte: sie stände unter dem Verdacht, ihren Ehegatten ermordet zu haben. Dies sei eine schänd-
liche Verleumdung, denn ihr Ehemann, der Herr
de la Pivardière, sei noch am Leben und
frisch und gesund. Sie beantrage also, daß das
Gericht von Romorentin den Auftrag erhalte, ge-
richtlich festzustellen, ob ihr Ehemann noch lebe.
Und nun beginnt das Trauerspiel, dessen düstere
Seiten uns soeben tief erschüttert haben, ins Gro-
teske überzugehen. Wir fanden die Aussage der
einen Zeugin über die Ermordung des Herrn von
Pivardière so romanhaft, daß ihr der Stempel der
Unwahrheit aufgedrückt schien. Die Wirklichkeit
war aber um vieles romanhafter und das Spiel der
immer mehr sich verwickelnden Prozesse rollt sich
zu unserm wachsenden Ergötzen vor uns ab. Zunächst also stand die Sache so: das eine Gericht verfolgte mit fanatischem Eifer die Mörder des Herrn
von Pivardière, das andere Gericht bemühte sich
mit gleichem Eifer, den Nachweis zu erbringen, daß
Herr von Pivardière noch am Leben sei. Damit

uns selbst nicht so wirr im Kopfe werde wie all'
den Richtern, müssen wir schon vor der Beendigung
der Prozesse den Schleier von der Wirklichkeit
heben und dem wahren Tatbestand' auf die Spur zu
kommen suchen. Bei dem Gericht von Romorentin
wurde als Beweis dafür, daß Herr von Pivardière
lebe, folgendes angeführt:
Er hatte schon 1693 die Kriegsdienste wieder verlassen, warum, weiß man nicht. Er hielt diesen Umstand gegen seine Gattin geheim, weil der Kriegs-
dienst ihm einen guten Vorwand gab, sich von Hause
fernzuhalten. Dafür hatte er mehrere Gründe. Einmal die Eifersucht: er konnte die Besuche des Priors
nicht länger gleichmütig ansehen und schämte sich
zugleich seiner Eifersucht. Dann aber auch fürchtete er seine Gläubiger, denn mit dem Augenblick,
da er die Kriegsdienste niederlegte, war er seinen
Gläubigern wieder ausgeliefert. Er zog daher ein
herumschweifendes Leben vor.
In Auxerre traf er an einem Sonnabend bei einem
Spaziergang auf dem Walle ein sehr schönes Mädchen, in welches er sich sterblich verliebte. Er quar-
tierte sich bei ihrer Mutter, Madame Pillard, welche
ein kleines Gasthaus hielt, ein, doch vorsichtigerweise
nicht unter dem Namen de la Pivardière, sondern
unter seinem Zunamen Du Bouchet. Aber obgleich
das Mädchen eine zärtliche Neigung für ihn empfand, widerstand doch ihre „seltene Tugend" seinen

stürmischen Anträgen. Ihn dagegen überwältigten
ihr Reiz, ihre Lebhaftigkeit, ihr Verstand und ihre
Herzensgüte dergestalt, daß er eine Bigamie für
keine zu schwere Sünde hielt, um ans Ziel seiner
Wünsche zu gelangen. Er heiratete sie und — Herr
de la Pivardière, der Lehns- und Gerichtsherr von
Nerbonne — wurde, um doch ein Geschäft zu treiben,
das ihn und seine Frau ernähren konnte, Gerichtsdiener in Auxerre! Der vor kurzem verstorbene
Gatte seiner neuen Schwiegermutter hatte diese
Stelle bekleidet und die Witwe verschaffte sie ihrem
Schwiegersohn. Herr de la Pivardière verwaltete
sein Amt mit Geschicklichkeit und Zuverlässigkeit.
Er war sehr glücklich, aber nicht ruhig. Nach neun
Monaten gebar ihm seine schöne, junge Frau ein
Kind; er vergötterte sie nur noch mehr. Die gelegentlichen Reisen zu seiner ersten Frau benutzte
er, um Geld zu erheben, welches das Behagen seiner
zweiten Frau erhöhen sollte. Vier Jahre dauerte
diese Glückseligkeit, und vier Kinder waren bereits
aus dieser Verbindung entsprossen, als Frau von
Pivardière auf die oben angegebene Art einen Wink
über das Geheimnis ihres Gatten erhielt. Hierauf
erfolgte der Besuch des letzteren am 15. August
1697 in Nerbonne, sein kühler Empfang und der
Zwist nach dem Abendessen.
Als Herr de la Pivardière auf sein Schlafzimmer
gegangen war, erschien die kleine Katharina Lemoine

und vertraute ihm an, daß er Gefahr laufe, arretiert
zu werden, wenn er noch länger im Schlosse weile.
Er hatte ein hinreichend böses Gewissen, um diese
Warnung sich zu Herzen zu nehmen. Sein Pferd
war lahm, darum ließ er es zurück und machte sich
um 4 Uhr morgens zu Fuß auf den Weg. Auch
seinen Mantel, die schweren Reiterstiefel und die
Pistolen ließ er zurück, um auf der Flucht möglichst wenig belastet zu sein.

Frau von Pivardière bekümmerte sich zunächst um
seine Flucht nicht. Als jedoch der Mordverdacht
auftauchte, ließ sie ihm nachspüren; ihre Kund-
schafter verfolgten seine Spur von Nachtquartier zu
Nachtquartier; so gelangten sie bis nach Auxerre
und fanden ihn daselbst als den Gerichtsdiener Du
Bouchet.

Als Herr von Pivardière erfuhr, daß seine Gattin
des Mordes beschuldigt wurde, gab er vor zwei
Notaren eine Erklärung ab, daß er, Louis de la
Pivardière, noch lebe und frisch und gesund sei.
Auch schrieb er einen eigenhändigen Brief an seine
Gattin und an seinen Bruder.

Ja, es geschah noch mehr. Als seine zweite Gattin
von diesen Vorgängen erfuhr, überredete sie ihren
Mann, nach Nerbonne zurückzukehren, um die Unschuld ihrer Nebenbuhlerin zu retten. Pivardière
gehorchte entweder den Eingebungen seiner edlen

Natur oder den Bitten seiner edlen Frau, er reiste
nach Nerbonne.

Hier fand er die vollkommenste Verwüstung. Nichts
von allem, was das Schloß einst geschmückt und
wohnlich gemacht hatte, war vorhanden. Die Wut
des Pöbels oder die Habgier der Gerichtsdiener
hatten in dem leeren Herrenhause.kaum die Nägel
an den Wänden gelassen. Die Schlösser der Türen
waren abgerissen, Türen und Fensterläden ausgebrochen, selbst das Blei vom Dach war gestohlen.
Er wußte nicht, gegen wen er klagen sollte, da er
selbst unter Umständen als Angeklagter hätte erscheinen müssen. Als er jedoch hörte, daß das Gericht zu Romorentin seine Existenz feststellen sollte,
meldete er sich dort und bat, die Einwohner von
Nerbonne über seine Identität zu vernehmen.

Im Kirchspiel vom benachbarten Jeu wurde gerade
das Fest des Heiligen Antonius begangen; dort
glaubte man fest an die Ermordung des Herrn von
Pivardière. Es erregte daher ungewöhnliches Aufsehen, als der Untersuchungsrichter mit seinem Gefolge in die Kirche trat, mit einem Mann, in dem
jeder den toten Lehnsherrn von Nerbonne zu erkennen glaubte. Alles rückte entsetzt von dem Gespenst zur Seite, aber das Gespenst grüßte sie und
sprach mit einer ihnen wohlbekannten Stimme. Man
fragte ihn nun näher aus über nahe und ferne Dinge,
betastete ihn, kurzum, das Ergebnis war, daß 200

Menschen eidlich aussagten, er wäre der richtige
Herr von Pivardière. Ebenso wurde in verschiedenen anderen Orten eine Probe angestellt und alle
Freunde und Verwandten bestätigten seine Identität.
Indessen aber hatte das andere Gericht, ohne von
diesen Dingen irgendwelche Notiz zu nehmen, mit
aller Energie seine eigenen Nachforschungen fortgesetzt. Der Richter Bonnet war, etwas spät, damit beschäftigt, den eigentlichen Tatbestand des Verbrechens, das Corpus delicti, aufzufinden, und ließ
gerade in allen Teichen des Gutes nach dem Leichnam des Herrn de la Pivardière fischen, als plötzlich der Mann vor ihn trat, der vorher den Kirch-
gängern von Jeu als Gespenst erschienen war, und
zu ihm sprach: „Sie können sich die Mühe sparen,
auf dem Grunde des Teiches zu suchen, was Sie hier
am Ufer besser finden. Ich bin Louis de la Pivardière."
Bonnet entsetzte sich. Er glaubte einen Geist zu
sehen, und obgleich er eine ihm wohlbekannte Stimme
hörte, schob er alles auf Rechnung einer gespensti-
schen Täuschung. Ohne ein Wort zu antworten,
warf er sich auf sein Pferd und flog in gestrecktem
Galopp, von entsetzlicher Angst getrieben, davon.
Es spricht dies weniger für die Geschicklichkeit des
Beamten, wie für seinen guten Glauben in der ganzen
Angelegenheit.
Die Eifersucht der beiden Gerichte ließ aber damit

11 Der Mord.

die Angelegenheit noch zu keinem Ende kommen.
Die Gerichte von Romorentin schworen auf den
lebendigen Herrn von Pivardière, die Gerichte von
Châtillon auf den toten. Die beiden Mägde
leugneten ab, daß der ihnen vorgeführte Herr
von Pivardière ihr früherer Herr sei. Nun verlangte der Richter von Châtillon, daß der zweideutige
Mann als des Betruges verdächtig sofort in Haft
genommen würde, der Richter von Romorentin pochte
darauf, daß er mehr als 200 Zeugen für seine Echt-
heit hätte und machte sich mit seinem Manne unter
der Eskorte seiner Gendarmen eiligst davon. Beide
Gerichte appellierten an das Parlament. Dieses beschloß, die Untersuchung, ob Herr de la Pivardière
noch lebe, solle das Gericht von Romorentin selbst
weiterführen, während seltsamerweise dem Gericht
von Châtillon die Fortführung des Prozesses wegen
seiner Ermordung belassen wurde. Inzwischen wurde
der arme Prior von Miseray für überführt erachtet,
seit Jahren mit der Gattin des Herrn de la Pivardière einen unerlaubten Umgang unterhalten zu haben
und zu allen von dem kanonischen Recht verhängten
Strafen verurteilt. Immer schwieriger gestalteten sich
die Dinge, als die Mägde aussagten, der Prior wäre
doch nicht dabei gewesen, aber sie wüßten, daß
ihr Herr von seiner Frau ermordet sei.
Wir können hier im einzelnen nicht mehr verfolgen,
in welcher amüsanten Weise die Prozeßangelegen-

heiten sich immer mehr und mehr verwickelten, es
wäre wohl auch nie und nimmer zu einem entscheidenden Schlusse gekommen, wenn nicht Herr de
la Pivardière einen Geleitsbrief von König Ludwig XIV. erreicht hätte, durch welchen er auf drei
Monate vor jeder Verhaftung gesichert war, so daß
er sich nun freiwillig am 1. September 1698 dem
Gerichte zur Verfügung stellen konnte, um nun mit
allen Kräften die Sache seiner unschuldig angeklagten
Ehefrau zu verteidigen.

Man wunderte sich, daß sich ein Monarch wie Ludwig XIV. zur Ausstellung eines Geleitbriefes für
einen so verdächtigen Menschen hatte entschließen
können. Es war indessen nicht der angebliche Pivardière selbst, sondern seine tugendhafte zweite Frau
in Auxerre. Sie, die in ihn gedrungen war, sich
persönlich den Gerichten zu stellen, um die fälschlich Angeklagte, die früher berechtigte Nebenbuhlerin, zu retten, vollendete ihre Großmut, indem
sie selbst nach Paris eilte, sich dem König zu Füßen
warf und ihn zum Vertrauten des seltsamen Verhältnisses machte. Ludwig war von den Reizen und
der seltenen Anmut der Knienden so überwältigt,
daß er seine religiösen Skrupel gegen den Biga-
misten für einen Augenblick vergaß, sie selbst aufhob und ihr gewährte, um was sie bat. „Ein so voll-
kommenes Weib verdient wirklich ein besseres
Schicksal," soll er ausgerufen haben. Nunmehr

11*

arbeitete das Gericht schnell. Louis de la Pivardière wurde als echt erkannt; dem Gerichte von Châtillon wurde nachgewiesen, daß es aus persönlicher Rachsucht die Zeugenaussagen zu ungunsten beeinflußt hatte, Frau von Pivardière und der Prior von Miseray wurden sogleich auf freien Fuß gesetzt. Marguerite Mercier wurde verurteilt, mit bloßen Füßen, einen Strick um den Hals, öffentlich wegen falschen Zeugnisses Kirchenbuße zu tun, demnächst auf öffentlichem Markte entkleidet zu werden und auf allen Kreuzwegen und Plätzen gestäupt zu werden. Dann sollte ihr mit glühendem Eisen auf die rechte Schulter eine Lilie eingebrannt und sie auf ewig aus dem Lande verwiesen werden.
Im übrigen wurde das Verfahren über die Angeklagte für null und nichtig erklärt. Wer aber ersetzte den unschuldig Angeklagten ihre Kosten? Wer erstattete ihnen ihr verlorenes Vermögen? Wie stand es um die Untersuchung wegen der Bigamie? Vermutlich wird sich die königliche Gnade auch hier an Herrn de la Pivardière erwiesen haben.
Welche von beiden Frauen blieb ihm? Die erste, rechtmäßige. Aber ihre gegenseitige Liebe war erloschen. Sie lebten voneinander getrennt.
Wahrscheinlich aber auch von seiner zweiten Frau blieb er getrennt, denn nachdem diese alle mit ihm erzeugten Kinder verloren, verheiratete sie sich noch zweimal.

164

Louis de la Pivardière hatte viele hohe Gönner.
Durch einen solchen wurde er wieder in königlichen
Diensten angestellt, aber nicht als Gerichtsdiener,
sondern als Offizier. Er fiel in einem Kampfe mit
Schmugglern. Seine Gemahlin überlebte ihn nur
kurze Zeit. Sie hatte sich an einem Abend frisch
und gesund zu Bette gelegt. Am Morgen fand man
sie tot. —

Die Ermordung des Advokaten Bernays.*⟩

I.

Am 7. Januar 1882 verließ der Advokat Wilhelm Bernays mit dem Vormittagszuge Antwerpen, wo er sich seit einer Reihe von Jahren niedergelassen hatte, und fuhr nach Brüssel. Einem Bekannten, den er unterwegs traf, sagte er, daß „er mit einer bedeutenden Persönlichkeit oder einem Industrieritter" eine geschäftliche Zusammenkunft habe. Er hatte zu Hause nichts hinterlassen. Seine Frau wartete mit dem Essen eine halbe Stunde, eine Stunde, er kam nicht wieder; auch am andern Tage nicht. Bernays war spurlos verschwunden. Die Justiz, die von dem geheimnisvollen Verschwinden in Kenntnis gesetzt war, setzte vergeblich alle Hebel in Bewegung, um das Verbleiben des Advokaten zu ermitteln. Die merkwürdigsten Gerüchte wurden verbreitet. Bernays lebte mit seiner Frau in sehr unglücklicher Ehe; einige glaubten daher an einen Selbstmord. Bernays hatte starke Gemütserschüt-

---

*⟩ Ich folge bei diesem Prozesse, der mit Recht zu den allerinteressantesten des vergangenen Jahrhunderts gezählt wird, der Darstellung Dr. Paul Lindaus, der im Jahre 1883 die verwickelten Vorgänge der Akten in mustergültiger und geistvoller Form geklärt hat und die Benutzung seiner Schrift mir freundlichst gestattet hat. Das psychologische Rätsel des Mörders bleibt freilich auch für ihn ungelöst.

terungen in letzter Zeit gehabt, er war ein leiden-
schaftlicher Mensch, kurz vorher war sein Bruder
in ein Irrenhaus gebracht worden; und so wurde auch
das Gerücht verbreitet, daß Bernays den Verstand
verloren habe, daß er entweder in eine Anstalt eingesperrt oder durch einen Unglücksfall umgekommen
sei. Leute, die Bernays nahegestanden, erinnerten
sich, daß er, seitdem er sich hatte taufen lassen, bei
mannigfachen Anlässen eine gewisse Hinneigung zum
Mystizismus gezeigt und namentlich mit dem Pfarrer
von St. Etienne du Mont in Paris, Perdreau, in
regem Verkehr gestanden hatte. So fand auch das
Gerücht, daß er aus Lebensüberdruß sich von der
Welt zurückgezogen und in ein Jesuitenkloster geflüchtet habe, gläubige Ohren. Diese Vermutung
wurde namentlich genährt durch einen Brief, den
Bernays am Tage vor seinem Verschwinden an einen
deutschen Freund gerichtet hatte. In diesem Brief
hatte Bernays gesagt: seine besten Freunde und Gönner, in Antwerpen wie in Paris, gehörten zur kleri-
kalen Partei, die man nur zu oft verkenne; die Ten-
denz unsrer Zeit, die das religiöse Gefühl zu unter-
drücken und die Priester zu erniedrigen suche, sei
außerordentlich gefahrvoll. Seit einigen Tagen trage
er sich mit dem Gedanken, seinen alten Gönner,
den Pfarrer von St. Etienne in Paris, dessen Bild
auf seinem Kamin stehe, zu bitten, ob es nicht möglich sei, ihn zu einer Mission in fernen Landen zu

verwenden, um von den Wilden aufgefressen oder
vom gelben Fieber dahingerafft zu werden. Endlich munkelte man von einem Verbrechen, dem Bernays zum Opfer gefallen sei, und man raunte sich im
geheimen zu, daß Armand Peltzer, der früher der
intimste Hausfreund des Advokaten gewesen war
und dem sogar strafbare Beziehungen mit Frau Julie
Bernays nachgesagt wurden, damit im Zusammenhang stehe.

Bis zum 18. Januar herrschte über das Verbleiben
von Bernays undurchdringliches Dunkel. An diesem
Tage erhielt der Untersuchungsrichter, Berré in
Antwerpen, in der Mittagsstunde einen Brief mit dem
Poststempel: Basel, unterzeichnet Henry Vaughan,
in dem es heißt, Bernays sei durch einen unglücklichen Zufall von dem Absender erschossen. Man
werde die Leiche in der von Vaughan gemieteten
Wohnung: rue de la Loi 159 in Brüssel finden. Das
Gericht begab sich nach dem bezeichneten Hause,
und man fand dort in der Tat die Leiche des Ge-
suchten. Bernays war durch einen Schuß ins Genick
getötet worden. Die Forschungen nach dem „Henry
Vaughan“ Genannten ergaben für die Polizei genügend starke Verdachtgründe, um gegen Léon
Peltzer, den jüngeren Bruder des Hausfreundes
Armand Peltzer, einen Haftbefehl zu erlassen. Léon
Peltzer, ein leichtsinniger und schlechter Kaufmann,
der im übrigen als ein sehr gutmütiger Mensch ge-

schildert wird, trieb sich seit einer langen Reihe von
Jahren in der Welt umher. Bis kurz vor der Tat, und
die Mitglieder seiner Familie glaubten auch noch zur
Zeit, da das Verbrechen begangen wurde, hatte er
sich in Amerika aufgehalten. Am 1. März ver-
öffentlichten die beiden in Belgien ansässigen Brüder,
Armand Peltzer und James Peltzer, das folgende
Schreiben:

„Die Blätter haben gemeldet, daß ein Verhaft-
befehl oder ein Auslieferungsmandat gegen unsern
Bruder Léon Peltzer erlassen sei. Wir gestatten
uns nicht, diese entsetzliche, vom Gericht als notwendig erkannte Maßregel, die uns so schmerzlich
trifft, einer Kritik zu unterwerfen; wir müssen jedoch bemerken, daß wir am 14. Februar an unsern
Bruder Léon geschrieben haben, um ihn von den
Gerüchten, die man verbreitet hat, in Kenntnis zu
setzen, und um ihn aufzufordern, unverzüglich nach
Belgien zurückzukehren. Dieser Brief, der von
uns nach San Franzisko adressiert ist, der letzten
Adresse, die uns unser Bruder in seinem Brief von
St. Louis am 18. Dezember v. J. gegeben hat,
ist dem Brüsseler Gerichtshofe unterbreitet und
von diesem befördert worden. Wir sind davon
überzeugt, daß unser Bruder bei der ersten Nachricht, die er von der Ermordung von Bernays er-
hält, zurückkehrt, und seine Gegenwart wird genügen, um die entsetzlichen Gerüchte verstummen

zu machen. Was uns betrifft, so sehen wir im Vertrauen auf die Gerechtigkeit unseres Landes dem Ergebnis dieser Nachforschungen mit Gelassenheit entgegen. Auf die Beschuldigungen einer wütenden Meute, die aus leicht begreiflichen Gründen über uns herstürzt, haben wir für den Augenblick keine Antwort. Gott gebe, daß diejenigen, die uns in dieser Weise jetzt angreifen, ein so ruhiges Gewissen haben mögen, wie wir an dem Tage, da die Stunde der Verantwortlichkeit schlagen wird."

Wenige Tage nach der Veröffentlichung dieses Briefes, am 5. März, machte der Doktor Lavisé, der seit sieben Jahren in intimen freundschaftlichen Beziehungen zu Armand Peltzer stand, dem Staatsanwalt die Mitteilung, daß ihn Armand in der Nacht vom 4. zum 5. März um ein Uhr morgens in großer Aufregung aufgesucht und gebeten habe, Léon zu beherbergen. Lavisé hatte den Versicherungen Armands, daß Léon noch in Amerika sei, Glauben geschenkt und war durch diese unerwartete Kunde aufs äußerste überrascht worden. Der Doktor hatte nun erkannt, daß er wider seinen Willen einige Briefe zwischen Armand und Léon vermittelt hatte. Er zweifelte nicht mehr daran, daß Léon der Mörder sei und hielt sich in seinem Gewissen gedrungen, seinen besten Freund und dessen Bruder zu denunzieren. Armand wurde am 5. März verhaftet, Léon zwei Tage darauf auf dem Kölner Bahnhofe. Die

170

Untersuchung, die äußerst sorgfältig betrieben wurde,
nahm Dreivierteljahr in Anspruch, und Ende November wurden beide Brüder unter der Beschuldigung
des Mordes vor die Geschworenen gestellt.
Treten wir, nachdem wir so in großen Zügen die vor
der öffentlichen Verhandlung dem Publikum zugänglich gewordenen Tatsachen verzeichnet haben, den
Verhältnissen und Persönlichkeiten näher.

II.

Es ist ein merkwürdiger und trauriger Roman des
modernen Lebens, der sich im Hause des Advokaten
Bernays zu Antwerpen abgespielt hat. Wäre er von
einem Dichter erfunden worden, so würde er sicherlich vor der ernsthaften Kritik nicht bestehen können
und als durchaus unwahrscheinlich und unglaubwür-
dig bezeichnet werden müssen. Die Dichtung muß
ja glaubwürdiger motivieren, als es der Wirklichkeit
mitunter beliebt. Ein Armand Peltzer wäre eine
unmögliche Romanfigur. „Der Mann tötet nicht,“
würde das einstimmige Urteil lauten.
Wilhelm Bernays ist in Koblenz im Februar 1848
geboren. Seine Eltern siedelten schon im Jahre 1850
nach Brüssel über. Er war ein guter und begabter
Schüler, ein fleißiger Student, er bestand seine Prü-
fung mit Auszeichnung und wurde schon in seinem

171

20. Jahr Doktor der Rechte. Seine ungewöhnlichen
Fähigkeiten, die Rührigkeit seines Geistes, die
Schärfe seines Blickes werden ihm von allen, die ihn
persönlich gekannt haben, bereitwillig zugestanden.
Dagegen ist die Zahl derer, die ihm Liebenswürdigkeit in den Umgangsformen und Freundlichkeit des
Charakters zuerkennen, eine viel geringere. Bernays
hatte wenig Freunde und wirkte auf viele geradezu
abstoßend. In seinem Wesen war etwas Hastiges,
Unruhiges und zugleich Hochtrabendes, was den
Verkehr mit ihm nicht gerade zu einem gemütlichen
machte. Vor allen Dingen aber wurden viele abge-
schreckt durch den bei ihm sehr entwickelten Er-
werbssinn und seine starke Unlust zu Ausgaben, die
bei jedem Anlaß sich bemerklich machten. Sein
fieberhaftes Verlangen, schnell Geld zu erwerben,
war für ihn auch bei der Wahl seines Berufes maß-
gebend gewesen und bestimmte ihn zur Wahl seines
Wohnortes. Er ließ sich also im Jahre 1870 in Antwerpen nieder. Er hatte sich vor allem mit dem
Handels- und Seerecht vertraut gemacht, er zeigte
eine seltene Gewandtheit in der Behandlung aller
kaufmännischen Streitfragen und wurde trotz seiner
Jugend sehr bald ein bekannter und gesuchter Beirat
der großen Kaufleute von Antwerpen. Nachdem
er einige Zeit bei einem tüchtigen Advokaten in Antwerpen gearbeitet hatte, wurde er schon im Jahre
1872 an der Praxis seines früheren Chefs selbständig

beteiligt. Am 26. November 1872 verheiratete sich
der jugendliche Streber mit Julie Pécher, die einer
der angesehensten Familien von Antwerpen angehörte.
Als Schwiegersohn des einflußreichen Herrn Pécher
durfte Wilhelm Bernays noch auf ganz besondere
Vorteile rechnen. Durch Péchers Vermittlung erhielt
Bernays in der Tat die sehr einträgliche Stellung
eines Regierungsadvokaten in Antwerpen; und in den
vier Jahren von 1872 bis 1876 verdiente er für
seinen Teil, wie aus den Verhandlungen sich ergeben
hat, die Summe von 289 000 Frank und 78 Cent. —
für einen jungen Juristen in der Mitte der Zwanziger
jedenfalls ein recht erklecklicher Gewinn.
Es ist nicht leicht, nach den Berichten der Presse
sich ein klares Bild von Julie Pécher zu machen.
Die belgischen Zeitungen 'sind so erbittert gegen
Armand Peltzer und alles, was mit diesem im Zu-
sammenhange steht, daß sie die intime Freundin
Armands offenbar unfreundlich und ungerecht behandeln. Das Auftreten der unglücklichen Frau in
dem Prozesse ist ein außerordentlich taktvolles und
würdiges, und der höchststehende Zeuge, der erste
Präsident des Kassationshofes zu Antwerpen, Herr
de Longé, der Julie Pécher seit ihrer Kindheit kennt,
bezeichnet sie als eine ungewöhnlich bedeutende,
edle, taktvolle und vornehme Frau. Die schmählichen
Gerüchte, die über ihren Verkehr mit Armand Peltzer
verbreitet worden sind, entspringen tatsächlich der

trübsten Quelle, dem widerwärtigen Klatsch des Ge-
sindezimmers, der von dem einen abziehenden
Mädchen dem neuen zuziehenden gewissermaßen als
Familienüberlieferung übergeben worden ist. Die
Vernehmung der Dienstboten bildet eines der em-
pörendsten Kapitel in diesem langen Prozeß; und
ohne der Erzählung vorzugreifen, darf doch gleich
hier erwähnt werden, daß auf jeden anständigen
Menschen die von rohen, sitten- und gewissenlosen
Dienstboten über Frau Bernays ausgesprengten Gerüchte den Eindruck verleumderischer Unwahrheit
machen müssen. Der Vertreter der Anklage hat denn
auch den Takt gehabt, auf diese Aussagen später gar
kein Gewicht zu legen. So ein halbes Dutzend Mein-
eide werden bei dieser Gelegenheit wohl geschworen
worden sein. Das Wort „Dienstbotengemeinheit“,
das mehrfach ausgesprochen wurde, ist das einzige
zutreffende.

Julie Pécher war, als sie die Ehe mit Bernays ein-
ging, 20 Jahre alt, drei Jahre jünger als ihr Mann.
Sie war ein schmächtiges, kränkelndes junges Mädchen, eher klein als groß, beinahe mager, nicht auffallend hübsch, aber auch nicht häßlich, ein pikantes,
blasses Gesicht mit graublauen Augen. Das einzige
wirklich Schöne an ihr sind die üppigen Haare von
wundervoller goldblonder Färbung. Sie empfing im
Hause ihres freisinnigen Vaters, des Führers der
antiklerikalen Partei in Antwerpen, eine ausgezeich-

174

nete Erziehung. Sie besitzt offenbar sehr schätzenswerte Geistesgaben. Sie drückt sich leicht, gewandt und sogar mit einer beachtenswerten Eleganz der Formen aus. Ihre Vernehmung als Zeugin vor dem Gericht, das über den Mörder ihres Mannes das Urteil sprechen soll und vor dem sie genötigt ist, über den Ermordeten wenig Vorteilhaftes und über den Mörder Vorteilhaftes auszusagen, ist ein wahres Muster von Takt. Niemals hat sich eine Frau in so schwieriger Situation vornehmer und korrekter benommen.

Daß Frau Julie eine angenehme Gattin gewesen sei, soll indessen durchaus nicht behauptet werden. Sie hatte romanhafte Neigungen, und wenn Bernays von ihr in einem Briefe schreibt, sie habe zu viel von der barmherzigen Schwester und teile von ihrer Neigung so verschwenderisch an ihre ganze Umgebung aus, daß für ihn, den Gatten, nicht viel übrigbleibe, so hat er, wie es scheint, den Nagel auf den Kopf getroffen. Juliens Natur neigte dem Schwärmerischen und Idealen zu, und sehr bald nach ihrer Verheiratung mit Bernays sah sie ein, daß sie sich mit dem lediglich auf das Praktische und Materielle gerichteten Sinn ihres Mannes schwerlich befreunden werde. Sie war verschlossen, verstimmt und wenig liebenswürdig gegen ihren Mann; und dieser war schroff, unhöflich, rechthaberisch, gewöhnlich kalt, mitunter aufbrausend. Julie besaß eine sehr reizbare, nervöse Natur: sie litt

häufig an Ohnmachtsanfällen, sie zeigte sich ihrem
Manne gegenüber von einem verletzenden Stolze, beinahe hochmütig. Schon in den Flitterwochen kam
es zu einer ernsten Verstimmung. Bernays hatte
verschwiegen, daß er Jude sei. In Paris, auf der
Hochzeitsreise, hatte er sich taufen lassen. Es ist
festgestellt, daß diese Verheimlichung und diese
Taufe auf Julie einen sehr unangenehmen Eindruck
gemacht haben.
Nach einem Jahre wurde das einzige Kind dieser
Ehe geboren. Dieses, ein Knabe, erhielt in der
Taufe den Namen Eduard, wird aber in der Familie
beständig mit dem Kosenamen „Ende" bezeichnet
und ist bestimmt, in diesem gesellschaftlichen Drama
eine sehr bedeutsame Rolle zu spielen. Vater und
Mutter liebten das Kind mit derselben leidenschaftlichen Zärtlichkeit, und nur dieses Kindes wegen,
von dem sich weder der Vater, noch die Mutter
trennen mochten, entschließen sie sich später, nachdem die Ehe längst nur noch vor der Welt besteht,
unter einem Dache zusammen zu weilen. Mit der
Geburt des kleinen Ende hat auch die eheliche Gemeinschaft der Gatten ihren Abschluß erreicht.
Die stolze Frau war aufs äußerste entrüstet, als
sie die Wahrnehmung machte, daß Bernays ihrem
Kammermädchen mit unziemlichen Anträgen nahte.
Dieses Mädchen, Maria Theresia, war auffallend
schön; aber sie war eine anständige Person, die Braut

eines ordentlichen Mannes und wies die Anträge ihres Herrn mit Entschiedenheit zurück. Bernays war in das Mädchen ganz vernarrt und führte sich ihr gegenüber in einer Weise auf, die allerdings die eheliche Gattin aufs tiefste verletzen mußte. Er machte ihr sogar, wie festgestellt zu sein scheint, den ernsthaften Vorschlag, mit ihr durchzugehen und Weib und Kinder zu verlassen. Die Ehe war nun tatsächlich gelöst; sie bestand nur als gesellschaftliche Lüge, und das Zusammenleben der beiden war ein in jeder Beziehung unerfreuliches. Julie und Bernays hatten keinen anderen Berührungspunkt mehr, als die gemeinsame Liebe zu ihrem Kinde.

So lagen die Verhältnisse, als Armand Peltzer, der in Buenos Aires ein kaufmännisches Geschäft gegründet hatte, nach Belgien zurückkehrte, um seinen Brüdern Léon und James, die bankrott erklärt waren, zu Hilfe zu eilen.

Wie Bernays, so ist auch Armand Peltzer deutscher Abkunft. Er ist der älteste Sohn eines ehrenhaften und angesehenen Kaufmannes in den Rheinlanden. Armand ist 1844 in Verviers geboren. Er wie seine Brüder sprechen gleichgut deutsch, französisch und englisch. Armand hat studiert, er ist Ingenieur. Sein Vorleben ist rein und lauter; alle seine Studiengenossen bekunden die Offenheit und Herzlichkeit seines Wesens, sowie seine glänzenden Geistesgaben. Er diskutierte gern und war sehr lebhaft, aber die

Anklage hat in seinem Leben auch nicht einen einzigen Punkt finden können, dessen sich ein Ehrenmann zu schämen hätte. Die Liebe, die ihn mit seinen Geschwistern verbindet, hat etwas wahrhaft Rührendes. Seine ganze Jugend verfließt damit, daß er sich beständig für die Seinigen opfert. Er verdient mehrfach erhebliche Summen, aber diese fließen immer in die Taschen seiner Brüder, die schlechte Geschäfte machen. Namentlich sein Bruder Léon, der vier Jahre jünger ist, macht ihm schwere Sorgen. Um die Ehre des Namens Peltzer, um seine Brüder vor der Schmach des Bankrotts zu retten, gibt er alles, was er erworben hat, mehrere 100 000 Frank, hin, ohne sich zu besinnen. Ein Opfer für die Familie ist es, das ihn aus Buenos Aires nach Belgien zurückführt. Bei der Abwicklung der Geschäfte seiner Brüder tritt er in Unterhandlungen mit dem Advokaten Wilhelm Bernays, der mit der Familie Peltzer seit langen Jahren bekannt ist. Léon und James haben sogar der Hochzeit Juliens mit Bernays beigewohnt. Die Großartigkeit Armands in Geldangelegenheiten muß dem scharf und genau rechnenden, knausrigen Bernays ungewöhnlich imponiert haben. Die beiden treten sich näher, befreunden sich und werden schließlich intime Freunde. Armand ist Witwer und Vater eines kleinen Mädchens Marietta. Er wird von Bernays Julien vorgestellt, und Julie faßt ein lebhaftes Interesse für den Mann,

178

der aus Amerika herübergekommen ist, um in un-
eigennützigster Weise sein Vermögen für die Ehre
seines Namens preiszugeben. Diese Hochherzigkeit
macht auf die leicht erregbare Frau, die gerade das,
was Armand auszeichnet, an ihrem Manne so sehr
vermißt, einen tiefen Eindruck. Seinerseits fühlt
sich auch Armand zu der eigentümlich reizvollen
jungen Frau, die auf alle Männer mit einem eigen-
artig bestrickenden Reize wirkt, hingezogen. Ein
Band inniger Freundschaft knüpft sich zwischen
beiden. Die Kinder, Eduard und Marietta, spielen
zusammen und haben sich lieb.

Bernays sah der Gestaltung dieses eigentümlichen
und nicht ungefährlichen Verhältnisses ohne Bangen
zu. Er hatte das vollste Vertrauen zu seinem
Freunde Armand und hegte kein Mißtrauen zu
seiner sonderbaren Frau, die durch ihre eigenartige
Natur, abgesehen von allem andern, gegen gewisse
Schwächen des weiblichen Geschlechts gefeit zu sein
schien. Armand war und blieb der beste Freund des
Mannes und der Frau; von dem einen und von der
andern wurde ihm bei den nur allzu häufigen und
peinlichen Auseinandersetzungen und Zwistigkeiten
die Rolle des Vermittlers und Friedensstifters zugewiesen. Er war allwöchentlich wenigstens einmal
Gast bei Tische und verbrachte fast jeden Abend
im Hause des Advokaten.

Es versteht sich von selbst, daß die Dienstboten

12*

über die häufigen Besuche Armands und seine stundenlangen Unterredungen im tête à tête mit Julie die boshaftesten Glossen machten. Ohne irgendwelchen Anhalt stand für sie fest, daß Armand der Geliebte der gnädigen Frau sein müsse. Sie horchten an den Türen, sie sahen durchs Schlüsselloch, und die eine tuschelte der andern zu, daß sie etwas Verdächtiges gesehen und gehört hatte, und die zweite erzählte es der dritten mit furchtbaren Übertreibungen, und schließlich galt es als ausgemachte Sache. Wurde eine dreiste, faule Magd weggejagt, so hatte sie nichts Eiligeres zu tun, als ihrer Nachfolgerin zu erzählen, wie es in dem Hause zuging, daß die gnädige Frau einen Geliebten habe, und für die neu Hinzugezogene war dies nun ebenfalls eine feststehende Tatsache. Es muß hier gleich gesagt werden, daß die Verhandlungen keinen Zweifel daran gelassen haben, wie diese ganze Ehebruchsgeschichte nichts andres ist, als ein Rattenschwanz von elendem Klatsch und niederträchtiger Verleumdung. Das Leben, zu dem die unglückliche Frau in ihrem eigenen Hause verurteilt war, hat etwas geradezu Empörendes. Die Dienstboten machten sich geradezu einen Sport daraus, ihrer Herrin in ihrem Verkehr mit Armand Steine in den Weg zu werfen und sie womöglich zu ertappen. Julie empfing Armand gewöhnlich im oberen Stockwerk. Um sie besser belauschen zu können, brachten die Dienstboten die Zimmer des ersten Stocks in solche Unordnung, daß es nicht möglich war, sie zu benutzen. Sie nötigten so Julien, Armand im Erdgeschoß zu empfangen, weil sie dort durch die Schlüssellöcher sehen konnten. Da will denn eine in der Tat gesehen haben, daß Julie Armand eine Rose ins Knopfloch gesgteckt habe, und eine Flamländerin, die kein Wort Französisch kann, will die Worte: „Mon ange!" aufgefangen und sich in der Küche haben übersetzen lassen.

Das Schlimmste an alledem war, daß Julie an ihrem Mann keinen Beistand gegen die Bosheit und Erbärmlichkeit dieses Gesindels hatte. Bernays hatte eine eigentümliche Schwäche für das dienende Personal. Es ist festgestellt, daß er wenigstens mit einem, wenn nicht mit mehreren Dienstmädchen unter dem ehelichen Dache strafbare Verbindung unterhalten hat. Er hatte sich sogar unter dem Vorwande, daß sein Schlafzimmer Ungeziefer habe, schließlich ausquartiert und sein Bett in eine Dachkammer neben der Kammer des Mädchens stellen lassen. Man kann sich denken, daß ein solches Benehmen eine stolze Natur wie die seiner Frau empören mußte. Das Mädchen, welches das Wohlgefallen des Advokaten in dieser ungewöhnlichen Weise erregt hatte, war sehr hübsch, sehr unverschämt, ehrgeizig und gerieben und trug sich mit den wahnsinnigsten Hoffnungen. Julie Raskart, dieses

der Name, hatte sich allen Ernstes eingebildet, daß
Bernays sie heiraten werde. Sie wußte von Bernays,
dessen besondere Eigentümlichkeit, sein ganzes Herz
vor den Dienstboten auszuschütten, wir noch näher
kennen lernen werden, daß schon mehrfach von Ehescheidung die Rede war, und daß Bernays nur darum
nicht einwilligte, weil er fürchtete, daß sein Sohn
ihm genommen würde. Sie hatte also Interesse
daran, eine Ehescheidung unter solchen Umständen
herbeizuführen, welche die Frau zum schuldigen Teil
machten und das Kind dem Vater zusprechen ließen.
Während Frau Bernays mit ihrem Sohne eine Kur
in Spaa gebrauchte, setzte sich die Raskart immer
mehr als Herrin im Hause fest. Neben der Raskart diente in dem Hause noch eine gewisse Amalie
Pfister aus der Schweiz als Kindermädchen; sie
war ein junges, 20jähriges Ding von sehr beschei-
denen Geistesgaben und ziemlich lockeren Auf-
fassungen und lüsternen Neigungen, und verbündete
sich daher schnell mit der ihr geistig weit über-
legenen Raskart.
Am 8. September war Frau Bernays aus Spaa zurückgekehrt und war aufs unangenehmste berührt
von dem anmaßenden Tone der Raskart. Bernays
hatte sich wieder einmal mit den Verwandten seiner
Frau überworfen. Als Grund dieses neuen Zwie-
spaltes wird angegeben, daß Bernays seinen Schwie-
gervater gebeten habe, ihm den Leopoldsorden und

182

den Rang eines Hauptmanns in der Bürgerwehr zu
verschaffen. Herr Pécher habe dies abgelehnt mit
dem Bemerken, daß er schon genug für seinen
Schwiegersohn getan habe und nicht den Vorwurf
unerlaubter Begünstigung seiner Verwandten auf sich
ziehen wolle. Was immer der Grund gewesen sein
mag, soviel steht fest, daß Bernays zu seinem Sohne
zwei Tage nach seiner Rückkehr aus Spaa sagte:
„Du kannst deinem Großvater sagen, daß ich meinen
Fuß nicht mehr über seine Schwelle setze. Ich hasse
die ganze Gesellschaft Pécher." Der Junge teilte
das in der Tat seinem Großvater mit. Die Folge
war, daß Herr Pécher seinerseits jeden Verkehr
abbrach. Vermutlich hat auch hier die Raskart die
Hand im Spiel. Sie wollte eben einen Bruch herbeiführen, und Bernays war völlig in ihrer Hand.
Die Raskart stachelte auch das Kammermädchen
an, dem Herrn zu sagen, wie sich die gnädige Frau
in Spaa benommen habe. Bernays legte darauf zunächst kein Gewicht. Einige Tage darauf drängte
sich Amalie Pfister wieder an Bernays heran und
behauptete bestimmte Tatsachen über seine Frau.
Am andern Morgen um 6 Uhr begibt sich Bernays
zu seinem Freunde Armand. Er wagt nicht, zu gestehen, daß er auf die Denunziation eines Dienstboten seinen Freund, den er durch Jahre bewährt
gefunden, verdächtigen will; er behauptet also zunächst, daß er im Nebenzimmer die beiden belauscht

und die Überzeugung gewonnen habe, daß Armand
der Geliebte seiner Frau sei. Armand ist über die
Verdächtigung empört. Er bestreitet die Möglichkeit, daß Bernays mit eigenen Ohren irgend etwas
gehört haben könne, was die Ehre seines Hauses
beflecke, daß er sich nie dergleichen habe zuschulden
kommen lassen. Bernays gibt nun zu, daß er allerdings selbst nichts gehört habe, daß aber die Dienstboten von dem strafbaren Charakter der Beziehungen überzeugt seien und bestimmte Tatsachen angeführt hätten. Armand verteidigt sich so erfolgreich,
daß Bernays ihn um Verzeihung bittet und ihn noch
denselben Tag zu sich einlädt. Diese halbe Aus-
söhnung war natürlich ganz und gar nicht im Sinne
der Raskart, die im Gegenteil mit aller Energie
darauf hinarbeitete, den Bruch zwischen Bernays
und Armand zu einem vollständigen zu machen.
Am folgenden Tage, als Frau Bernays ihren Sohn
im Kinderzimmer besuchen wollte, hörte sie, als sie
am Mädchenzimmer vorbeikam, wie sich Amalie
Pfister der unflätigsten Redensarten über sie bediente. Frau Bernays sagt darüber aus: „Diese
Redensarten waren geradezu schändlich. Ich bin
kein junges Mädchen mehr, ich bin nicht mal mehr
eine junge Frau, aber ich muß sagen, daß es mir
unmöglich wäre, diese skandalösen Worte zu wiederholen, die das 20jährige Mädchen über ihre Lippen
gebracht hat." — Frau Bernays traute ihren Ohren

nicht, sie ließ die Raskart kommen und stellte diese
zur Rede. Diese gab zu, daß kein Mißverständnis
vorliege, daß sich Amalie allerdings in gemeinster
Weise über Frau Bernays ausgesprochen habe. Darauf teilte Frau Bernays ihrem Manne diesen Vorfall
mit und forderte ihn auf, das Mädchen sofort zu
entlassen.

Bernays entgegnete, man solle auf Mädchengeschwätz
nicht weiter achten, und als Frau Bernays darauf
antwortete, es handele sich nicht um Mädchengeschwätz, sondern um eine schimpfliche Beleidigung,
die sich ein Mädchen gegen die Herrin herausgenommen habe, erwiderte ihr Mann, daß er sie ja
nie beargwohnt habe und daß sie die Geschichte viel
zu tragisch nehme. Es machte auf Frau Bernays
den Eindruck, als ob ihr Mann auch vor dieser
Amalie Furcht habe. Sie erklärte darauf, daß,
wenn sie in ihrem eigenen Hause, bei ihrem eigenen
Mann keinen Schutz mehr fände, sie diesen bei ihrem
Vater suchen müsse. Bernays ging aus. Julie begab sich in das Mädchenzimmer: „Ich jage Sie
aus dem Hause. Hier haben Sie die 300 Franks,
die wir Ihnen für das Jahr schuldig sind. Und
das gibt man elenden Geschöpfen Ihrer Art noch
obenein,“ fügte sie hinzu, indem sie Amalie noch
eine Ohrfeige gab. Amalie mußte Hals über Kopf
das Haus verlassen und wurde in einem Wagen von
Frau Bernays nach dem Bahnhof geschickt.

Sie fuhr indessen nicht gleich ab, sondern begab sich
in das Bureau des Advokaten. Er ließ sich die
ganze Litanei ihrer Verdächtigungen noch einmal
vorbeten — es ist ein charakteristischer Zug des
Advokaten, dieser beständige Verkehr und Aus-
tausch von Konfidenzen mit den Dienstboten —
und Amalie, die wegen einer Unverschämtheit von
der Frau davongejagt war, hatte die Genugtuung,
daß der Herr ihr noch 500 Franks zusteckte und
sie wie eine große Dame durch einen Beamten seines
Bureaus nach Brüssel geleiten ließ. Wenn man
sich erinnert, wie knickrig Bernays sonst in Geldangelegenheiten war, so wirft diese heimliche Spende
von 500 Franks ein seltsames Licht auf seine Beziehungen zu Amalie. Es sei gleich hier bemerkt,
daß die Raskart, als sie später fortgeschickt wurde,
ebenfalls eine recht erhebliche Summe von dem
Herrn erhielt.
Als Bernays nach Hause kam, fragte er seine Frau,
ob Armand Peltzer im Salon sei und mit ihnen
speisen wolle. Frau Julie antwortete, Bernays habe
ihn ja selbst eingeladen. Darauf entgegnete Bernays: „Armand darf nicht mehr bei uns essen."
Nun trat Frau Bernays in den Salon und sagte zu
Armand: „Mein Mann wünscht nicht, daß Sie hier
bleiben. Bitte, ziehen Sie sich zurück." Als Armand
Bernays nach der Ursache dieser eigentümlichen
Verabschiedung fragte, antwortete ihm Bernays:

„Ich kann dir jetzt keine Erklärung geben, ich werde dir morgen schreiben." Darauf entfernte sich Armand.

Der angekündigte Brief vom 18. September lautete so:

„Armand! Ich bin genötigt, Dir gegenüber einen peinlichen, aber unvermeidlichen Entschluß zu fassen. Du weißt, infolge von welchen Verhetzungen und Gemeinheiten wir eine Auseinandersetzung miteinander gehabt haben, von der niemand etwas erfahren darf. Du hast mich aufgefordert, der Sache auf den Grund zu gehen; ich habe dies Ansinnen abgelehnt. Nun hat sich mir ein Zeuge dargeboten, ja, aufgedrängt, und was ich habe mit anhören müssen, ist zu entsetzlich, als daß ich den Mut hätte, darüber noch mehr zu hören und zu sprechen. Wie dem auch sein möge, gegenüber all' den Tatsachen, die sich verketten, habe ich die Pflicht, die Ehre meines Namens sicherzustellen und dafür Sorge zu tragen, daß die Frau, welche diesen Namen trägt, respektiert wird. Da Dein intimer Verkehr in meinem Hause Klatschereien hervorruft, welche meine Frau beleidigen und mich entehren, bitte ich Dich, nicht wiederzukommen.

Ich mache mich nicht zum Richter in meiner eigenen Sache; ich habe nicht die Kraft dazu. Ich will mich nur für die Zukunft gegen die Bosheit der Welt sicherstellen und mir zum mindesten Frieden und

Ruhe verschaffen. Meine Frau und ich werden nur noch für unser Kind leben. Auch Du hast das Glück, Vater eines Kindes zu sein. Ich wünsche ihm von ganzem Herzen das Beste. Wir wollen die Namen unserer Kinder nicht in diese traurige Angelegenheit mischen. Ich bitte Dich, Armand, antworte mir nicht, ich bin zu erschüttert, zu entnervt, um über diesen traurigen Gegenstand noch irgendeine mündliche oder schriftliche Erklärung annehmen zu können. Glaube mir, ich bringe ein großes Opfer, indem ich eine alte, ja meine einzige Freundschaft breche; aber Du mußt es wie ich selbst fühlen: es ist eine Notwendigkeit für Deine Ehrenhaftigkeit, für die Ehre meines Namens, für das Wohl und den Frieden aller. Ohne banale Redensarten sage ich Dir Lebewohl."

Armand gab auf diesen Brief zunächst keine Antwort. Er beriet sich mit seiner Familie, mit seinen beiden Brüdern, Robert und James, was er in der Angelegenheit zu tun habe. Seine Brüder traten auch mit Bernays in Verkehr; diese Konferenzen hatten aber kein besonderes Ergebnis.

III.

Julie Raskart hatte nun in der Tat erreicht, was sie sich als erstes Ziel auf ihrem ehrgeizigen Wege gesteckt hatte; Frau Bernays hatte den Umgang mit

dem alten Freunde abbrechen müssen, dessen
Freundschaft die trüben Stunden ihres freudlosen
Daseins erhellte. Sie war allein mit ihrem Manne,
der mit der Raskart in unstatthaften Beziehungen
stand und auch mit anderen Dienstboten gegen seine
Frau komplottierte. Und auch ihre Familie verkehrte nicht mehr in ihrem Hause.
Die Überzeugung, daß die Ehe unter diesen Umständen nicht dauern konnte, hatte sich aller bemächtigt. Bernays sammelte von den Dienstboten alles
Material, das ihm im Ehescheidungsprozesse nützen
konnte. Indes ging der Raskart die Entwicklung
doch nicht schnell genug vor sich. Um jene Zeit
ereigneten sich nämlich ganz eigentümliche Dinge:
schwere Bilder, die über dem Platz hingen, auf dem
Frau Bernays häufig saß, lösten sich auf unerklär-
liche Weise von der Wand. Die schweren Portieren im Salon fielen herunter, kurz, Frau Bernays
war in ihrem eigenen Zimmer nicht mehr ihres
Lebens sicher. Der sachverständige Tapezierer hat
im Prozeß die Erklärung abgegeben, daß diese Vorfälle nur auf frevlerische Hand zurückzuführen sind.
Als Frau Julie in ihrer Bedrängnis sich an ihren
Vater wandte, erklärte dieser, daß er sich um die
Sache nicht kümmern werde, wenn seine Tochter
nicht zum äußersten entschlossen sei; ihre Würde
als Frau mache die Einleitung der Ehescheidungsklage zur unabweislichen Forderung. Sie sei gröb-

lich beleidigt, man habe es darauf angelegt, ihr den
Verstand zu rauben, ja, sie zu töten, und in einem
solchen Hause sei ihres Bleibens nicht länger.
Unter diesen schwierigen Verhältnissen wurde ein
alter Freund des Hauses, Herr Longé, zu Rate gezogen, ein Mann, der wegen seiner bürgerlichen
Tugenden in höchstem Ansehen stand, und durch die
Bedeutung seiner Stellung, durch die Hochachtung
aller seiner Mitbürger zu einem Ratgeber und Ver-
mittler besonders geschaffen war. Es kam eine
Übereinkunft zustande zwischen Herrn und Frau
Bernays, laut welcher der gemeinsame Haushalt aufrecht erhalten wurde, während jedem seine eigenen
Räume blieben. An der Spitze der Übereinkunft
stand eine Erklärung des Herrn Bernays des Be-
dauerns, eine ungerechte Beschuldigung gegen seine
Frau ausgesprochen zu haben.
Dieser modus vivendi wurde am 7. Oktober von
Julie und am 10. von Bernays unterzeichnet. Herr
de Longé hatte von vornherein darauf hingewiesen,
daß es wünschenswert sein würde, wenn wenigstens
rein äußerlich eine gewisse Beziehung zwischen Bernays und Armand wieder aufgenommen würde, sei es
auch nur, daß sie sich gelegentlich an öffentlichen
Orten zusammen zeigten; nur dadurch konnte allem
Gerede endgültig jeder Boden entzogen werden.
Dies lehnte Bernays jedoch aufs schroffste ab.
Zu dieser Zeit erschien Armand wieder auf der

190

Bühne, von der er seit jener Szene im Hause des Advokaten verschwunden war. Er schrieb am 15. Oktober einen Brief an Bernays, in dem er sagte, jetzt sei der Augenblick gekommen für die Antwort auf seinen Brief vom 18. September. Er sagte, daß er die ihm zugefügte Beleidigung deswegen einstweilen ruhig hingenommen habe, weil er Frau Bernays und deren Familie hochachte und einen Skandal, durch den diese in Mitleidenschaft gezogen werden müßten, habe vermeiden wollen. Er sei mit Rücksicht auf den Respekt gegen die ihm befreundete und wohlgesinnte Familie Pécher bis an die äußerste Grenze der Versöhnlichkeit gegangen, und er werde auch jetzt noch, wenn Herr de Longé es für geboten erachten solle, vor den Augen der Welt mit Bernays zusammentreffen, als ob nie etwas zwischen ihnen vorgefallen wäre. Herr de Longé möge bestimmen, unter welchen Verhältnissen dies geschehen müsse. „Ich werde auf diese Weise dazu beigetragen haben,“ schloß Armand seinen Brief, „es zu verhindern, daß durch niederträchtige Intrige der Name einer reinen und achtenswerten Frau besudelt werde.“

Bernays schickte diesen Brief uneröffnet an den Absender zurück.

Nun beauftragte Armand, der auf sein Entgegenkommen begreiflicherweise eine andere Antwort erwartet hatte, seine Brüder Robert und James, Ber-

nays wegen dieser Beleidigung zur Rechenschaft zu
ziehen. Bernays seinerseits beauftragte zwei seiner
Freunde mit der Wahrnehmung seiner Interessen.
Am 19. Oktober erklärte Bernays vor Robert und
James Peltzer, „daß er mit der Rücksendung des
Briefes keine Beleidigung beabsichtigt habe und daß
die Achtung, die er vor Armand Peltzer hege, eine
jede andere Deutung ausschlösse." Darauf öffneten
die Brüder den Brief, lasen ihn Bernays vor und
übergaben ihm denselben. Sie brachten diese Tatsache zu Protokoll. Das Protokoll wurde zwar an-
gefochten, und es knüpfte sich eine längere Korrespondenz daran, die indessen von geringem Interesse
ist, da der Zwischenfall keine weiteren Folgen hatte.
Zum Zweikampfe kam es nicht. Armand war mit
der Erklärung, die Bernays vor seinen Brüdern abgegeben, und mit der Tatsache, daß Bernays den zuerst zurückgeschickten Brief in Empfang und Kenntnis von dessen Inhalt genommen hatte, zufrieden.
Bernays hatte während aller dieser Zwischenfälle
sich keinen Täuschungen darüber hingegeben, daß
die Übereinkunft, die Herr de Longé vermittelt
hatte, den dauernden Frieden in die Ehe nicht
bringen werde. Es war ihm nicht ernst gemeint,
wenn er Herrn de Longé gegenüber beteuerte, daß
er an die Verleumdungen nicht glaube, und wenn
er seiner Frau eine Ehrenerklärung ausstellte. Während er mit Herrn de Longé unterhandelte, stand

192

er gleichzeitig in geheimem Briefwechsel mit der verehelichten Kubosch, die als Marie Pfister in seinem Hause gedient und deren jüngere Schwester Amalie von Frau Bernays mit einer verdienten Züchtigung für ihre Unverschämtheit aus dem Hause geworfen worden war.

Man hat gegen ein starkes Gefühl des Widerwillens zu kämpfen, wenn man die wahrhaft ungeheuerlich zu nennende Korrespondenz des Advokaten mit seinem früheren Kindermädchen liest! Eigentümliche Bekenntnisse einer schönen Seele! Er vertraut der Person seinen geheimsten Kummer. Er verlangt von ihr Trost. Die Korrespondenz beginnt am 22. September und dauert bis zum 11. November. Bernays spricht sein Bedauern darin aus, daß Amalie — die wegen unflätiger Redensarten geohrfeigte Schwester — von seiner Frau fortgejagt worden sei; er bittet die ergebene Freundin, ihm einen recht ausführlichen Brief zu schreiben über alles, was sie und was Amalie im Hause gesehen habe und was seine Frau beschuldigen könne. „Wüßten Sie," so schließt der Brief des Advokaten an sein früheres Kindermädchen, „in welchem Zustande sich mein Herz und mein Kopf befinden, so würden Sie begreifen, daß mein Leben keinen Schuß Pulver wert ist." — Er berät mit ihr in einem andern Briefe alle Einzelheiten der Ehescheidungsklage, er nennt sie seine „treue Freun-

13 Der Mord.

din", er redet sie „Hochverehrte Frau" an; er
erzählt ihr, daß er eine Übereinkunft, die Herr
de Longé zustande gebracht, unterzeichnet hat. Er
erzählt vom Unglück im Hause seiner Eltern, er
berichtet, daß sein Bruder Julius ins Irrenhaus hat
gebracht werden müssn. Er dankt ihr dafür, daß
sie ihm Edelweiß geschickt hat; er hat die Alpen-
blumen seinem Sohne gegeben, damit die Mutter
keinen Verdacht schöpfe, daß er, der Vater, in
einem heimlichen Briefwechsel mit einem früheren
Dienstboten stehe. Wie zart, wie taktvoll und anmutig ist dieser Zug! Der Sohn trägt die Blumen,
die ein früheres Dienstmädchen, welches zur Verdächtigung der Mutter aufgefordert wird, dem Vater
schickt! Wir erfahren aus diesen Briefen übrigens
auch manches Wertvolle, was uns fast verborgen
geblieben wäre; wir erfahren, daß Bernays mit seiner
Frau kaum noch ein Wort wechselt, daß die Streite-
reien aufgehört haben, daß in dem ungastlichen
Hause die Ruhe des Kirchhofs herrscht. Julie
Raskart ist ebenfalls fortgeschickt worden — „mit
einer guten Entschädigungssumme", wie Bernays
sagt. Der ungewöhnlich knausrige Mann, von dem
alle Zeugen aussagen, daß er sogar kindisch geizig
gewesen sei, zeigt sich den Dienstboten gegenüber,
wie man sieht, recht anständig in Geldsachen. Die
Raskart läßt übrigens immer noch von Zeit zu Zeit
von sich hören und erpreßt bei jeder Gelegenheit

194

mit zärtlichen Liebesbriefen größere und geringere
Summen.

Armand hatte seit dem Bruch mit Bernays dessen
Frau nur einige wenige Male im Hause ihres Vaters
getroffen. Diese Begegnungen scheinen sehr ober-
flächliche gewesen zu sein; man kann sich nebenbei
auch denken, daß sie recht ungemütliche und pein-
liche sein mußten.

Die Verhältnisse waren also im Herbst 1881 so:
Der Verkehr zwischen Bernays und Armand hatte
gänzlich aufgehört; Frau Bernays lebte mit ihrem
Manne in demselben Hause, aber die beiden sprachen
kaum ein Wort miteinander. Frau Bernays führte
ein sehr zurückgezogenes Leben, sie ging, wie Bernays selbst meldete, nur selten zu ihren Verwandten.
Sie traf dort einige Male mit Armand zusammen.

IV.

In dieser Zeit nun muß, wenn die von der Anklage
angenommenen und durch das Zusammentreffen
von allen möglichen Nebenumständen allerdings als
wahrscheinlich zu betrachtenden, von den Geschworenen als richtig anerkannten Tatsachen der Wahrheit entsprechen, in Armands Kopf der ungeheuerliche Plan ausgereift sein, Bernays, den Mann, der
die von ihm hochverehrte Frau unglücklich machte,
zu beseitigen.

13*

Hier stehen wir vor einem ungelösten Rätsel. Armand erscheint allen seinen Freunden als ein Mann, der eines so empörenden Verbrechens wie der Ermordung eines Nichtsahnenden durch eine andere Hand, durch die Hand jenes Bruders, den er in hochherziger, brüderlicher Liebe zu verschiedenen Malen aus dem Verderben gezogen hatte, den er trotz aller dummen Streiche herzlich liebte — der eines solchen Verbrechens und einer solchen Feigheit durchaus unfähig ist. Liebte er die schlecht behandelte Julie wirklich so leidenschaftlich und haßte er Bernays so glühend, wie die Anklage es behauptet, so begreift man nicht, daß er in derselben Zeit entscheidende Schritte getan, die zu einer Versöhnung zwischen ihm und Bernays führen sollten. Wollte er die Frau aus den Fesseln einer unglücklichen Ehe befreien, so boten sich doch andere, weniger gewaltsame Mittel dar. Bei dem Einfluß, den man ihm auf Julie zuschreibt, hätte er es doch sicherlich bewirken können, daß die Ehescheidungsklage, zu der Bernays schließlich auch bereit war und die von der ganzen Familie Pécher gewünscht, betrieben wurde. Er hätte außerdem bei dem gespannten Verhältnis zwischen ihm und Bernays, wenn er es durchaus hätte ablegen wollen, eine Entscheidung durch den Zweikampf herbeiführen können. Jedenfalls boten sich unter den starken Mitteln, die das Band sprengen sollten, andere als verbreche-

rische, andere als der heimtückische, feige Mord
und diese mit leidenschaftsloser Kühle lange Monate hindurch vorbereitete Hinschlachtung des in
einen Hinterhalt gelockten Opfers durch den Bruder.
Dieses Ungeheuerliche scheint trotz aller Tatsachen,
die dafür sprechen, immerhin unfaßbar. Aber wir
müssen diese Tatsachen hinnehmen; wir müssen darauf verzichten, sie uns zu erklären und anderen ver-
ständlich zu machen.

Als Armand auf Bitten seines früheren Freundes
Bernays dessen Haus verlassen hatte, um es nicht
wieder zu betreten, als er sah und hörte, welches
qualvolle Leben die von ihm hochverehrte Frau
führte, erinnerte er sich, daß er in Amerika einen
etwas verbummelten Bruder namens Léon hatte.
Er hatte für diesen, wie wir wissen, seltene Opfer
gebracht. Léon war seinem ältesten Bruder ganz
und gar ergeben, so ergeben, daß er, nach den Auf-
fassungen des Staatsanwalts, Armand zuliebe sogar
vor dem Verbrechen nicht zurückschrecken würde.
Léon war ein leichtsinniger, aber sehr gutmütiger
Mensch, weiches Wachs in der kräftigen Hand
seines Bruders Armand. An ihn soll also Armand
geschrieben, ihn soll er aufgefordert haben, von
Amerika nach Europa zurückzukehren, um Bernays
zu töten. Der Briefwechsel zwischen den beiden ist
vernichtet. Dagegen hat man einige Depeschen ermittelt, die auf Armand und Léon zurückgeführt

werden. Alle diese Depeschen tragen falsche Unterschriften, die meisten auch eine geheimnisvolle Adresse; ihr Wortlaut ist konventionelle Umschreibung.

Die Aufforderung an Léon, nach Europa zurückzukehren, muß Ausgang September erfolgt sein. Denn am 10. Oktober sendet Léon eine Kabeldepesche mit zwei unverständlichen Worten, die eine vorherige Verständigung voraussetzen, an Armand. Die Anklage liest aus dieser Depesche heraus, daß Léon sich bereit erklärt, der Aufforderung seines Bruders zu folgen.

Léon war zu jener Zeit im Hause eines Herrn Kraker in Neuyork angestellt. Zu diesem sagte er, ein nicht sehr erfreuliches Geschäft rufe ihn nach Kanada. Er übergab ihm einen Brief, mit der Bitte, denselben Mitte November auf die Post zu geben; der Brief sei für eine Dame bestimmt, die von seiner Reise nichts wissen sollte. In Wahrheit war der Brief an seine Mutter gerichtet, die in dem Glauben erhalten werden mußte, daß ihr Sohn Léon Amerika nicht verlassen habe. Er ließ in Neuyork nur einen Koffer mit einigen Büchern und Wäsche zurück, aus der die Zeichen entfernt waren. Die Anklage schließt daraus, Léon müsse schon in Neuyork gewußt haben, daß er in Europa zu einer Tat ausersehen sei, deren Urheber sich zu verbergen habe. Am 1. November verläßt Léon mit dem Dampfer

„Arizona" Amerika. Welche Erklärung er über diese Reise und seinen Aufenthalt in Europa gibt, werden wir später sehen. Wir halten uns einstweilen nur an die Behauptungen der Anklage und bemerken nur, daß Léon, der schon in Amerika seinen Namen Peltzer abgelegt und sich Friedrich Albert genannt hatte, von nun an beständig seinen Namen wechselt. Auf dem Dampfschiffe heißt er Prélat.

Am 10. November landet er in Liverpool. Er findet dort einen Brief seines Bruders; das wird von beiden Brüdern zugegeben. Am 11. abends trifft er in Paris ein. Er steigt im „Grand Hotel du Nord" in der Rue de Lafayette ab. Dort schreibt er sich in die Fremdenliste als Louis Mario ein.

An demselben Tage trifft auch Armand Peltzer in Paris ein in Begleitung eines Freundes, mit dem er im „Hotel Chatham" absteigt. Sein eingestandener Reisezweck ist der Besuch der Elektrischen Ausstellung, über die er später Vorlesungen in Brüssel halten wird. Die beiden Brüder treffen sich am 14. in den Tuilerien, am 15. auf dem Opernplatz, sie machen Spaziergänge zusammen und speisen miteinander. Bei diesen Unterredungen soll der Plan, Bernays zu beseitigen, zuerst besprochen worden sein.

Am 16. November reist der Freund, mit dem Armand nach Paris gekommen war, nach Brüssel zurück. An demselben Tage gibt Léon sein Quartier im „Grand Hotel du Nord" auf und zieht nach dem anderen Ende der Stadt, nach der Rue Traversière, in das „Hotel du Commerce", wo er sich als Jules Kérouan einschreibt. Er mietet zwei Zimmer und sagt dem Hotelwirt, daß er noch einen Freund erwarte. Am 17., 18. und 19. trifft Armand mit Léon in diesem Hotel zusammen.

Die Anklage behauptet, daß während dieser häufigen Zusammenkünfte alle Einzelheiten des Verbrechens festgestellt seien. Vor allem habe Armand während dieser Zeit mit Léon gemeinsam ausgeprobt. wie der zum Morde bestimmte Léon, der in Brüssel sehr bekannt war, unkenntlich gemacht werden könne. Léon hatte in der Tat in Paris eine Perücke gekauft und 100 Franks für dieselbe bezahlt; er war jedoch mit derselben nicht zufrieden gewesen, da sie ihn nicht genügend entstellte, und er hatte sich einige Tage darauf eine zweite anfertigen lassen. Léon gibt dies zu, aber er bestreitet die Data und behauptet, alles das sei einige Tage später geschehen und Armand habe Paris damals bereits verlassen gehabt; ihre Unterredungen hätten sich auf etwas Geschäftliches bezogen, von dem wir noch, wenn wir in das System der Verteidigung eintreten, sprechen werden. Von dem Perückenmacher läßt er sich auch andere Mittel zu seiner Maskierung geben. Er kauft

außer der zweiten Perrücke, die viel dunkler als sein
Haupthaar ist, ein Pulver, das seine Gesichtsfarbe
bräunlicher macht, und eine Flasche mit färbender
Essenz, um die Augenbrauen und Wimpern zu
dunkeln.
Am 19. kehrte Armand nach Brüssel zurück. Am
19. kaufte Léon, der sich nun Vibert nennt, bei einem
Waffenhändler fünf Revolver und drei Pakete mit
Patronen. Die Patronen sind von eigentümlicher
Konstruktion und führen den Namen „Gaupillat“.
Am 24. November geht er zu demselben Waffenschmied, vertauscht einige der früher gekauften Revolver und kauft noch einige dazu, so daß er im
ganzen sieben Revolver besitzt. Während der folgenden Tage schafft er sich eine ganz vollständige
Ausstattung an unter dem Namen H. Valgravé. Man
muß hier die Initialen H. V. beachten, die gleich-
lautend wie die seines falschen Namens sind, unter
dem er mit Bernays in Verkehr tritt und ihn schließlich niederschießt. Er verläßt nun das „Hotel du
Commerce“ und bezieht unter dem Namen Valgravé das „Grand Hotel Violet“ mit neuen Kleidern, mit neuer Wäsche, die H. V. gezeichnet ist
— ein neuer Mensch. Er hat sich den Bart rasiert,
Schnurrbart, Augenbrauen und Wimpern geschwärzt,
seine Gesichtsfarbe gedunkelt und eine dunkle Perücke aufgesetzt, er trägt einen Kneifer mit blauen
Gläsern.

Zwei Tage darauf, am 27. November, fährt er nach
Brüssel und steigt dort im „Hotel Britannique“ ab.
Er trägt die rechte Hand in einer Binde, um sich
nicht ins Fremdenbuch einschreiben zu brauchen.
Der Portier, der ihm dasselbe vorlegt, schreibt auf
sein Diktat hinein: Henry Vaughan aus Glasgow.
Der Name Vaughan ist in England ziemlich ver-
breitet, und es gibt namentlich verschiedene große
Reeder, welche den Namen führen. Er läßt eben-
falls einschreiben, daß er aus London komme. Denn
er hat nach der Behauptung der Anklage alles Inter-
esse daran, seinen Aufenthalt in Paris zu verwischen,
weil ja Armand aus seinem Pariser Aufenthalt kein
Geheimnis gemacht hat, und für den Fall, daß ihm
Scherereien mit den Behörden erwachsen sollten,
das gleichzeitige Verweilen der beiden Brüder in
Paris für Armand kompromittierend werden könnte.
In der Tat finden wir Léon als Henry Vaughan
sofort damit beschäftigt, die Spuren seines Pariser
Aufenthaltes zu vernichten. Er entfernt von den
Kleidungsstücken die Pariser Firmen; er trennt sogar
von einem Beinkleide alle Knöpfe ab, da auf diesen
die Firma des Pariser Schneiders aufgepreßt ist;
er entfernt von seinem Koffer die Marke der Ge-
päckexpedition.
Vom 27. November bis 4. Dezember sucht er eine
Wohnung, die, nach der Anklage, zur Ausführung
der Tat am geeignetsten erscheint.

202

Es handelt sich nun darum, Beziehungen mit Bernays anzuknüpfen, die diesen veranlassen können, einen ihm Unbekannten in dessen Wohnung aufzusuchen — in die Falle zu gehen.

Nun kommen wir an jene Persönlichkeit, die in der Verteidigung die Hauptrolle spielt und deren Vorhandensein von der Anklage überhaupt bestritten wird. Es ist dies der geheimnisvolle Murray, der nach der Auffassung der Staatsanwaltschaft nichts anderes ist, als jener „große Unbekannte“, auf den sich die Verbrecher so oft als auf den Hauptzeugen ihrer Unschuld berufen und dessen Spuren niemand entdecken kann. In der Tat unterliegt trotz der scharfsinnigen Verteidigung, welche die Existenz des Murray nachweisen will, für den Unbefangenen kaum ein Zweifel, daß der Murray, auf den Léon sich beruft, ein Schemen, ein Phantasiegeschöpf ohne Fleisch und Blut ist.

Léon sagt folgendes: Er habe in Neuyork einen alten Bekannten, mit dem er schon früher einmal in geschäftlicher Verbindung gestanden habe, einen gewissen Herrn Murray wiedergefunden. Dieser habe ihm von einem großartigen Unternehmen gesprochen, — einer Aktiengesellschaft, einer neuen transatlantischen Dampferlinie, für die schon bedeutende Kapitalien eingezahlt seien und die demnächst ins Leben treten solle. Er habe Léon beauftragt, diese Sache zu organisieren. In London habe Léon mit Murray

eine Zusammenkunft gehabt, und er habe von ihm
Geld erhalten. Die Gesamtsumme, die Léon von
Murray erhalten haben will, beträgt etwa 12000 bis
15000 Frank; und so viel wird er während seines
Aufenthaltes in Europa auch ungefähr verausgabt
haben. Woher Léon diese Summe sonst bezogen
haben kann, ist niemals aufgeklärt worden. Die
Behauptung, daß Armand ihm das Geld gegeben
habe, hat durch nichts bewiesen werden können,
und die Verhältnisse Armands waren derart, daß
er aus eigenen Mitteln eine solche, immerhin be-
trächtliche Summe kaum hätte entnehmen können.
Diese Geldfrage ist ein neuer dunkler Punkt, und
die Verteidigung hat darauf besonderes Gewicht gelegt und aus den Geldmitteln, über die Léon ver-
fügt hat, geschlossen, daß nur jener Murray dieselben
zur Verfügung gestellt haben könne und also existieren müsse. Auch in Paris will Léon mit Murray
zusammengetroffen sein. Mit seinem Bruder habe er
eben über diese Angelegenheit Murray gesprochen;
Armand habe ihm davon abgeraten und sich von
ihm das Wort geben lassen, daß er nach Amerika
zurückkehre. Nach Armands Abreise habe Léon
indessen seine Ansicht geändert. Er habe sich unkenntlich gemacht, sowohl um von seinem Bruder
und seinen Verwandten in Brüssel nicht entdeckt zu
werden, als auch, weil er seiner früheren dummen
Streiche wegen überhaupt alle Veranlassung gehabt

habe, in Belgien nicht an eine Identität zwischen
Léon Peltzer und Henry Vaughan glauben zu lassen.
So sei er denn im Auftrage Murrays nach Brüssel
gegangen und habe dort lediglich, um die Murraysche
Gesellschaft zu organisieren, nach einem passenden
Geschäftslokale gesucht. In der Rue de la Loi, in
der unmittelbaren Nähe des Bahnhofes, hat er denn
die ihm geeignet erscheinende Wohnung gefunden
und ist mit dem Wirte in Unterhandlung getreten.
Ehe er diese Wohnung mietete, begab er sich indessen noch auf die Reise. Am 5. und 6. Dezember
verweilte er in Amsterdam, vom 7. bis 15. in Hamburg, vom 15. bis 17. in Bremen. Er kaufte stati-
stische Bücher, die sich auf die Schiffahrt, Export-
handel und dergleichen beziehen, Landkarten usw.
Er konsultierte die ersten Rechtsgelehrten der Stadt,
immer als Agent von Murray; er spricht mit ihnen
lang und breit über die zu begründende Gesellschaft
und sichert sich für später in diesen Hafenplätzen
den Beistand der ersten juristischen Autoritäten für
Schiffahrtssachen.
Die Anklage behauptet, das alles sei eine ebenso
schlau ersonnene, wie erbärmliche Komödie gewesen
— die kostspielige Inszenesetzung für das Verbrechen, das begangen werden sollte.
Von Hamburg aus schreibt Henry Vaughan an
Wilhelm Bernays in englischer Sprache einen Geschäftsbrief über die geheimnisvolle Murraysche

Aktiengesellschaft und sagt ihm, Bernays sei ihm als
ausgezeichneter Advokat und besonderer Kenner der
in Frage kommenden Interessen von Londoner Freunden warm empfohlen worden; er wünsche seine Ansicht über das zu begründende Unternehmen zu hören.
Er legt ihm auch eine ganze Reihe von Fragen vor,
um deren Beantwortung er bittet. Er schließt
damit, daß er sich vorbehalte, Herrn Bernays
persönlich in seinem Bureau in Antwerpen zu
besuchen. Diesem Briefe ist ein Scheck im Betrage
von 500 Frank beigefügt. Léon kannte ja seinen Bernays und wußte, daß dieser für eine gute Bezahlung
keineswegs unempfindlich war. In der Tat hatte er
sich durch diesen Brief das Vertrauen des Antwer-
pener Advokaten im Fluge erobert. Bernays antwortete mit einer ausführlichen, vortrefflichen Denk-
schrift und stellte sich dem Agenten des Herrn
Murray, Henry Vaughan, für alle weiteren Fälle
zur Verfügung. Léon schrieb ihm noch einmal von
Bremen aus.

Léon kehrte nun von Brüssel zurück. Am 20. Dezember unterzeichnete er den Mietskontrakt mit dem
Architekten Almyens, dem Besitzer des Hauses in
der Rue de la Loi 159. Von diesem läßt er sich
auch die Adresse des Möbelhändlers Guiot geben,
mit dem er die Einrichtung bespricht. Er bestellt
ein Mobilar im Preise von etwa 15000 Frank. Er
macht eine Barzahlung von 1000 Frank darauf. Er

sagt, es sei ihm vor allem daran gelegen, daß ein
Arbeitskabinett in anständiger Weise möbliert werde
und daß die ganze Wohnung nach außen hin wenigstens den Eindruck des Gastlichen und Bewohnten
mache. Er läßt also alle Fenster mit Vorhängen
versehen, die Treppe und den Korridor mit einem
Teppich belegen, und das Arbeitskabinett wird vollständig eingerichtet, so daß der harmlose Fremde
allerdings annehmen muß, in einer behaglichen Wohnung sich zu befinden. Außerdem läßt er im zweiten
Stock eine kleine Kammer mit einem Bett herrich-
ten, angeblich für seinen Diener, den er aus London
mitbringen will.

Am 22. Dezember schreibt er an Bernays von
Brüssel aus, daß er das Christfest in London mit
den Seinigen verbringen und über Antwerpen fahren
werde, um mit Bernays zusammentreffen zu können.
Die Anklage erblickt in diesem Brief nur ein weiteres Mittel, um Bernays vertrauensvoll und sicher
zu machen. Es hätte ja nahegelegen, daß der viel-
beschäftigte Advokat Herrn Vaughan, der so viel
in der Welt herumreist, gebeten habe, die kleine
Reise nach Antwerpen zu machen und sich zu ihm
zu bemühen. Vaughan durfte Bernays, um ihn in
den Hinterhalt, den er ihm bereitet habe, zu locken,
in keiner Weise argwöhnisch machen. Am 23. Dezember telegraphiert Léon, selbstverständlich als
Vaughan, an Bernays: leider könne er ihn nicht

besuchen, er habe ungünstige Nachrichten von Hause
erhalten, die ihn veranlaßten, den kürzesten Weg
nach London zu nehmen. Léon reist wirklich nach
London.

Wenn das nur geschehen ist, um in Bernays den
Glauben zu erwecken, daß die Zusammenkunft, die
Vaughan später von ihm erbitten wird, eine ernst-
haft geschäftliche sei, um eine jede Möglichkeit, daß
Bernays Verdacht schöpfen könne, zu beseitigen,
dann muß man über die Langwierigkeit und Kost-
spieligkeit sowohl, als auch über das kunstvolle Raf-
finement dieser Vorbereitungen staunen. Wahrscheinlich hätte Léon alle diese scharfsinnigen
Winkelzüge gar nicht anzuwenden brauchen; er hätte
sich diese Reise nach Deutschland, nach England,
diese Konsultationen bei allen möglichen Advokaten,
diese Depeschen und Ausstattungen ersparen können.
Ein so gewinnsüchtiger Mann wie Bernays, sollte
man annehmen, hätte schon durch die verlockende
Aussicht auf ein glänzendes, großartiges Geschäft,
das ihm reichlich Lohn einzubringen versprach, mit
geringerer Mühe und weniger Zeitverlust dazu veranlaßt werden können, die kleine Reise von Antwerpen nach Brüssel zu machen und Vaughans ver-
hängnisvoller Einladung Folge zu leisten.

In London kauft Léon einen Ring, in den er die
Namen „Henry und Lucy" eingravieren läßt. Er
kauft ferner eine einläufige Pistole von sehr aus-

gezeichneter Arbeit — mehr eine Spielerei für einen Salonschützen als eine Waffe — und tut in Gegenwart des Waffenschmiedes verschiedene Probeschüsse daraus. Der Waffenschmied stellt ihm das Zeugnis aus, daß er ein vortrefflicher Schütze sei. Die Entladung dieser Pistole macht verhältnismäßig wenig Lärm.

Das Christfest, das ein jeder rechtschaffene Engländer in seiner Familie zugebracht haben muß, ist vorüber, Herr Vaughan kehrt nach Brüssel zurück. Am 1. Januar macht er einen Ausflug nach Aachen. Er bleibt dort nur einen Tag, um dort einen Arzt zu konsultieren, und sagt, daß er später wiederkehren werde, um eine regelrechte Kur durchzumachen. Darauf kehrt er nach Brüssel zurück. In den ersten Tagen des Januar zahlt er dem Wirt die halbjährliche Miete für seine Wohnung in der Rue de la Loi. Am 4. Januar schreibt er einen langen Brief an Bernays; er sagt darin, daß auf seine Aktiengesellschaft schon ein Kapital von einer halben Million Pfund Sterling eingezahlt sei. In Antwerpen solle eine Filiale begründet werden: Bernays werde um Rat angegangen werden. Er fügt hinzu, daß er den Bürgermeister von Antwerpen und den Minister der öffentlichen Arbeiten sehen müsse. Er bedauert, für den Augenblick nicht nach Antwerpen hinüberkommen zu können, da er in diesen Tagen sehr viel geschäftliche Besuche zu empfangen habe.

Er bittet schließlich Herrn Bernays, ihm die Ehre zu erweisen, zu ihm zu kommen. Er brauche gar keinen Wagen zu nehmen, da die Wohnung in unmittelbarer Nähe des Bahnhofs liege. Wenn Herr Bernays sonst noch Besuche in der Stadt zu machen habe, so stelle ihm Vaughan mit Vergnügen seinen Wagen zur Verfügung. Bernays mußte also an ein glänzendes Geschäft glauben. Es scheint ihm ganz natürlich, daß er der Einladung Vaughans Folge leistet.

Am 6. Januar abends verläßt Vaughan das „Hotel Britannique" und verbringt die Nacht vom 6. bis 7. in der von ihm gemieteten Wohnung der Rue de la Loi. Eine Nachbarin will gehört haben, daß Léon in dem für seinen angeblichen Diener gemieteten Zimmer unruhig auf und ab gegangen sei.

V.

Am 7. Januar morgens verläßt Bernays Antwerpen und trifft mit dem Zuge 10 Uhr 30 Minuten vormittags auf dem Bahnhof in der Rue de la Loi ein. Léon sieht ihn vom Fenster aus in das Haus eintreten. Sehen wir uns die Wohnung, in der Bernays erschossen ward, etwas näher an.

Die Abbildung der Fassade und der Plan dieses Hauses liegen uns vor. Das Haus in der Rue de

la Loi 159 ist erst vor wenigen Jahren erbaut. Es
hat den bekannten großartigen Charakter der Neu-
bauten in den Hauptstädten; in der Sprache der
Berliner Wirte würde man es „hochherrschaftlich"
nennen. Léon hatte das Erdgeschoß gemietet. Man
gelangte in diese Wohnung durch eine Glastür, die
auf einen langen Korridor führt. Im Korridor befindet sich eine Gaslampe. Links, nach der Straße
zu, liegt der Salon, ein großes, dreifenstriges
Zimmer; an diesen schließt sich ein ebenso großer
Speisesaal und an den Speisesaal ein Treibhaus.
Diese Räume waren nicht möbliert, nur die Fenster
des Salons nach der Straße zu hatten Vorhänge erhalten.
Geht man in gerader Richtung den Korridor entlang, so gelangt man in das Arbeitskabinett, das
zwei Fenster hat, das eine geradeaus der Türe gegenüber, das andere links nach der Seite des Treibhauses
zu. Die Fenster gehen auf einen Hofraum oder auf
einen Garten. Dieses Arbeitskabinett war vollständig möbliert, ebenso waren auch im Korridor rechts
vom Eingang Haken zum Anhängen der Garderobe
angebracht, so daß Bernays, als er in die Wohnung
eintrat, glauben mußte, sie sei vollständig eingerichtet. In dem von der Straße ziemlich weit entfernten,
nach dem Hofe oder Garten hinausliegenden
Arbeitskabinett waren die Fenster mit schweren
Vorhängen versehen, den Boden deckte ein dicker
14*

Teppich. Ebenso waren an der Tür, die vom Korridor in das Arbeitszimmer führte, schwere, tiefhängende Portieren angebracht. Die Anklage behauptet, dieselben hätten so tief gehangen, daß derjenige, der in das Zimmer eintrat, genötigt gewesen sei, den Kopf etwas zu bücken. Rechts von dieser Tür, hart am Eingange, stand ein kleiner Tisch, auf dem sieben Revolver und einige Schachteln Patronen lagen. Auch Landkarten und Pläne waren auf dem Tische; sie waren jedoch nicht so hingelegt, daß sie die Revolver absichtlich hätten verstecken sollen. Die Revolver waren ganz neu, es waren die in Paris gekauften. Die meisten waren nicht geladen. Ein Schuß war nur aus einem abgefeuert worden. Wenn die uns vorliegenden Berichte, die in diesem Punkte nicht ganz klar sind, den Sachverhalt richtig darstellen, so hätte Léon mit dieser eigentümlichen Schaustellung von Waffen die Absicht verfolgt — und die Anklage versäumt nicht, diese Schlußfolgerung zu ziehen — die von ihm zuerst ausgesprochene Behauptung: daß ein Unglücksfall vorliege, glaubhaft zu machen. Man solle annehmen, Bernays habe wirklich die neuen Waffen angesehen, von denen er, wie Léon selbst, geglaubt hätte, daß sie nicht geladen seien, er habe auch mit der in London gekauften kleinen Salonpistole gespielt, und diese habe sich unglücklicherweise entladen. Léon habe sich alsdann darauf berufen können, wie unwahrscheinlich es sei, daß Ber-

nays ermordet sei. Ein Mörder, der sieben Revolver
zu seiner Verfügung hat, nimmt nicht gerade eine einläufige Pistole, die eher ein Spielzeug als eine Waffe
ist, um einen Mord zu begehen; er muß doch die
Möglichkeit in Anschlag bringen, daß der Schuß
versagt oder sein Ziel verfehlt. Man hätte also an
den behaupteten Unglücksfall geglaubt. Das scheint
der Zweck dieser Ansammlung von Waffen, die
bis auf eine, und gerade die anscheinend harm-
loseste, wirklich ungefährlich waren, allerdings gewesen zu sein.

An der Wand rechts stand ein großer Schreibtisch,
ein sogenannter Ministertisch, vor demselben ein
Arbeitsstuhl. Auf der rechten Seite, nahe dem Fenster, stand ein Lehnstuhl; neben dem Lehnstuhl am
Fenster noch ein kleiner Stuhl. Auf der linken Seite
des Fensters war ein kleiner Serviertisch mit verschiedenen Likören aufgestellt. Auf der linken Seite,
neben dem Eingang, in der Ecke brannte ein Gasofen.
Das also ist der Ort der Handlung. Die Handlung
selbst, der Mord, soll sich nach der Anklage, die
ihre Darlegung auf die Aussagen der Sachverständigen stützt, so zugetragen haben.

Léon steht also um halb elf Uhr vormittags am
Fenster des leeren Salons, hinter der Gardine halb-
versteckt und späht auf die Personen, die eben mit
dem Zuge von Antwerpen angekommen sind und den

Bahnhof verlassen. Er sieht Bernays, der nichts-
ahnend in das ihm bezeichnete, ganz unverdächtig
aussehende Haus eintritt.

Bernays klingelt an der Glastür. Léon öffnet. Er
stellt sich dem Advokaten als Henry Vaughan vor
und erklärt jedenfalls mit einigen Worten die Eigentümlichkeit, daß er selbst die Tür aufmacht: sein
Diener ist zufällig nicht da, — derselbe gar nicht
vorhandene Diener, für den die Kammer im zweiten
Stock gemietet ist und den er aus London mitbringen
wollte. Er bittet den Advokaten, seinen Überrock
abzulegen, er ist ihm dabei behilflich. Bernays hängt
seinen Überrock im Korridor an einen Haken des
Garderobenhalters. Ein kurzes Zwiegespräch über
gleichgültige Dinge im Korridor. Léon bittet Bernays, mit ihm in sein Arbeitskabinett zu treten und
weist ihm die Richtung: geradeaus. Die Tür, die
zu dem Kabinett führt, ist offen geblieben; Bernays
geht voran, Léon folgt in nächster Nähe. Er hat die
Rechte schon in die Tasche gesteckt, in der er die
in London gekaufte, sorgfältig gearbeitete Pistole
verborgen hält. Mit der üblichen höflichen Verbeu-
gung bittet er Bernays, näherzutreten. Derselbe ver-
beugt sich wie zum Dank und auch, um durch die
niederhängende Portiere unbehelligt eintreten zu
können, und in demselben Augenblick zieht Léon die
Pistole hervor, zielt auf das Genick und drückt in
der Entfernung von zwei Handbreiten ab. Bernays

214

schlägt, ohne einen Laut von sich zu geben, tödlich getroffen zu Boden.

Daß Bernays an der Eingangstür erschossen worden ist, steht fest. Die einzigen starken Blutspuren, die man im Zimmer gefunden hat, sind auf dem Teppich am Eingang, hart am Schreibtisch. Da zeigt der Teppich die Spuren einer größeren Blutlache, die tief in das Gewebe eingedrungen ist. Auch der Schreibtisch selbst ist mit einigen Bluttropfen bespritzt.

Hören wir nun, wie Léon den grausigen Vorgang schildert. Seine erste Aussage war gewesen, daß Bernays durch einen unglücklichen Zufall ums Leben gekommen sei. Er habe ihm seine Waffen gezeigt, ein Schuß habe sich entladen und Bernays so unglücklich getroffen, daß dieser auf der Stelle getötet hingesunken sei. Nachdem die Unhaltbarkeit dieser Aussage erwiesen war, hat er eine andere gemacht. Er schildert die Szene so:

Er habe allerdings als Bevollmächtigter von Murray in einer ernsten geschäftlichen Angelegenheit Bernays konsultieren wollen. Er habe wegen seiner früheren leichtsinnigen Streiche, um von Bernays nicht erkannt zu werden, die Maske von Henry Vaughan gewählt. Nach der Begrüßung habe Bernays ihn scharf angesehen und ihm gesagt: „Sie kommen mir sehr bekannt vor; ich muß Sie schon irgendwo gesehen haben." Léon sei verlegen geworden und habe eine ausweichende Antwort gegeben. Darauf habe Bernays ihn noch schärfer fixiert und ihm auf einmal zugerufen: „Du bist Léon Peltzer!" Gleichzeitig habe er ihn an der Perücke bezupft, und nachdem er sich von der Wahrheit der Vermutung überzeugt, habe er die beleidigendsten Schimpfworte gegen Léon ausgestoßen. Er habe ihn einen Schwindler und Betrüger genannt und gedroht, ihn den Gerichten zu überliefern. Außer sich vor Wut, habe Léon eine der Pistolen, die erste beste, ergriffen und auf Bernays angelegt. Dieser habe sich entsetzt abgewandt, um aus dem Zimmer zu fliehen. Er habe unwillkürlich den Kopf geduckt. Da habe Léon in einem Augenblicke der Unzurechnungsfähigkeit und des Jähzorns losgedrückt. Bernays sei gefallen. Nun habe sich eine namenlose Verzweiflung Léons bemächtigt. Er habe die Leiche aufgehoben und auf den Lehnstuhl am Fenster rechts, wo sie in der Tat gefunden worden ist, getragen. Er habe Wasser, Salmiak, Schwamm und Watte herbeigeholt, um das Blut zu stillen; und man hat auch wirklich ein Waschbecken mit blutigem Wasser, Salmiak, Watte usw. auf dem kleinen Stuhl neben dem Lehnstuhl gefunden. Alle Belebungsversuche seien indessen vergeblich gewesen. Er selbst habe in seiner Bestürzung jedoch die Schwierigkeit erkannt, diese wahrhafte Darstellung des Vorfalls glaubhaft erscheinen zu lassen, jenes entsetzlichen Unglücksfalls, der keinen andern

Zeugen hatte als ihn, den Überlebenden, der in Belgien schlecht angeschrieben war und unter einem falschen Namen, unter entstellender Maske Bernays zu sich beschieden hatte. Er würde sich schwer von dem Verdachte, Bernays ermordet zu haben, reinigen können. Deswegen habe er sich auch darauf beschränkt, nachdem er sich überzeugt hatte, daß alle menschliche Hilfe für Bernays vergeblich sei, angesichts der Leiche einige Zeilen an den Koroner, den gerichtlichen Leichenbeschauer, aufzusetzen, in denen er den Tod von Bernays gemeldet habe. Darauf sei er aus dem Zimmer gestürzt und habe in der besinnungslosen Hast die Absendung des Briefes an den Koroner vergessen. Der an den Koroner adressierte, verschlossene Brief ist in der Tat im Zimmer gefunden worden. Es ist auch richtig, daß der Brief dort geschrieben ist, denn auf dem Löschpapier des Schreibtisches hat man den Abdruck der Léonschen Schriftzüge gefunden.
Die Anklage behauptet nun, daß auch diese Vergeßlichkeit eine beabsichtigte gewesen sei, um die Justiz zu täuschen. Léon habe allerdings glauben machen wollen, daß er im Zustande der Unzurechnungsfähigkeit aus dem Zimmer gestürzt sei; deshalb habe er wichtige Sachen, die auf die Spur von Vaughan führen konnten, absichtlich liegen lassen, so unter anderm den Ring mit der Aufschrift „Henry und Lucy“, den er in London hatte anfertigen lassen.

Auch dieser Ring wurde bei der Waschschüssel, in der Léon sich von den Blutflecken gereinigt hatte, gefunden. Da nun Léon in der Verkleidung des Vaughan aller Welt erzählt hatte, daß er zum Christfest nach England gehe, um das Fest mit seiner Frau und seinen Kindern zu verbringen, so sollte dieser absichtlich vergessene Ring, sobald er aufgefunden werden würde, die Behörden veranlassen, in London auf einen Henry Vaughan, der mit einer gewissen Lucy verheiratet sein müsse, zu fahnden. Die Absicht aber sollte dadurch verschleiert werden, daß gleichzeitig auch der wichtige Brief an den Koroner liegengeblieben war. So sollte die Kombination dieser beiden Tatsachen auf die äußerste Aufregung des Täters schließen lassen und die Annahme der kühlen Vorherberechnung beseitigen.

Auch die Darstellung von Léon erscheint wenig glaubwürdig. Ganz abgesehen von der Hauptsache, daß der von Léon beständig vorgeschobene Murray, der seinen Aufenthalt in Europa veranlaßt haben soll, in dessen Auftrage er angeblich die verschiedenen Hafenplätze besucht und die verschiedenen Rechtsgelehrten konsultiert hat, — abgesehen davon, daß dieser geheimnisvolle Murray, nach dem man in der alten und neuen Welt überall gesucht, nirgends aufzutreiben gewesen ist, daß er tatsächlich nicht existiert, daß Léon keinen Zeugen anführen kann, der ihn jemals mit diesem Murray zusammen gesehen

hat, daß Léon keine Zeile von diesem Murray, der
ihm doch ziemlich erhebliche Geldsummen, 12000
bis 15000 Frank, zur Verfügung gestellt haben soll,
besitzt, kein Telegramm von ihm empfangen, keinen
Geschäftsbrief, keinen Vertrag mit ihm aufzuweisen
hat, — abgesehen von diesen Verkleidungen, von
dem beständigen Wechsel seiner Persönlichkeit,
von den überschlauen Vorbereitungen, den Waffen-
einkäufen, der eigentümlichen Herrichtung der Wohnung usw., vermag man nicht die einfache Frage des
Staatsprokurators in genügender Weise zu beant-
worten: Wie kommt der Mann, der sich eine pro-
visorische Wohnung herrichtet, in der er einen Advokaten empfängt, um mit diesem über die Begründung einer transatlantischen Schiffahrtsgesellschaft
zu sprechen — wie kommt ein solcher Mann dazu,
zu diesem harmlosen Zwecke ein wahres Arsenal
von Pistolen herzurichten, Watte, Schwamm, blut-
stillende Mittel zur Hand zu haben, wenn er nicht
morden und zugleich die Spuren des Mordes verwischen will?
Was sich in den nächsten Augenblicken nach der
Tötung oder Ermordung von Bernays ereignet hat,
ist nicht vollständig klargestellt worden. Die Behauptungen von Léon verdienen keinen Glauben, die
Behauptungen der Anklage haben nicht in überzeu-
gender Weise begründet werden können. Die Anklage nimmt an, daß Léon nach vollbrachter Tat

seine Kleider, die einige wenige Blutanspritzungen
zeigten, gewechselt, den Brief an den Koroner geschrieben, wenn er ihn nicht schon vorher bereit-
gehalten, und darauf schleunigst das Haus verlassen
habe; um die Leiche, die seinen Ausgang fast ver-
sperrte — denn Bernays ist, wie wir wissen, unmittelbar an der Tür, wahrscheinlich auf der Schwelle
selbst, erschossen worden — habe er sich nicht
weiter gekümmert. Wir werden später sehen, wie
es die Anklage zu erklären sucht, daß die Leiche
des Advokaten nachher auf einem Sessel gefunden
worden ist.

Léon kann in der Tat nur kurze Zeit nach dem
Morde noch in dem schrecklichen Zimmer geblieben
sein. Um $^{1}/_{2}$11 Uhr ist Bernays in Brüssel eingetroffen, etwa um dreiviertel wird er erschossen,
um 11 Uhr 51 Minuten verläßt Léon Brüssel mit
dem Zuge, der vom Südbahnhof, am anderen Ende
der großen Stadt, abgeht. Da er die Kleider und
Wäsche wechseln und einen großen Teil des Weges
zu Fuß zurücklegen mußte, so bleibt ihm in der Tat
kaum noch die nötige Zeit, um den Brief an den
Koroner zu schreiben.

Er fährt mit dem Zuge 11 Uhr 51 Minuten nach
Antwerpen, wo er gegen 1 Uhr mittags eintrifft.
Léon sagt, er habe die Absicht gehabt, seine Fa-
milie, besonders Armand, von den Vorgängen in der
Rue de la Loi in Kenntnis zu setzen; unterwegs

habe er sich aber eines anderen besonnen. Er habe
also auf dem Bahnhofe einige Zeilen an Armand
geschrieben, die ungefähr folgenden Inhalt gehabt
hätten: er sei nicht, wie er Armand versprochen habe,
nach Amerika zurückgekehrt, es sei ihm ein entsetz-
liches Unglück zugestoßen. Er begebe sich nach
Aachen, er müsse Armand sprechen und bitte ihn,
am anderen Tage mit dem ersten Zuge nach Maestricht zu kommen. Mit dem Zuge, der um 1 Uhr
20 Minuten Antwerpen verläßt, sei er dann nach
Aachen weitergefahren, und es ist richtig, daß er
dort gegen 6 Uhr abends eingetroffen ist.

VI.

Über die Begegnung der beiden Brüder in Maestricht haben die Verhandlungen kein genügend helles
Licht verbreitet. Es muß hier eingeschaltet werden,
daß die Anklage behauptet, Armand und Léon seien
von dem Tage an, da Léon nach Europa zurückgekehrt sei, bis zur Tat in ununterbrochenem regelmäßigen Verkehr gewesen, während Léon und Armand jede Gemeinsamkeit während dieser Zeit in
Abrede stellen. Das eifrige Bestreben Léons, das
nicht einen Augenblick nachläßt und schwankt, Armand als gänzlich unbeteiligt hinzustellen, erweckt in
uns, auch wider unseren Willen, freundliche Ge-

fühle der Teilnahme für diesen Menschen, dessen
Herz, wenn es auch noch so verdorben ist, von
reinster, aufopferungsfähiger Bruderliebe ganz erfüllt ist. Léon bleibt dabei, daß er Armand in Paris
zufällig getroffen, ihm von der Murrayschen Angelegenheit Kenntnis gegeben, daß Armand ihm abgeraten habe, und daß er wider Armands Wissen und
Willen in Europa geblieben sei. Armand spricht
sich genau in demselben Sinne aus. Demnach hätte
Armand von dem Augenblicke an, da er sich von
seinem Bruder Léon in Paris getrennt, bis zu dem
verhängnisvollen Zettel, den er am 7. Januar in Antwerpen von der Hand Léons erhalten, außer allen
Beziehungen zu Léon gestanden.
Die Anklage stützte ihre diesen Aussagen entgegen-
gesetzte Auffassung durch eine große Reihe von
Indizienbeweisen. Die zwischen den beiden gewech-
selten Briefe sind freilich vernichtet. Aber man hat
in den verschiedenen Städten, die Léon während der
Zeit, da das Verbrechen angeblich vorbereitet worden ist, in den verschiedenen Telegraphenbureaus
gewisse geheimnisvoll abgefaßte, mit falschen Namen
versehene Depeschen aufgefunden, die von Armand
oder Léon herrühren sollen und an diesen oder jenen
gerichtet seien. Einige dieser Telegramme sind allerdings recht kompromittierend. Sie beziehen sich auf
Geldforderungen von Léon — wenigstens wird diese
Deutung dem geheimnisvollen Texte gegeben — und

auf die Ankündigung des Verbrechens, die Léon
Armand gegeben haben soll.

In der Tat hat Armand am Tage vor dem Verbrechen, am 6. Januar, eine seltsame Depesche erhalten mit der Unterschrift: „Marie“. Sie lautet:
„Dank für Ihre liebenswürdige Einladung, und ich
hoffe, Sie Sonnabend zu sehen. Marie.“ Der Sonnabend war der Tag des Verbrechens, der 7. Januar.
Diese Depesche ist gleichzeitig mit der Depesche,
die Henry Vaughan an Bernays sendet und in der
er diesen bittet, am Sonnabend mit dem Halbelfuhr-
zuge nach Brüssel zu kommen, aufgegeben worden.
Obgleich die Handschrift auf beiden verschieden ist,
so glauben die Sachverständigen doch, daß sie von
derselben Hand geschrieben seien. Die Anklage
deutet die Depesche „Marie“ so, daß Léon in derselben angekündigt habe, Bernays habe die „Einladung“ zum Sonnabend angenommen, und er hoffe
ihn also zu sehen. Mit anderen Worten: das Verbrechen werde am Sonnabend verübt werden. Armand, der aufgefordert worden ist, Auskunft über
das ihm eingehändigte Telegramm zu geben, hat allerdings keinen genügenden Bescheid erteilen können.
Er erzählte eine etwas abenteuerliche Geschichte von
einer unbekannten Dame, die ihn eines Tages an-
geredet und die er eingeladen habe, mit ihm eine
kleine Reise zu machen. Diese Dame, von der er
nur den Vornamen „Marie“ wissen will, habe ihm

also telegraphiert, daß sie für die Einladung danke. Diese Marie hat aber ebensowenig aufgefunden werden können wie Murray. Das Telegramm „Marie" bildet einen Hauptgegenstand der Belastung gegen Armand. Neben vielen anderen geringfügigen Beweismitteln erblickt die Staatsanwaltschaft in diesem Telegramm den unanfechtbaren Beweis der Beteiligung Armands an den Vorbereitungen zum Verbrechen und dessen Mitwissenschaft.

Noch ein anderes wichtiges Moment wird als besonders belastend für Armand von der Staatsanwaltschaft hervorgehoben und als beweiskräftig für das Zusammenwirken der beiden Brüder bei dem gemeinsam verabredeten, von Armand ersonnenen und von Léon ausgeführten Verbrechen geltend gemacht. Eines Tages hatte Armand in seinem Zimmer eine Pistole abgefeuert. Die Kugel ist in die Wand gedrungen und hat sichtbare Spuren hinterlassen. Durch den Knall erschreckt, ist das Dienstmädchen herbeigeeilt und hat gefragt, ob ein Unglück geschehen sei. Armand hat sich bei dem Mädchen angelegentlich erkundigt, ob der Knall denn wirklich so deutlich zu hören gewesen sei? Die Untersuchungsbehörde hat daraus geschlossen, daß Armand einen Probeschuß abgefeuert habe, um die Stärke der Detonation der Patrone festzustellen. Sie hat die Untersuchung der Kanalisationsröhren des Hauses angeordnet, und man hat da eine große

Anzahl von Gaupillatschen Patronen gefunden, Patronen aus derselben Fabrik wie die, welche Léon in Paris gekauft hat und die in Belgien nicht zu haben sind. Armand hat sich durch den Knall überzeugt — so schließt die Staatsanwaltschaft weiter — daß die Patronen zur Ermordung des Advokaten nicht zu verwenden seien, und infolgedessen habe Léon in London eine andere Schießwaffe gekauft. Die Erklärungen, die Armand für den Schuß abgibt, leiden wiederum an Unglaubwürdigkeit. Er sagt, er habe gar keine Gaupillatsche Patrone gebraucht, sondern aus einer alten Pistole eine beliebige Patrone verschossen, teils aus Spielerei, teils um den an einem Neubau in seiner Nähe beschäftigten Arbeitern, denen er nicht recht traute, durch den Schuß eine Warnung zu erteilen. Über die Auffindung der Gaupillatschen Patronen gibt er gar keine Auskunft; er will nicht wissen, wie dieselben in die Wasserröhre gekommen seien.

Jedenfalls haben sich die beiden Brüder am 8. Januar in Maestricht wiedergesehen. Armand sagt, daß er seinen Bruder zunächst aufgefordert habe, sich den Gerichten zu stellen; dann aber habe er eingesehen, daß er als Haupt der Familie die Verpflichtung habe, die der Ehre seines Namens drohende Schmach von den Seinigen womöglich abzuwenden. Er habe also von nun an Léon unterstützt, um ihn der Nachforschung der Behörden zu entziehen. So erklärt

15 Der Mord.

er, daß er seit dem gewaltsamen Tode des Advokaten in regelmäßigen Beziehungen mit Léon geblieben ist und dessenungeachtet, als er bereits wußte,
daß Léon Bernays getötet habe, öffentlich die Erklärung erlassen hat, Léon sei in Amerika und werde
auf seine Veranlassung nach Europa zurückkehren,
um seine Unschuld vor den Gerichten zu beweisen.
Er habe um der Ehre der Seinigen willen diese Not-
lüge aussprechen müssen.

Die Staatsanwaltschaft gibt für die erste Zusammenkunft zwischen Léon und Armand in Maestricht
eine andere Erklärung. Armand habe von dem Verbrechen nicht erst in Kenntnis gesetzt zu werden
brauchen, er habe es ja schon gewußt. Die beiden
Brüder seien zusammengekommen, um zu beraten,
was nun geschehen müsse.

Das Nächstliegende ist aber tatsächlich nicht geschehen. Und es bleibt wunderbar und unerklärlich,
daß Léon nach vollbrachter Tat nicht das Weite gesucht und daß Armand, der nun nach seinem eigenen
Bekenntnis darum wußte — ob er nun an dem Morde
beteiligt war, an eine Tötung aus Fahrlässigkeit oder
an eine Tötung ohne Überlegung glaubte, wie Léon
sie darstellt — seinem Bruder nicht zur Flucht ver-
holfen hat. Daß Léon nach dem Verbrechen noch
monatelang in Europa bleibt, ist ein Rätsel, das nicht
gelöst werden kann. Bei einem anderen weniger
geübten Manne würde man glauben können, daß sich

die Furcht seiner bemächtigt habe, einen Dampfer
zu besteigen, daß er vor den Schwierigkeiten, sich
einzuschiffen, zurückgeschreckt sei; aber Léon, der
seit Jahren unter allen möglichen falschen Namen
lebt, dem die Kunst der Verstellung zur Gewohnheit geworden ist, der unter falschem Namen Neuyork verlassen und in Europa ein dutzendmal im Ver-
lauf des letzten Vierteljahres seinen Namen gewechselt hat — dieser Léon hätte doch, nach mensch-
licher Berechnung, wenigstens den Versuch, wieder
unter einem falschen Namen irgendwohin zu fliehen,
unternehmen sollen. Ebenso ist die Annahme, daß
es Léon an den erforderlichen Mitteln gefehlt habe,
die Flucht zu bewerkstelligen, als im höchsten Grade
unwahrscheinlich zu verwerfen. Wenn man Zehn-
tausende ausgibt, um ein Verbrechen vorzubereiten,
so wird man doch auch gewiß klug genug sein, um
den erforderlichen Fond zur Bewerkstelligung der
Flucht bereit zu halten. Eine Tatsache aber ist,
daß Léon keinen Versuch macht, zu entkommen und
daß Monate vergehen, bis er in nächster Nähe des
Verbrechens, in Köln, der Polizei geradezu in die
Arme läuft.
Nach der Auffassung der Staatsanwaltschaft sollen
also die beiden Brüder in Maestricht beraten haben,
wie das Verbrechen zu vertuschen sei. Sie wären
übereingekommen, solche Anstalten zu treffen, daß
man, wenn man die Leiche fände, an einen Unglücks-

fall glauben müsse, und daß also in diesem Falle
gewisse Anzeichen dafür sprechen müßten, wie Léon
unmittelbar nach der Tat dem Zusammengebrochenen
habe helfen wollen, daß er Wiederbelebungsversuche
vorgenommen habe; dann dürfe aber die Leiche nicht
da liegen bleiben, wo Bernays niedergeschlagen sei;
es müsse so aussehen, als ob sie pietätvoller und mit
Achtung vor dem Toten behandelt worden sei; man
müsse also auch die Wunden waschen, die Blutflecken vom Körper entfernen und dergleichen.
Wenn dies der Inhalt der Unterredung der beiden
gewesen ist, so läßt es sich jedenfalls begreifen, daß
Léon sich gesträubt hat, das Haus des Verbrechens
noch einmal zu betreten. Und da gibt die Anklage
zu verstehen, daß nun Armand sich erboten habe,
diese grausige Komödie in Szene zu setzen.
Die Tatsachen, auf welche die Anklage diese
fürchterliche Vermutung aufbaut, sind folgende:
Bernays ist bekanntlich am hellen Tage in den Vor-
mittagsstunden ermordet worden. Als die Leiche
später gefunden wurde, brannte das Gas im Korridor; die Flamme war heruntergeschraubt. Man fand
die Leiche, die durch das ganze Zimmer hatte geschleppt werden müssen, auf dem Lehnstuhl aus-
gestreckt in einem Zustande, welcher die gerichtlichen Sachverständigen zu dem Gutachten veranlaßt
hat, daß die Leiche nicht unmittelbar nach der Tat,
sondern erst nach eingetretener Leichenstarre dort-

hin geschleppt worden sei. Die Blutlache am Schreibtisch in der Nähe der Tür, die sehr beträchtlich war — das vergossene Blut wird auf ein Viertelliter veranschlagt —, zeigt Eindrücke — und zwar, wie die Anklage glaubt, Eindrücke eines Stiefels. Die gerichtlichen Sachverständigen sagen, das Blut gerinne erst nach geraumer Zeit, zwischen 24 bis 48 Stunden, so stark, daß es Eindrücke in dieser Schärfe bewahren könne. Ihre Ansicht ist also die: Bernays sei, nachdem er den Schuß ins Genick erhalten habe, vornübergeschlagen; er sei in dieser Stellung stundenlang liegen geblieben und das Blut habe sich durch die Nase ergossen. Nur auf der einen, der rechten Seite, zeigten die Kleider von Bernays reichliche Blutspuren. Kragen und Hemd waren verhältnismäßig wenig mit Blut befleckt. Wäre das Blut aus der Genickwunde geströmt, so hätte das Hemd ganz damit besudelt sein müssen, und wenn Léon die Leiche sofort oder wenige Minuten nach der Tat auf den Sessel getragen hätte, so würden auch seine eigenen, in der Rue de la Loi zurückgelassenen und dort gefundenen Kleider, die wenig Blutspuren zeigen, viel mehr mit den grausigen Flecken des besonderen Saftes verunreinigt sein müssen.

Unsere Phantasie sträubt sich, die Wege, welche die Staatsanwaltschaft ihr weist, einzuschlagen. Es ist eine schauerliche Nachtszene, wie sie in den krank-

haften Fieberträumen eines Edgar Poe nicht wüster
und ungeheuerlicher gespukt haben kann! Man denke
sich Armand, dem Léon den Schlüssel zu der Wohnung eingehändigt hat, wie er in der Dämmerstunde
des winterlichen Sonntags oder vielleicht gar in der
Nacht sich in das Haus schleicht. In der öden Wohnung brennt die niedriggeschraubte Gasflamme. Er
gleitet langsam den Korridor entlang. Bei dem Geräusch seiner Schritte fährt er schaudernd zusammen.
Er ist allein mit der Leiche des auf seinen Anschlag meuchlerisch Hingemordeten. Er belastet sich
mit dem schweren Körper, er trägt die schon er-
starrte Leiche auf den Sessel nahe dem Fenster. Er
wäscht die Wunde, er macht die unheimliche Toilette,
und dann, nachdem diese entsetzliche Arbeit getan
ist, huscht er behend und lautlos wieder von dannen.
Das ist unwahrscheinlich unheimlich. Die gerichtlichen Sachverständigen haben sich am Ende doch
wohl geirrt. Und die Sachverständigen, welche die
Verteidigung herbeigerufen hat, sagen in der Tat
genau das Gegenteil von dem aus, was die Sachverständigen der Anklage behaupten. Die Sachverständigen der Verteidigung sind der Ansicht, daß
das Blut in wenigen Minuten gerinne und daß es bei
der Beschaffenheit des Teppichs, welcher die flüs-
sigen Teile schnell eingesogen, auch in verhältnismäßig kurzer Zeit die Eindrücke habe bewahren
können. Die vorgefundene Spur sei nicht der Ein-

druck eines Stiefels, sondern eines Knies; die Behauptung Léons, daß er neben der Leiche niedergekniet, sie aufgerichtet und daß dann die Blutung aufgehört habe, sei wissenschaftlich durchaus berechtigt. Es sei deshalb auch gar nicht auffällig, daß die Kleider Léons, wenn er auch die noch warme Leiche auf den Stuhl gebracht, nicht über und über mit Blut begossen seien.

Diese Darstellung gilt uns in der Tat als die wahrscheinlichere. Man darf wohl annehmen, daß Léon, nachdem er Bernays erschossen hatte, seinen Brief an den Coroner geschrieben hat. Darüber ist einige Zeit vergangen, eine genügende Zeit, um das Blut auf dem Teppich so fest zu machen, daß es die Spuren eines Fußes oder eines Knies bewahren konnte. Alsdann hätte er die Leiche in die Stellung gebracht, in der man sie später gefunden, sich gereinigt und heimlich davongeschlichen. Der gruseligen Nachtszene bedürfen wir nicht, wenn sie auch der Staatsanwaltschaft zur Begründung ihrer Anklage gegen Armand erwünscht sein mag.

VII.

Während der ganzen Zeit vor dem Verbrechen, während desselben und unmittelbar darauf hatte Armand eine so unglaubliche Kaltblütigkeit gezeigt, daß die Verteidigung mit Recht geltend machen darf,

es gebe keinen Menschen, der sich als Mitschuldiger
einer solchen Tat in dem Maße selbst beherrschen
könne.

Am Abend vor dem Verbrechen, an demselben Tage,
an dem er durch das Telegramm „Marie" von der
bevorstehenden Ermordung des Advokaten benach-
richtigt sein sollte, hielt Armand im Ingenieurverein
einen Vortrag über die Elektrische Ausstellung in
Paris. Der Vortrag fand wegen seiner Vortrefflich-
keit allgemeinen Beifall. Niemand nahm an dem
Redner die geringste Spur einer ungewöhnlichen Erregung wahr.

Am Tage des Verbrechens frühstückte er in einer
Restauration, ohne irgendwie auffällig zu werden;
zu Mittag war er in eine Familie eingeladen worden,
am Abend war er im Café. Er spielte, allerdings
sehr schlecht, Domino. Die einzige Person, die an
ihm eine besondere Erregung bemerkt haben will,
ist das Dienstmädchen, das sich erinnert, daß er
verschiedene Male hat Kaffee machen lassen, weil
der Kaffee nicht gut gewesen sei.

Am 9., 10. und 14. Januar wohnte Armand bei
Professor Habetz in Lüttich. Er ging des Abends
aus und kam allerdings sehr spät, gegen 2 Uhr morgens, nach Hause. Es ist erwiesen, daß Armand in
diesen nächtlichen Stunden mit Léon, der aus dem
benachbarten Aachen herüberkam, Zusammenkünfte
gehabt hat. Unbegreiflich ist und bleibt es, daß

Léon ganz gemütlich an der Grenze von Belgien
sich herumtreibt und daß Armand nicht alles tut,
was geschehen muß, um Léon fortzuschaffen. Während dieser Zusammenkünfte in Lüttich hat Armand,
wie er selbst zugibt, Léon veranlaßt, von Basel aus
als Henry Vaughan an den Untersuchungsrichter zu
schreiben, wo sich die Leiche Bernays befinde. Die
Anklage erklärt diesen seltsamen Schritt damit, daß
Armand, dem ja die Absicht zugeschrieben wird,
Frau Bernays später zu heiraten, ein ernsthaftes
Interesse daran gehabt haben müsse, die Identität
der Leiche konstatieren zu lassen; bei noch längerem
Verborgenbleiben derselben hätte aber die Verwesung ihr vernichtendes Werk vielleicht so stark betrieben, daß die Feststellung der Identität Schwierig-
keiten gemacht haben würde. Léon richtet also von
Basel aus den Brief an den Untersuchungsrichter.
Er bleibt noch immer; er bleibt bis zu dem Augenblicke, wo er verhaftet wird.

Am 18. Januar wird die Leiche von den Behörden
aufgefunden. Das Gas brennt im Korridor, das
Gas brennt im Ofen; im Zimmer sind 23 Grad
Hitze. Gleichwohl ist die Leiche noch so gut erhalten, daß der erste in das Gemach Eintretende
glaubt, es sei ein Mann auf dem Lehnstuhl eingeschlafen. — Am folgenden Tage wird der Leichnam von der Witwe rekognosziert. Am 20. Januar
bringen die Zeitungen das Signalement des überall

gesehenen Vaughan und den Verhaftsbefehl. Léon
liest in Aachen die Zeitungen und bleibt ganz ruhig
da, bis zum 27. Januar. Dann reist er nach Wien.
Unterwegs hält er sich in Düsseldorf, Frankfurt und
Würzburg auf. Wir haben nun kein Interesse mehr
daran, die Tatsachen in ihren Einzelheiten zu verfolgen; kurz und gut, Léon macht keinen Versuch,
zu entkommen, und Armand korrespondiert in un-
vorsichtigster Weise mit ihm. Diesem und jenem
Freunde erzählt er, daß er ein Verhältnis mit einer
Frau habe, und bittet ihn, Briefe unter mysteriösen
Adressen zu befördern und anzunehmen.
Inzwischen entsteht auf einmal, man weiß nicht wie,
das Gerücht: Léon Peltzer müsse wohl mit Vaughan
identisch sein. Es meldet sich jemand, der Léon
Peltzer während der entscheidenden Tage verkleidet
als Vaughan in Brüssel gesehen haben will. Verschiedenen Leuten, die mit Vaughan zu tun gehabt
haben, werden die Photographien von Léon Peltzer
vorgelegt und diese rekognoszieren das Bild als das
des zurechtgemachten Vaughan. Léon wird steckbrieflich verfolgt. Léon bleibt noch immer.
Am 20. Februar wird der Verhaftsbefehl gegen
Léon veröffentlicht. In Wien erfährt Léon, daß er
steckbrieflich verfolgt wird. Eine Depesche, die
Armand an ihn richtet, wird von Léon mißverstanden.
Léon reist von Wien ab und begibt sich geraden
Weges nach Brüssel, in den Rachen des Löwen. Es

234

ist unbegreiflich, aber es ist so! Léon erklärt, daß
er sich den Gerichten habe stellen wollen und daß
ihm sein Bruder davon abgeraten habe. Am 3. März
zeigt Léon Armand seine bevorstehende Ankunft an.
Er bedient sich dazu der ihm von Armand angegebenen Adresse des Dr. Lavisé, der, wie man
sich erinnere, Armands bester Freund ist. Armand
hat auch ihm erzählt, daß er mit einer Dame in
verbotenen Beziehungen stehe und daß er gerade
in diesem Augenblick, da die Justiz jeden seiner
Schritte und Tritte überwache, keine Mitteilungen
direkt von ihr empfangen könne. Lavisé glaubt
seinem Freunde und glaubt auch der Versicheruung
Armands, daß Léon in Amerika sei.
In der Nacht vom 4. zum 5. März nach 1 Uhr
morgens — Dr. Lavisé arbeitet in seiner Studier-
stube — klingelt es. Armand stürzt herein. „Bist
du mein Freund? Kann ich auf dich zählen? Willst
du mir einen Dienst erweisen, den ich dir nie vergessen werde?" fragt er den Doktor in äußerster
Bestürzung. „So höre: Léon hat mich hintergangen.
Er ist nicht nach Amerika zurückgekehrt, er hat
eine Depesche von mir mißverstanden und trifft mit
dem Frühzuge in Brüssel ein. Er weiß nicht, was
ihm bevorsteht. Denke an die Schande, die meinem
Namen droht, denke an unsere Freundschaft. Ich
bitte dich, beherberge Léon!"
Lavisé weist dies Ansinnen zurück, und es ist er-

klärlich; denn Lavisé schöpft nun Verdacht gegen
Armand. Aber den Schritt, den er darauf tut und
den die Staatsanwaltschaft als einen Heroismus
seltener Art preist, wird nicht jedermann in demselben Maße rühmen.
Armand begibt sich auf den Bahnhof und wartet dort
den Zug ab, der in der Nacht in Brüssel eintrifft; er
veranlaßt Léon, sofort umzukehren. Léon fährt mit
dem nächsten Zuge wieder nach Deutschland zurück.
Dr. Lavisé beratschlagt das, was er nun zu tun habe,
mit einem Freunde; er begibt sich darauf zum Staatsanwalt und denunziert Armand. Armand wird verhaftet, und zwei Tage darauf auch Léon, der sich
durch unvorsichtiges Benehmen verdächtig gemacht
hat, auf Anzeige eines Bahnhofskellners in Köln.
Über vieles haben uns die Verhandlungen gar nicht
aufgeklärt. Es wäre doch sicherlich interessant gewesen, festzustellen, welcher Art die Beziehungen
von Armand und Frau Bernays nach dem Verschwinden des Advokaten, nach der Auffindung der
Leiche, bis zu dem Augenblick der Verhaftung Armands gewesen sind. Wir erfahren darüber nur eine
einzige Tatsache. Frau Bernays hat Armand, nachdem festgestellt war, daß Bernays durch Vaughan
ums Leben gekommen ist, in feierlicher Weise auf
Ehre und Gewissen gefragt, ob Armand in irgendwelchen Beziehungen zu diesem Vaughan stehe?
Armand hat diese Frage entschieden verneint.

Außerdem hat sich Armand über die Vorgänge am
18. Januar, als die Leiche von Bernays aufgefunden
wurde, von seinem Bruder telegraphischen Bericht
erstatten lassen. Wir halten das bei den Beziehungen,
die zwischen Armand und Bernays bestanden haben,
auf alle Fälle für ganz erklärlich und brauchen der
Sache nicht die Wichtigkeit beizulegen, die ihr die
Staatsanwaltschaft beimißt, um darin einen neuen
Beweis für die Mitschuld Armands zu finden.
Wir wissen nicht, aus welcher Quelle die Gelder ge-
flossen sind, die Léon verausgabt hat.
Auch der Brief aus Basel behält einen geheimnisvollen Ursprung. Selbst wenn die Leiche von Bernays erst viel später und in einem Zustande entdeckt worden wäre, welcher die Rekognoszierung
erschwert haben würde, so würden die Kleidungsstücke des Ermordeten und die Papiere, die er bei
sich trug, unzweifelhaft auf die richtige Spur gebracht haben.
Unerklärlich bleibt vor allem das psychologische
Moment.
Man kann es nicht fassen, daß ein Mensch, der
seinen Bruder so geliebt, wie Armand Léon, der
diesen Bruder zu verschiedenen Malen vor dem
Untergange gerettet hat, denselben Bruder dazu ver-
wendet, ein Werkzeug seiner mörderischen Pläne aus
ihm zu machen. Man kann es nicht fassen, daß Léon,
der zwar ein leichtsinniger, aber keineswegs ein roher

und gemeiner Mensch ist, wie ein gedungener Bravo einen solchen Auftrag ausführt. Und doch sprechen alle Tatsachen dafür, und wir müssen sie hinnehmen und darauf verzichten, sie zu verstehen.

Bei der Verhandlung ist die Verteidigung überall da, wo es galt, das Unwahrscheinliche nachzuweisen, glänzend gewesen; sie hat Zeugnisse beigebracht, die für Armand so rühmlich sind wie nur möglich. Hochangesehene Männer sind stolz darauf gewesen, ihn ihren Freund zu nennen. Keine Stimme von Bedeutung sagt das Geringste aus, was ungünstig für Armand wäre, und die Staatsanwaltschaft, die alle Hebel in Bewegung gesetzt hat, um nachzuweisen, daß man Armand ein Verbrechen zutrauen könne, hat in dieser Beziehung nicht das geringste belastende psychologische Moment vorbringen können.

Dagegen ist die Anklage überall, wo es sich um die Darlegung der Tatsachen, um deren Verknüpfung, um den sachlichen Beweis handelte, siegreich gewesen. Sie hat nachgewiesen, daß Léon mit keinem anderen Menschen in der wesentlichen Zeit verkehrt hat als mit Armand, daß der geheimnisvolle Murray gar nicht existiert, daß Armand, wenngleich er eine unmöglich erscheinende Selbstbeherrschung an den Tag gelegt hat, doch auf einige wichtige, entscheidende Fragen mit fadenscheinigen Lügen geantwortet hat; daß jene „Marie“, die Absenderin des Tele-

gramms am Tage vor dem Morde, ebensowenig
Fleisch und Blut hat wie der Murray Léons.
Am 27. November 1882 hat der Prozeß begonnen.
96 Belastungszeugen und 114 Entlastungszeugen sind
gehört worden. Die Verhandlungen sind in französischer, vlämischer, deutscher und englischer
Sprache erfolgt. Die Vernehmung der Zeugen hat
vom 29. November bis zum 10. Dezember ge-
dauert. Am 11. Dezember begann die Begründung
der Anklage; sie nahm drei Tage in Anspruch. Die
Verteidiger sprachen am 14., 15., 16., 18., 19. und
20. Dezember. Am 21. Dezember replizierte der
Staatsanwalt; am 22. Dezember antworteten die
Verteidiger; um $^3/_4 7$ Uhr abends waren die Verhandlungen geschlossen. Der Präsident richtete nun
an die Geschworenen die vier Fragen: ob Léon
Peltzer und Armand Peltzer schuldig seien, Wil-
helm Bernays mit Vorbedacht und Überlegung er-
mordet beziehentlich bei der Ermordung solche
Hilfeleistungen getroffen zu haben, ohne welche das
Verbrechen nicht hätte verübt werden können?
Die Geschworenen müssen sich ihre Ansicht sehr
schnell gebildet haben, denn schon nach anderthalb
Stunden haben sie das riesige Material, das mehrere
Bände füllt, bewältigt und ihren Beschluß gefaßt.
Ihre Antwort lautet auf alle vier Fragen: ja. Stür-
mischer Beifallsjubel im ganzen Publikum. Der
Präsident droht, den Saal räumen zu lassen, wenn

sich das Publikum nicht anständig beträgt. Er fragt
Léon, ob er noch etwas zu bemerken habe. Léon
erhebt sich und sagt in fieberhafter Erregung: „Ich
bin schuldig, ich bin mit Recht verurteilt; aber mein
Bruder ist unschuldig! Das verkünde ich hier laut
vor den Geschworenen. Es ist ein Justizverbrechen,
gegen das ich protestiere.“ Der Präsident ruft ihn
zur Ordnung. Léon antwortet noch einmal: „Ich
halte meine Meinung aufrecht.“
Als Armand gefragt wird, ob er etwas anzuführen
habe, erhebt er sich, streckt die Hand gegen die
Geschworenen und ruft mit starker Stimme aus:
„Der Fluch meiner Tochter falle auf euch!“
Eine furchtbare Bewegung zieht durch den Saal.
Der Gerichtshof zieht sich auf einige Augenblicke
in das Beratungszimmer zurück und verkündet sodann das Todesurteil für beide.
Die Nichtigkeitsbeschwerde wurde zurückgewiesen
und die Todesstrafe in lebenslängliches Zuchthaus
mit zehnjähriger Einzelhaft für jeden umgewandelt.

Die ſchöne Bucklige von Neapel.

Als man im Jahre 1875 in Rom einen neuen Bahnhof errichtete, wurden bei den Ausgrabungsarbeiten eine Reihe wertvoller Funde gemacht. Aber auch im Bahnhofe selbst stieß man gleichzeitig dabei auf einen eigentümlichen Fund. In einem der Lagerräume stand ein rechtwinkliger, mäßiger Koffer sorgfältig verschlossen, wie Dutzend andere seinesgleichen. Er war von Neapel gekommen und dort von einem unbekannten Absender aufgegeben worden. Seine Adresse lautete an einen gewissen Francesco Buono in Rom. Da der Adressat nicht erschien, um ihn zu reklamieren, blieb der Koffer mehrere Wochen stehen. Man suchte besagten Francesco Buono zu ermitteln, aber die Nachforschungen in allen Quartieren der Stadt blieben vergebens, so daß man schließlich annahm, es handle sich um einen fingierten Namen. Inzwischen verbreitete sich in der Nähe ein so übler Geruch, daß man einen Polizeibeamten holen ließ und in seiner Gegenwart den Koffer öffnete. Den Umstehenden bot sich ein schrecklicher Anblick dar: der Leichnam eines jungen Mädchens in weit vorgeschrittenem Stadium der Verwesung.

Das Antlitz war völlig unkenntlich. Da der Koffer viel zu kurz war, die Leiche in ihrer ganzen Länge aufzunehmen, hatte man beide Beine hoch hinauf-

16 Der Mord.

gezogen und zugleich das Haupt gegen die Brust
herabgedrückt. Als die Untersuchungskommission
behufs genauer Feststellung des Befundes den Leichnam aus dem Koffer nehmen ließ, sah man, daß der
Unterleib aufgeschnitten und sämtliche Eingeweide
herausgenommen waren.

Nun war nicht mehr daran zu zweifeln: es lag ein
im Verborgenen verübtes, scheußliches Verbrechen
vor. Wer aber war das Opfer und wer der Verbrecher?

Einzelne Momente, die bei der Untersuchung zutage traten, wiesen auf Vergiftung durch Grünspan hin. Als besonderes Merkmal für die Ermitt-
lung der Person der Ermordeten ergab sich der Umstand, daß die eine Schulter infolge einer leichten
Verkrümmung des Rückgrats etwas höher hervortrat.
Die römische Polizei setzte sich sofort mit der von
Neapel ins Einvernehmen. Dort schien das Verbrechen begangen, wenigstens war der Koffer mit
dem schrecklichen Inhalt dort aufgegeben. Bald
darauf brachten neapolitanische Blätter die Nachricht, es sei der Umsicht und dem Eifer der Polizei
gelungen, nicht bloß denjenigen zu ermitteln, der
den Koffer in Neapel zur Bahn gebracht habe, sondern auch den, von dem ihn der Versender käuf-
lich erworben habe. Kurz darauf berichtete die ge-
samte Presse von der Verhaftung des mutmaßlichen

Mörders in der Person eines Studierenden der
Medizin.

Auch die Person der Ermordeten ward festgestellt.
Sie hieß Giuseppina Gazzaro und war die ebenso
kokette als schöne Tochter neapolitanischer Hand-
werksleute.

Die Schönheit war ihr Verderben gewesen. Sie hatte
eben ihr 17. Lebensjahr erreicht, als bei ihren Eltern
ein vormaliger Mönch namens Vincenzo Palazzo ein
Zimmer mietete. Er kam aus Amerika, wo er sich
einiges Vermögen erworben hatte.

Das schöne Mädchen mit dem reichen, blonden Haar
erregte seine Leidenschaft; die Italiener pflegen für
blonde Haare zu schwärmen. Giuseppina war leicht-
fertig und gefallsüchtig und erlag deshalb doppelt
leicht den Nachstellungen des Mönches.

Eines Abends verließ sie mit ihm das elterliche
Haus, um nie mehr zurückzukehren. Wie die Eltern
in Erfahrung brachten, wurden beide in den ver-
rufensten Quartieren der großen Stadt gesehen.

Schon ehe Palazzo jenseits des Ozeans sein Glück
gesucht, hatte er viel mit einem gewissen Salvatore
Danieli verkehrt, auch nach seiner Rückkehr aus
Amerika traf er mit demselben zusammen und setzte
den Umgang fort, als das schöne Mädchen bei ihm
wohnte.

Giuseppina war nicht bloß schön, sie war auch schlau.
Es entging ihr nicht, daß ihr Verführer schon nach

16*

kurzer Zeit ihrer überdrüssig war und nur eine passende Gelegenheit abwartete, sich ihrer zu entledigen. Möglich, daß er daran dachte, sie an seinen alten Freund Salvatore abzutreten.

Giuseppina war ihren Eltern entlaufen, sie entlief nun auch ihrem Liebhaber. Als der vormalige Mönch eines Tages von einem Spaziergange heimkehrte, war das Mädchen und mit ihm sein ganzes Vermögen verschwunden. Es waren 14000 Lire in tunesischen Wertpapieren.

Ob Danieli bei diesem Diebstahl sich beteiligt, ob er das Mädchen etwa gerade dazu angestiftet, war vorerst nicht klar, aber die schöne Diebin begab sich mit dem Gelde zu ihm, und er nahm sie mit offenen Armen auf.

Wohl hatte Vincenzo alsbald nach Entdeckung des Verbrechens bei den Behörden Anzeige erstattet. Allein es gelang nicht, die Flüchtige zu ermitteln, und das Gericht mußte sich begnügen, dieselbe in contumaciam zu vier Jahren Zuchthaus zu verurteilen.

Giuseppina und ihr neuer Liebhaber lebten unterdessen unter angenommenen Namen im volkreichen Neapel; bald war vom ganzen Gelde des ehemaligen Mönches nichts mehr vorhanden.

Nun beschloß Danieli, sich von dem Mädchen, dessen Reize weniger Anziehungskraft besaßen, seitdem das Geld fort war, zu trennen. Er erklärte Giuseppina, sie müsse sich mit dem Gedanken einer

Scheidung vertraut machen, denn er stehe im Begriff, sich zu verehelichen. Es kam zu einer heftigen Szene, die von seiten des Mädchens mit Tränen begann und mit der Drohung endigte, sie werde Danieli wegen seiner Beteiligung am Diebstahl anzeigen, wenn er ihr das Geld nicht zurückerstatte. Bald danach wurde Giuseppina nicht mehr gesehen. Der im Bahnhof zu Rom aufgefundene Leichnam wurde als der des Mädchens rekognosziert, mit welchem Danieli unter dem Vorgeben, ihr Oheim zu sein, zusammengelebt hatte; bald genug war die Polizei auf seiner Spur. Die Untersuchung wurde eingeleitet und ergab so viel, daß die Staatsbehörde gegen ihn die Anklage auf Diebstahl und Mord erheben konnte. Am schwersten wurde er dadurch belastet, daß man in den Kleidern Danielis Spuren von Grünspan fand, von demselben Gift also, an dem Giuseppina gestorben sein sollte.

Die Schwurgerichtsverhandlung begann am 16. Mai 1877. Schon lange vor der festgesetzten Stunde war das Refektorium des vormaligen Dominikanerklosters, in welchem einst Thomas von Aquino gelehrt hatte, zum Erdrücken gefüllt. Für die mitklagende Zivilpartei, die Familie Gazarra, war der Advokat Filotico gegenwärtig und die Familie selbst, bestehend aus den Eltern der Ermordeten mit ihrem Brüderchen, einem blonden, blauäugigen Knaben, der schön war wie ein Engel.

Der Angeklagte ist ein Mann nahe an die Fünfzig,
weder groß noch klein, von schwächlicher Statur.
Er macht keinen ungünstigen Eindruck. Seine Stirn
ist niedrig, flach und von mancher Furche durch-
zogen; seine Nase ist lang, sein braunes Haar bis
tief in den Nacken hinab gescheitelt. Er hat nur
ein Auge, das fehlende ist durch ein künstliches er-
setzt, seine Brauen hängen weit herab und berühren
die Brille.
Früher trug Danieli einen ziemlich dünnen Voll-
bart, jetzt erscheint er rasiert; nur der Knebelbart
und ein kleiner Schnurrbart sind stehengeblieben,
beide stechen von dem bleichen Gesicht unheimlich ab.
Er trägt schwarze, anständige Kleidung. Mit über-
einandergeschlagenen Armen sitzt er auf der Anklagebank und scheint von der Menge, deren Blicke
auf ihm haften, nicht die geringste Notiz zu nehmen.
Neben ihm sitzt der Mitangeklagte, Cifonelli, der
wegen heimlicher Beherbergung der zu einer Krimi-
nalstrafe verurteilten Gazzara vor Gericht steht.
Nach Auslosung der Geschworenen, Verlesung und
Begründung der Anklage schließt die erste Sitzung.
Am folgenden Tage wendet sich der Präsident zu
Danieli und sagt: „Stehen Sie auf, Sie haben gehört,
welch' schwere Anklage gegen Sie erhoben wird;
was haben Sie zu sagen?"
Danieli erhebt sich und spricht zu den Geschwo-

renen gewendet, während seine Hände bald an den
Knöpfen seines Rockes herumtasten, bald ein schmut-
ziges Taschentuch zusammenpressen, mit unsicherer
zitternder Stimme: „Meine Herren, ich bin ein unglücklicher Mensch, niedergedrückt von der Last
einer schweren Anklage, während ich das Bewußtsein hatte, unschuldig zu sein. Die Gazzara starb
eines natürlichen Todes, ohne mein Zutun, und alles,
was nachher geschah, das geschah nur, um ihren
Leichnam zu verbergen und mir kein Unglück an den
Hals zu ziehen.
Meine Herren, ich war 19 Monate im Kerker und
habe Gott gebeten, er möge mich sterben lassen,
damit ich nicht vor aller Welt solche Schmach ertragen müßte. Aber Gott hat mein Flehen nicht
erhört. Er hat mir aber (auf seine Verteidiger
zeigend) diese beiden Engel geschickt, die werden
Ihren Gerechtigkeitssinn erleuchten, und ich vertraue auf ihn. Sonst habe ich nichts zu sagen."
Auf Befragen des Präsidenten erzählte dann der
Angeklagte: er sei bei dem Diebstahl der dem
Palazzo gehörigen Wertpapiere unbeteiligt. Die
Gazzara sei zu ihm gekommen, habe ihm erklärt, sie
sei aus dem Hause ihres Geliebten fortgegangen und
werde um keinen Preis wieder dahin zurückkehren.
Er habe sie aus Mitleid mit sich nach Caserta genommen, sie dort im Hause eines Verwandten, der
nun ebenfalls auf der Anklagebank sitze, unter-

gebracht und sich dann mit ihr an verschiedenen Orten aufgehalten.

Hierauf fährt er fort: „Die Gazzara wollte Seebäder nehmen. Deshalb gingen wir wieder nach Neapel zurück und bewohnten daselbst ein Zimmer, welches ich bei Casa-Sensale gemietet hatte. Wir schliefen in zwei Betten nebeneinander.

Als ich einmal des Nachts heimkam, fand ich Giuseppina erkrankt. Sie klagte über Kopfschmerzen und zitterte vor Frost. Ich hüllte sie in eine wollene Decke ein und gab ihr Brühe von Gerstenschleim zu trinken.

So verflossen vier oder fünf Tage, dann fühlte sie sich wieder wohl. Ich ging aus, um einiges zum Frühstück einzukaufen. Als ich heimkam, fand ich Giuseppina tot. Mein erster Gedanke war der, den Leichnam in einem Koffer zu verstecken und mit einer Lage Werg zu bedecken, welches ich aus der Matratze meines Bettes genommen hatte. Aber bald fing der Koffer an, einen Geruch zu verbreiten. Ich wußte nicht, was tun, und ich entschloß mich endlich, in Gemeinschaft mit diesem Herrn da (auf Cifonelli zeigend) jene Operation vorzunehmen. — Ich und Giuseppe nahmen den Koffer auf, und Giuseppe sagte, es gibt nur ein einziges Mittel, wir müssen sie vierteilen.

Ich antwortete nur: tu' du's." (Cifonelli schüttelt

den Kopf und murmelt zwischen den Zähnen: welche
Frechheit! O, der Schurke!)
Präsident: „Weiter!"
Angeklagter: „Wir schnitten den Unterleib auf
und nahmen die Eingeweide heraus und —"
Präsident: „Mit einer Schere?"
Angeklagter: „Nein, Herr Präsident, mit einem
Rasiermesser."
Präsident: „Warum haben Sie den Koffer an
Francesco Buono adressiert?"
Der Angeklagte wurde auf verschiedene Wider-
sprüche seiner Aussagen gegenüber den früheren
Aussagen hingewiesen, er erklärte, er sei bei seinen
früheren Aussagen so aufgeregt gewesen, daß er sich
nicht genau hätte entsinnen können.
Der Prozeß zog sich eine lange Reihe von Tagen
hin unter ab- und zunehmendem Interesse des Publikums. Eine der stürmischsten Sitzungen war die,
als der Mönch Vincenzo Palazzo vernommen wurde.
Gegen ihn richtete sich die Wut der ganzen Volks-
menge, weil ihm die Schuld an dem Untergang der
Giuseppina zugerechnet wurde, denn er war es,
der sich die Schwachsinnigkeit der Eltern zunutze
gemacht hatte, um Giuseppina zu verführen. Es gelang dem Gericht nur mit großer Mühe, den Zeugen
wieder in seine Wohnung zurückkehren zu lassen.
Unter den späteren Sitzungen war dann noch die
eine besonders interessant, in der die Sachverstän-

digen ihre Aussagen machten über den Befund der Leiche und ihre Folgerungen zu ungunsten des Angeklagten daraus zogen. Es kam dabei zu heftigen Zusammenstößen zwischen dem Verteidiger Danielis, Tarantini, und den Sachverständigen, wie sie mit solcher Leidenschaft in deutschen Gerichtssälen unerhört wären.

Am 10. Juni begannen dann endlich die Plaidoyers. Als erster erhielt das Wort der Anwalt der Familie, Filotico. Er erhob sich und sprach zu den Geschworenen:

„Sie war schön und blond und anmutig und ihre Züge wiederholen sich in dem Antlitz dieses lieblichen, kleinen Engels, den die göttliche Vorsehung seinen armen, trostlosen Eltern als das letzte Gut gnädig und glücklich erhielt.

Vor zwei Jahren in der Blüte ihrer Jahre, frisch wie eine Rose, weiß wie eine Lilie, und zwei Jahre später ein entstellter, halbverwester Leichnam.

Sie war arm, aber jugendlich heiter und ehrbar im engen Kreise ihrer Familie. Da tritt in denselben ein fremder Mann, umstrickt sie, die noch ein halbes Kind war, spiegelt ihr goldene Berge vor, ein Leben voll Glanz und Freude und Sonnenschein. Immer enger zieht er das teuflische Netz, das erbärmliche Selbstsucht gestrickt hat, bis sie endlich seinen Verführungskünsten erliegt. Es soll fortan keinen Wunsch mehr geben, den sie nicht sollte befriedigen

250

können. Mit italienischen Wertpapieren, mit dem
Golde Kaliforniens will er sie hoch über die Be-
dürfnisse des Lebens stellen. Ihr will er alle seine
Reichtümer zu Füßen legen. Das bricht ihren
Widerstand. In unglückseliger Nacht erfaßt der
Geier seine Beute, und um die Ehre ihrer Familie
ist es für ewig geschehen."

Nach diesen Eingangsworten schildert der Redner
den namenlosen Jammer, der über die Familie Gazzara in jenen Tagen hereinbrach, als die jugendliche
Giuseppina, von dem Gift der Verführung betäubt,
das Palazzo ihr mit kluger Berechnung tropfenweise
eingeflößt, einer aufgescheuchten Taube gleich aus
dem väterlichen Hause wegflog und in die Klauen
des Sperbers fiel.

„Der Vater, halb von Sinnen, klopft an alle Türen,
seine Tochter zu suchen, und fand sie endlich an
einem jener Orte, wo die Scham ihr Antlitz mit dem
dichtesten Schleier verhüllt. Der Vater und die
Mutter, diese Niobe des Schmerzes, sie flehten ohne
Erfolg die Hilfe der Behörden an. Da fiel ihnen
eines Tages eine Nummer der Zeitung mit dem
Bericht über den grausigen Fund in die Hände und
nun schlugen die Flammen der tiefsten Hölle über
den Unseligen zusammen."

Nachdem Filotico mit beredten Worten die Szene
ausgemalt, wie die unglücklichen Eltern ihr armes

Kind als zerstückelte Leiche wiedergefunden,
sagte er:

„Was vertritt die Zivilpartei in dieser Sache? Das
frage ich alle Eltern, alle die, welche der Freuden
eines glücklichen Familienlebens teilhaft wurden,
alle, die sich zum Kultus der heiligen Religion der
Familie bekennen. Sie werden mir einstimmig antworten müssen: sie vertritt den Aufschrei der Blut-
rache."

Hierauf sprach der Redner davon, wie Danieli die
arme Giuseppina unbarmherzig ermordete und wenige
Stunden später den Vater seines Opfers ans Herz
drückte. Er faßte noch einmal die ganze Leidens-
geschichte der Giuseppina zusammen und fuhr dann,
auf die Reue Danielis über seine schreckliche Tat
übergehend, fort:

„Nächtliche Visionen schreckten ihn vom Lager
auf, er mußte Besuche machen, mit Freunden ver-
kehren, um sich zu zerstreuen, und getraute sich
nicht mehr, in seiner Wohnung zu schlafen. Wie
einst dem Brutus, so erschien auch ihm an seinem
Lager ein Gespenst, aber anstatt ihm wie diesem
zuzurufen: ich bin dein böser Geist, bei Philippi
sehen wir uns wieder! sprach es zu ihm: ich bin
der Schatten der Gerechtigkeit, und wir sehen uns
beim Schwurgericht wieder. Bis dahin werde ich
hinter dir her sein!"

Nicht minder feurig in seiner Beredsamkeit war dann

der Generalprokurator, der am nächsten Tage das
Wort hatte. Wir müssen uns hier versagen, auf die
Einzelheiten seiner Rede einzugehen; nur eine Stelle
sei hier herausgehoben, weil sie wiederum einen Be-
leg gibt, mit welch' glücklicher Rhetorik die italienischen Anwälte sich ihre historischen Kenntnisse
für ihre Plaidoyers zunutze machen. Aus verschiedenen Aussagen der Zeugen war hervorgegangen, in
wie qualvollen Delirien sich Danieli nach der Tat
zeitweise befunden hatte. Daran anknüpfend sagte
der Generalprokurator:
„Ich werde von den Delirien schweigen, in denen
Danieli gelegen hat, denn der Vertreter der Zivilpartei hat sie bereits mit beredten Worten geschil-
dert. Ich werde Ihnen nur eine Stelle aus Tacitus,
dem unsterblichen Geschichtsschreiber Roms und der
Menschheit vorlesen, in welcher er von Nero nach
der Ermordung seiner Mutter Aggrippina spricht.
Sie lautet wie folgt:
‚Aber der Cäsar war sich der Scheußlichkeit seiner
Tat recht wohl bewußt. — Er blieb den Rest der
Nacht in sich gekehrt und stumm‘
— und Danieli schien die Sprache verloren zu
haben —
‚fuhr erschrocken und ängstlich empor‘
— und Danieli schloß kein Auge —
‚und erwartete mit dem Tageslicht sein Ende. Und
weil die Natur keine Maske vornimmt wie die Men-

schen, war ihm der Anblick des Meeres und seiner
Umgebung unerträglich‘
— und Danieli brach beim Anblick dieses Koffers
in sich zusammen.“
Nachdem der Beifallssturm, zu dem das Publikum
sich hatte hinreißen lassen, endlich verrauscht war,
nahm der Generalprokurator das Wort wieder auf,
er wendet sich gegen den Exmönch Palazzo, der
Schmach und Schande über das Haus Gazzara
brachte, und brandmarkte seine Tat in zündender
Rede. Unter rauschenden Beifallssalven des er-
sichtlich erregten Publikums schloß sein von Anfang
bis zu Ende gleich fesselndes Plaidoyer.
Gegenüber dem erdrückenden Beweismaterial und
den glänzenden Ausführungen der Ankläger hatten
die Verteidiger einen schweren Stand. Aber auch
sie nahmen sich ihrer Sache mit feuriger Beredsamkeit an. Wie seltsam freilich berührt uns die Blüte
der Rhetorik in dem Beginn der Rede des Advokaten
Tarantini.
„Es hatte sich mir kaum der Frühling der Jugend
und der vielfarbige Horizont der Zukunft erschlossen,
da trieb es mich mit unwiderstehlicher Gewalt, mich
dem Berufe des Verteidigers in Strafprozessen zu
widmen. Weder der so leicht erklärliche Schauder,
der einen jungen Mann angesichts großer Verbrecher überkommen muß, noch die Aussicht auf
reichen Erwerb in anderen Geschäftskreisen, noch

254

endlich das Vorgefühl zahlreicher Enttäuschungen, denen ich entgegen ging, noch der jammervolle Anblick eines Menschen, der seinen letzten Gang antritt — nichts konnte mich dem Berufe untreu machen, den ich erwählt hatte. Diese Toga, sie klebt seit den Tagen meiner ersten Jugendzeit gleich einem Nessushemd an meinen Schultern.

Ich erfülle heute eine heilige Pflicht, indem ich vor Sie hintrete, um den Eindruck zu paralysieren, den Wochen hindurch schwerwiegende Anklagen und Verwünschungen notwendig auf Ihre Seele machen mußten.

Salvatore Danieli, du hast das Heiligste, was es auf Erden gibt, die Religion des Todes verletzt, du zwangst eine Mutter, ihr Liebstes unter der Fäulnis und unter den Würmern aufzusuchen, du hast an dem Staub gefrevelt, du bist dem Staube schwere Sühne schuldig."

Tarantini suchte nachzuweisen, daß Danieli sich an dem Diebstahl nicht beteiligt hatte und daß er seine Geliebte nicht ermordet habe, sondern nur an dem Leichnam sich vergangen hatte, um sich keine Unannehmlichkeiten zuzuziehen.

Am 15. Juni, nachmittags 4 Uhr, zogen sich die Geschworenen zurück. Schon nach einer halben Stunde kehrten sie zurück: der Wahrspruch lautete auf Schuldig des Mordes ohne Zubilligung mildernder Umstände.

Schwankenden Schrittes, am ganzen Leibe zitternd,
das Haupt tief auf die Brust gebeugt, trat Danieli
in den Saal. Er hörte das Verdikt der Geschworenen, ohne einen Laut von sich zu geben, nur
dann und wann zuckte er konvulsivisch zusammen.
Der Generalprokurator verlangte die Verurteilung
des Angeklagten zum Tode. Der Gerichtshof erkannte dem Antrage gemäß.
Stürmischer Beifallsruf folgte dem Verlesen des
Urteils. Umsonst schwingt der Präsident die
Glocke. Umsonst wenden sich mehrere Herren
vom Gericht an das Publikum und bitten um Ruhe,
umsonst ruft der Advokat Tarantini: „Stille, stille."
Das Beifallsjauchzen und das Beifallsklatschen
dauert fort, bis Danieli von zwei Karabinieris aus
dem Saale geführt wird.
Eine der interessantesten Schwurgerichtsverhand-
lungen, die Neapel jemals gesehen hat, ist zu Ende.

Henry und Thomas Wainwright.
⟨London.⟩

Henry Wainwright, der Buchhalter eines Kaufmannes in London, fragte am 1. September 1875 den Werkführer Stokes, ob er ihm ein Paket tragen wolle. Dieser erklärte sich bereit und folgte dem Besteller nach dem Fabrikgebäude, Whitechapelstraße 215, wo das Paket liegen sollte. Wainwright bittet ihn, die Treppen hinaufzusteigen, um es herabzuholen. Stokes gehorcht, findet nichts, und Wainwright ruft ihm zu: „Lassen Sie sein, ich habe die Sachen schon gefunden; ich hatte sie vor vierzehn Tagen hier unter das Stroh gesteckt." Stokes sieht zwei Pakete in schwarzer Wachsleinwand, mit Stricken umschnürt, er hebt sie auf, sie scheinen ihm sehr schwer.

„Hier ist auch der Spaten und das Hackmesser, Stokes, welches ich Sie für mich zu verkaufen bat." Sie hatten zuvor beiläufig davon gesprochen. Stokes nimmt das Hackmesser auf. „Was ist daran, Herr, es stinkt!" „Nur Hunde- oder Katzenkot," entgegnete Wainright, wischte es mit der Hand ab, schlägt es in Papier ein und legt es beiseite.

„Nun kommen Sie!"

„Ich kann nicht beide Pakete tragen, Herr, sie stinken so sehr und sind so schwer."

17 Der Mord.

„Wenn wir erst heraus sind, werde ich das eine
tragen — warten Sie, Stokes, ich will sehen, ob,
der alte Johnson nicht auf der Lauer ist."
Eine sehr erklärliche Vorsicht, denn Wainwright war
bankrott und durfte aus der einst ihm gehörenden
Fabrik nichts fortschaffen. „Alles in Ordnung,
Stokes, niemand zu sehen, kommen Sie!" Auf der
Straße angelangt, nimmt Wainwright das leichtere
der beiden Pakete.
„Ich muß mich ausruhen," sagt Stokes, nachdem sie
eine Strecke gegangen sind, „es ist mir zu schwer."
„Um Gottes willen, lassen Sie es nicht fallen, es
könnte zerbrechen!"
Sie machen Halt, Wainwright legt sein Paket nieder,
er beauftragt Stokes, darauf zu achten, er werde eine
Droschke holen. Er geht fort, und sobald er sich
entfernt hat, hat Stokes das Gefühl, als müsse er um
jeden Preis den Inhalt der Pakete erforschen. Er
öffnet eine Ecke des größeren Pakets, und sein Blick
fällt auf einen Menschenkopf und eine abgeschnit-
tene Hand. Seines Entsetzens ungeachtet, hat er
doch Geistesgegenwart genug, das Paket wieder zu
schließen. Wainwright kommt mit einer Droschke,
beide Pakete werden hineingelegt, und das Fuhr-
werk fährt von dannen. Stokes folgt so schnell er
kann; glücklicherweise wird bald angehalten, Wainwright steigt aus, geht eine Strecke die Straße entlang, trifft mit einem jungen Mädchen zusammen,

258

welches ihm nach kurzer Unterredung nach dem
Wagen folgt und mit ihm einsteigt. Darauf fahren
sie weiter, aber in veränderter Richtung, wieder verfolgt von dem unermüdlichen Stokes. Zwei Schutzleute, denen er zuruft: „Um Gottes willen, halten
Sie die Droschke an", lachen ihm ins Gesicht —
er läuft weiter, endlich hält der Wagen abermals,
und wiederum trifft Stokes zwei Schutzleute, Cox
und Turner, denen er mit seinem letzten Atem zuruft: „Laufen Sie dem Manne mit dem Paket nach,
da ist ein Verbrechen geschehen!"
Turner folgt Wainwright, der inzwischen ausgestie-
gen ist und sich mit dem einen Paket nach einem
nicht weit entfernten Hause, genannt: Henne und
Küchlein, begeben hat, Cox geht an die Droschke,
nachdem ihm Stokes alles mitgeteilt hat, was er
wußte. Wainwright kehrt zurück, öffnet den Wagen
und nimmt das zweite Paket heraus; Turner folgte
ihm auf dem Fuße.
„Was haben Sie da?" fragt Cox.
„Was kümmert Sie das?" entgegnet jener und will
sich entfernen, die Schutzleute aber geleiten ihn nach
dem Hause, suchen und finden das erste Paket.
„Fragen Sie mich nach nichts, sagen Sie nichts,
ich will jedem von Ihnen fünfzig Pfund geben!"
Sie fangen an, das Paket zu öffnen.
„Bitte, öffnen Sie es nicht, rühren Sie nichts an,
ich gebe Ihnen 100 — ich gebe 200 Pfund, und
17 *

Sie sollen sie in zwanzig Minuten haben, wenn Sie
mich gehen lassen.“
Die Schutzleute taten ihre Schuldigkeit; sie fuhren
mit ihm und seiner Begleiterin und den beiden Pake-
ten nach der nächsten Polizeistation. Die Öffnung
der Pakete ergab, daß sie den zerstückelten und
stark in Verwesung übergegangenen Leichnam eines
Weibes enthielten. Henry Wainwright, welcher alsbald Name und Wohnung richtig angab, erklärte zu
Protokoll: ein Mann, den er bisweilen in Wirtshäusern gesehen habe, aber sonst nicht kenne, habe
ihn für drei Pfund engagiert, jene Pakete nach
„Henne und Küchlein“ zu bringen. Er wußte nicht,
daß Stokes sich inzwischen ebenfalls im Bureau
der Polizeiinspektion eingefunden habe; aber auch
ohne dessen Angaben würde jene Erklärung der
Polizei schwerlich genügt haben, und sowohl er als
seine Begleiterin wurden unter der Anklage: die
Überreste eines mutmaßlich ermordeten Weibes in
Besitz gehabt zu haben, verhaftet.
Diese Begleiterin, welche schon während der Fahrt
nach der Polizeistation weinend ausgerufen hatte:
„Sie haben mir etwas Schönes angerichtet!“ —
war eine junge Ballettänzerin namens Alice Day.
Sie mußte mehrere Tage in Haft bleiben, obschon
Wainwright versicherte, daß er sie nur zufällig ge-
troffen habe und daß sie von nichts wisse, und es
bildete sich ein vollständiger Sagenkreis um ihre

übrigens recht hübsche Persönlichkeit; doch wurde
sie bald entlassen und tritt nur noch als Zeugin
wieder auf.
Der Vorfall erregte in London ungeheures Aufsehen. Anknüpfend an einen Fall, der sich vor
18 Jahren zugetragen, da sich die verstümmelten
Überreste eines menschlichen Körpers in einem
Sacke an einem Strebepfeiler der Themsebrücke
befunden hatten, ohne daß es je gelungen wäre, die
Person des Ermordeten festzustellen oder den Mörder zu entdecken, brachte die „Times“ einen Leit-
artikel über „Das Trauerspiel von Whitechapel“,
wie in allen Blättern die vermutete und von der Phantasie des Volkes mit allen möglichen Schrecknissen
ausgestaltete Schauergeschichte bezeichnet zu werden pflegte, und gab in demselben dem Allgemein-
gefühl einen so lebendigen Ausdruck, daß ein Bruch-
stück hier wiedergegeben werden soll.
Nach einer kurzen Darstellung des bis dahin er-
mittelten Tatbestandes fährt der Verfasser fort:
„— Tatsache bleibt, daß der zersägte und zerhackte
Leichnam eines Weibes wie ein anderes Stück Ge-
päck in einer Droschke durch London gefahren
wird. Irgendwo und irgendwie muß im Ostend ein
Weib verschwunden sein, und ohne daß mehr als
zwei oder drei Personen darum gewußt hätten und
obgleich jetzt vielleicht ermittelt werden mag, wer
sie war, darf man doch kaum annehmen, daß sie

sonst vermißt worden wäre. Diese Betrachtung genügt jetzt, wie bei dem früheren Falle, um sehr unheimliche Gedanken hervorzurufen. In der Regel
liegt zwar etwas Wahres in dem Volksglauben, daß
Morde nicht verborgen bleiben können, zugleich aber
läßt doch jedes enthüllte Geheimnis dieser Art auf
die Möglichkeit unzähliger ähnlicher Geheimnisse
schließen. Es gibt Hunderte und Tausende von
Männern und Weibern, besonders von letzteren,
welche sich in London vergraben, deren Familien
jede Spur von ihnen verloren haben und die keine
Bekannten in London besitzen, welche sie Freunde
nennen könnten, welche auch nur die einfachste Er-
kundigung nach ihnen anstellen würden, wenn sie
verschwänden. Es ist auch kein Grund vorhanden,
sie zu tun; solche Personen können nach Belieben
gehen, wie sie gekommen sind, und wie sie zuvor
in eine fremde Gegend eingewandert sind, mögen
sie jetzt in eine andere weitergewandert sein. In den
düstern Vierteln großer Städte wüten aber Haß,
Eifersucht, Geldgier und drängen stets zu Gewalt-
tätigkeiten. Rund um uns her sind die Triebfedern
zu den schwersten Verbrechen in furchtbarer Tätigkeit, und es fehlt nicht an Beweisen für die ver-
hältnismäßige Leichtigkeit, mit der ihnen nachgegeben
wird. Ostend hat kein Monopol inbetreff der Gelegenheit zu Verbrechen oder zu ihrer Geheimhaltung.
Alle Viertel von London, selbst die begünstigten

westlichen Stadtteile, bergen in ihrer Mitte Bezirke, welche von einer nomadisch unsteten Klasse bewohnt werden, und wenn man bedenkt, wie wenig Zwang sich eine große Menge unserer Nachbarn in ihren Lebensgewohnheiten auferlegt, so ist es vielleicht nur überraschend, daß das Verbrechen nicht noch massenhafter auftritt, als dies schon geschieht."
Der Verfasser hebt hervor, wie leicht auch dieses Verbrechen hätte verborgen bleiben können, spricht von der schauererregenden Brutalität, welche sich, abgesehen von dem Morde, in der Verstümmelung des Leichnams zeigt, und fährt dann fort:
„Unter uns hier in London gibt es Personen, welche solcher Schändlichkeiten fähig sind, und wir wissen nicht, wie nahe wir ihnen sind. Sie bergen sich unter anständigem Äußeren, sie leben in gewöhnlichen Verhältnissen und gehen ihren Geschäften so ruhig und ordentlich nach als ihre Nachbarn, innerlich aber sind sie der wesentlichsten menschlichen Eigenschaften bar oder unheilbar verdorben, und die erste günstige Gelegenheit bringt das verborgne Schrecknis zutage. Die Gesellschaft ist mit Recht durch die Entdeckung, daß so haarsträubende Schandtaten in ihrer Mitte vorkommen können, aufs tiefste erregt und wird nicht eher zur Ruhe kommen, bis die Täter ermittelt und bestraft sind.
Was vor 50 Jahren galt, kann heute mit noch viel größerem Recht gesagt werden: denn mit dem un-

geheuren Anwachsen der Großstädte haben sich auch die Möglichkeiten des Verschwindens durch Verbrechen unendlich gehäuft, und auch wir wissen, daß, wenn heutzutage ein so furchtbares Verbrechen ruchbar wird, es nur eins von den wenigen ist, die in ewiger Vergessenheit begraben bleiben.
Die Polizei verfuhr sehr geschickt. Schon am 23. November erschienen die Brüder Henry und Thomas Wainwright vor dem Schwurgericht. Sie waren die Söhne eines wohlhabenden Bürstenfabrikanten in London, der erste 37, der andere 30 Jahre alt. Beide hatten eine gute Erziehung genossen, und ihr Vater hatte ihnen außer einem schwunghaften Geschäfte einige tausend Pfund bar hinterlassen. Beide aber scheinen entweder kein Glück im Handel oder, was wahrscheinlicher ist, keine Lust zur Arbeit gehabt zu haben. Insbesondere war Henry, der die Fabrik des Vaters fortführte, ein stattlicher Mann von angenehmem Äußeren und untadelhaften Formen, als ein vortrefflicher Gesellschafter bekannt. Er spielte auf Liebhabertheatern und soll sich sogar bis zum Othello verstiegen haben. Er hielt Vorlesungen, war in Wirtshäusern, Billardstuben und hinter den Kulissen ein gerngesehener Gast und wußte insbesondere die Herzen der jungen Balletttänzerinnen dadurch zu erobern, daß er sie gelegentlich mit Champagner traktierte — alles augenscheinlich nicht zu Nutz und Frommen seines etwas

prosaischen Geschäftes und wahrscheinlich noch
weniger zur Freude seiner Ehefrau, welche sich mit
ihren fünf Kindern in mißlicher Lage befand. Und
doch waren diese gelegentlichen Extravaganzen nicht
das Schlimmste, was der Ehemann und Familienvater
sich zu Schulden kommen ließ.

Zu Anfang des Jahres 1871 war Harriet Louise
Lane, die achtzehnjährige Tochter eines Werk-
führers, nach London gekommen, ein hübsches,
schlankes, blondlockiges Mädchen und voll der besten
Absichten, die gründlich erlernte Kunst der Damen-
schneiderei in der Hauptstadt auszuüben. Wo und
wie sie das Unglück hatte, Henry Wainwrights
Bekanntschaft zu machen, ist nicht bekannt; das
erste, was wir aus ihrem Londoner Leben erfahren,
ist, daß sie Henrys Geliebte wurde und ihn 1872
mit einem Kinde beschenkte. Er führte im Verkehr mit ihr den Namen Percy King. Doch scheint
sie seinen rechten Namen gekannt zu haben. Sie
trat als Frau King auf, trug einen Trauring und gab
sich gern für verheiratet aus. Nachdem sie Weih-
nachten ein zweites Kind geboren, mietete Wainwright sie bei einer Frau Foster ein, erklärte aber,
er sei Reisender und werde seine Frau nur selten
besuchen können. Er scheint sich in der Tat wenig
um sie gekümmert zu haben. Sie geriet bald in die
traurigste Lage, und in der Zeit vom Mai bis September 1874 versuchte sie alles, verpfändete nach

und nach, was verpfändbar war, ihren Trauring,
ihre Kleider, ihre Wäsche.

Man darf ihrem Liebhaber nicht den Vorwurf
machen, daß er sie böswillig verlassen hätte, denn
er stak selbst arg in der Klemme. Er hatte das
Fabrikgeschäft nicht mehr halten können, und unter
diesen Umständen war es natürlich schwierig, eine
Frau mit fünf, eine Geliebte mit zwei Kindern zu
ernähren. Mistreß King scheint nicht das mindeste
getan zu haben, sich selbst fortzuhelfen, sondern sich
lediglich auf ihren Geliebten verlassen zu haben.
Solange als möglich zahlte er ihr wöchentlich fünf
Pfund, aber als er dazu nicht mehr imstande war,
scheint es zu heftigen Szenen gekommen zu sein;
seine Geliebte hat ihm auch wohl damit gedroht,
seiner Frau sich zu offenbaren: kurzum, er wußte
sich nicht mehr zu helfen und verfiel so auf den
Gedanken, seine Geliebte zu beseitigen. Ob sein
Bruder dabei beteiligt war, ließ sich auch bei den
Gerichtsverhandlungen nicht genau feststellen, er ist
ihm hie und da behilflich gewesen, indem er unter
angenommenem Namen durch mehrere Briefe an die
Wirtin der Mss. King sie in die Täuschung versetzte,
daß Harriet mit ihm durchgegangen sei. Er scheint
aber selbst nichts davon gewußt zu haben, daß sein
Bruder einen Mord auf sein Gewissen geladen habe,
sondern den Versicherungen desselben geglaubt zu

haben, daß Harriet in der Tat mit einem Dritten durchgegangen sei.

Bei der Untersuchung des Falles wurde zunächst festgestellt, daß die Leiche in der Tat in einem im Erdgeschosse des Hauses „Henne und Küchlein" belegenen, ursprünglich zum Warenlager und Laden bestimmten Raum sich befunden habe. Die Dielen waren an einer Ecke nur lose aufgenagelt; als man sie entfernte, fand man, daß sie schon früher aufgerissen und die Balken, auf denen sie ruhten, durchgesägt worden waren; dann war etwas Erde fortgeschafft und so eine enge, schmale Gruft hergestellt worden, in welcher sich noch die durch den Geruch sehr wahrnehmbaren Spuren vorfanden, daß dort eine verwesende Leiche gelegen hatte. Auch einige lange, goldblonde Haare fand man in der 'Gruft. Unverkennbar war ferner, daß der Spaten und das Hackmesser, welche Wainwright in unbegreiflicher Verblendung Stokes zum Kauf angeboten hatte, zum Ausgraben und Zerhacken der Leiche gebraucht worden waren, denn an dem Messer klebten Menschenhaare und Fasern halbverwesten Fleisches.

Nicht minder unzweifelhaft war es, daß der in zehn Stücke zerhackte Leichnam der von Harriet Lane war. Zwar war das Gesicht vollkommen unkenntlich, aber Harriet hatte bei einem sonst untadelhaften schönen Gebiß einen angefressenen und halb

abgebrochenen Augenzahn, welcher sichtbar wurde,
wenn sie lachte. Sie hatte schönes, goldblondes
Haar; sie hatte schmale, längliche Hände und Füße
und am rechten Oberschenkel eine tiefe Narbe. Alle
diese Kennzeichen fanden sich bei dem Leichnam,
dazu noch zwei Ringe, der Trauring und ein anderer,
welche sie stets getragen hatte und mehrere Knöpfe,
die zu dem Kleide gehörten, das sie zuletzt getragen hatte.

Wie war sie ums Leben gekommen?

Auch hierüber geben ihre verstümmelten Überreste
Auskunft. Hinter dem rechten Ohre fanden sich
zwei augenscheinlich durch Schüsse verursachte
Knochenbrüche und im Gehirn zwei Revolverkugeln,
außerdem war die Kehle vollständig durchgeschnitten.
Daß Henry Wainwright einen Revolver besessen,
wurde durch Zeugen nachgewiesen, ebenso, daß
er sich am 10. September Wachsleinwand und
Stricke gekauft hatte.

Kann die wildeste Phantasie ein schauerlicheres
Nachtstück ersinnen, als Henry Wainwright in der
Stille der Nacht, in dem öden Lagerraume mit dem
Hackmesser die halbverwesten Glieder des von ihm
gemordeten Weibes zerstückelnd, in dessen Armen
er so oft geruht hatte? Und doch erklären ihn eine
große Anzahl glaubhafter Zeugen, die ihn jahrelang
gekannt, für einen gebildeten, liebenswürdigen Mann,

der ihnen stets den Eindruck besonderer Gutmütigkeit gemacht hatte!

Es war eine unerbittliche Notwendigkeit, die ihn
zu diesem Schritte, der Fortschaffung der Leiche,
zwang. Er hatte in seiner Geldnot ein beträchtliches
Darlehen aufgenommen und für dasselbe sein Haus
verpfändet. Da er seine Schuld nicht begleichen
konnte, setzte sich sein Gläubiger in den Besitz
des Hauses und machte öffentlich bekannt, daß es
zu vermieten oder zu verkaufen sei. Jeder, der den
Lagerraum benutzt hätte, hätte in kurzem die Leiche
entdecken müssen. So hatte er sich entschlossen,
die Leiche in das weit entlegene Haus seines Bruders
zu schaffen, in dem sich ein ganz finsterer Keller
befand, in welchem die Leiche wohl sicher verborgen
geblieben wäre.

Die Beweislast gegenüber Henry Wainwright war
so erdrückend, daß an dem Wahrspruch der Geschworenen von vornherein kein Zweifel war. Der
Spruch lautete gegen Henry auf: Schuldig des vor-
sätzlichen Mordes. Der Angeklagte beteuerte seine
Unschuld. Der Lord Oberrichter hielt zum Schluß
folgende Ansprache:

„Angeklagter, Sie sind nach meiner Ansicht auf
Grund des klarsten, überzeugendsten Beweises der
Ihnen zur Last gelegten Ermordung Harriet Lanes
schuldig befunden worden. Ich glaube, daß nie-

mand, der den Verhandlungen beigewohnt hat, auch
nur den leisesten Zweifel an Ihrer Schuld hegen
kann, und ich beklage nur, daß Sie an der Schwelle
der Ewigkeit Gott zum Zeugen Ihres unbedachten
Leugnens machen. Es kann nicht bezweifelt werden, daß Sie jenem armen Weibe das Leben genommen haben, zu dem Sie in den allerinnigsten
Beziehungen gestanden und die Ihnen zwei Kinder
geboren hatte. Sie lockten sie in den einsamen Lagerraum. Sie hatten den Revolver dorthin geschafft, mit
dem sie getötet worden ist, das Grab war dort für
ihre Überreste gegraben, bei deren Fortschaffung
Sie verhaftet worden sind. Hierüber besteht auch
nicht der Schatten eines Zweifels. Das war eine
barbarische, grausame, unmenschliche und feige
Handlung. Ich will nichts sagen, um Ihre Lage noch
zu erschweren, will auch nicht länger auf der Ungeheuerlichkeit Ihrer Schuld verweilen, als erforder-
lich ist, um Ihnen zum Bewußtsein zu bringen, daß
Sie auf Erden keine Gnade mehr zu erhoffen haben.
Ich habe nun das vom Gesetz gebotene schreckliche
Urteil über Sie zu fällen, und danach sollen Sie
von hier dahin gebracht werden, woher Sie gekommen sind, und von da zu einem gesetzlichen Hin-
richtungsorte und dort an Ihrem Halse aufgehängt
werden, bis Sie tot sind, und Ihr Leichnam soll
innerhalb der Mauern des Gefängnisses begraben
werden, in welchem Sie zuletzt nach Ihrer Verurtei-

270

lung verwahrt werden, und der Herr sei Ihrer Seele gnädig."

Am 21. Dezember fand die Exekution statt, nachdem Henry tags zuvor von seiner Gattin und seinen Geschwistern einen tief ergreifenden Abschied genommen hatte. Er war außerordentlich sorgfältig gekleidet und benahm sich bis zum letzten Augenblicke männlich gefaßt, ohne jede Prahlerei. Vor dem Gefängnis aber hatte sich eine ungeheure Menschenmenge angesammelt, obgleich sie von dem ganzen Hergange nichts zu sehen hoffen konnte, als das Aufhissen einer schwarzen Flagge auf dem Dache des Gefängnisses in dem Augenblick, da der Unglückliche seinen letzten Atemzug getan hatte. Vorher hatte er dem Gefängnisdirektor ein Schreiben übergeben, in dem er ein reumütiges Bekenntnis seines Verbrechens ablegte.

Sein Bruder Thomas wurde wegen der Beihilfe zur Fortschaffung der Leiche zu sieben Jahren Zuchthaus verurteilt.

Die Kindesmörderin und die Scharfrichterin ⟨1625⟩.

Der nachfolgende Mordprozeß ist für uns so ungemein interessant durch den besonderen Umstand, der die Entdeckung veranlaßte und durch andere, welche die Strafe begleiteten und den Vorfall in das Gebiet des Märchenhaften versetzten. Manche Züge daraus entstammen unmittelbar der Volkspoesie und sind wieder in sie hinübergegangen. Vögel, besonders Raben, haben von jeher eine besondere Rolle als Entdecker oder Rächer von Untaten gespielt, und liebenswürdige Frauen auf dem Schafott und im Kerker waren zu allen Zeiten und bei allen Völkern Gegenstände von ganz besonderem Interesse.

Helene Gillet war ein liebenswürdiges junges Mädchen, geachtet von allen, welche sie kannten, um ihres Charakters und ihrer Sittsamkeit willen. Auch ihre Eltern waren angesehene Leute. Der Vater war königlicher Kastellan zu Bourg-en-Bresse.

Im Oktober des Jahres 1624 verbreitete sich das Gerücht, Helene Gillet sei schwanger. Die klugen Frauen sahen viele verdächtige Zeichen. Jedermann sprach davon, nur nicht zu ihr selbst und nicht in den Kreisen ihrer Eltern. Nach einiger Zeit waren alle diese Zeichen der Schwangerschaft wieder verschwunden, und jetzt wurde in allen Gesellschaften zu Bourg von nichts anderem gesprochen als von

diesem auffälligen Verschwinden. Das Geflüster
war so laut, daß es endlich auf den Kriminalgerichten
in der Art zu Ohren kam, daß man sich für verpflichtet hielt, einzuschreiten.
Sie ließen Helene Gillet durch einige Hebammen
untersuchen. Die Hebammen erklärten, es habe eine
Geburt stattgefunden, und Helene habe wahrscheinlich vor vierzehn Tagen ein Kind zur Welt gebracht.
Auf dieses Zeugnis hin wurde Helene sofort verhaftet.
Sie machte schüchtern, aber doch freiwillig ein Geständnis. Ein junger Mann, der in der Nachbar-
schaft wohnte und ihren jüngeren Geschwistern im
Schreiben und Rechnen Unterricht gab, habe sich in
sie verliebt gehabt. Sie hätte seinen Zudringlich-
keiten mit Ernst widerstanden. Der Verliebte aber
habe in Liebeswahnsinn und wilder Begier, um zu
seinem Ziele zu gelangen, eine Magd ihrer Eltern
bestochen. Dieses pflichtvergessene Mädchen schloß
ihn in ihre Schlafkammer ein. Überrascht, erschrocken bei seinem plötzlichen Vorspringen, verlor
Helene die Besinnung. Sie wollte sich gegen ihn nach
Kräften gewehrt haben, aber Angst und weibliche
Schamhaftigkeit verschlossen ihr die Kehle, so daß
sie nicht um Hilfe rief. Sie war der Gewalt des Un-
gestümen erlegen. Aber sie leugnete, davon schwanger geworden zu sein und ein Kind zur Welt gebracht zu haben.

18 Der Mord.

Ihr eigenes Geständnis, zusammengehalten mit den Zeugnissen der Hebammen, machte sie sehr verdächtig. Doch wäre sie wahrscheinlich freigesprochen worden, da kein Corpus delicti vorlag. Ihre Freunde hofften; sie selbst blieb traurig und schweigsam. Da ging ein Soldat an dem Garten des Kastellans vorüber. Die Bewegungen eines Raben lockten seine Aufmerksamkeit an. Am Fuße einer Mauer war eine Grube, und der vom Spaziergänger aufgescheuchte Rabe kreiste immerfort um dieselbe Stelle und schoß, sobald der Soldat sich entfernte, wieder dahin herab, wo er vorhin gesessen hatte. Der Soldat gab darauf acht und sah, daß das Tier etwas Weißes aus der Erde vorzuzerren suchte. Es war ein Stück Leinwand, welches immer länger wurde. Der Soldat sprang nun selbst hinzu, scheuchte den Vogel fort und zog an der Leinwand. Er mußte indes die lose Erde fortscharren, um sie freizubekommen und fand nun nicht allein die Leinwand, sondern auch die Gebeine eines augenscheinlich erst vor kurzem geborenen Kindes, welche in dieselbe gewickelt waren. Er machte beim Gericht Anzeige, welches sofort den Körper und seine Hülle beschlagnahmte. Der Rabe hatte das fehlende Corpus delicti angezeigt. Die Untersuchung ward aufs neue aufgenommen. Das tote Kind war in ein Frauenhemd gewickelt. Das Hemd war, was die Güte der Leinwand, Größe und Zuschnitt anlangt, völlig den Hemden gleich, welche Helene Gillet trug. Ja noch mehr, es war wie alle ihre Hemden mit einem H. G. gezeichnet.

Helene leugnete; dennoch hielten die Richter die Indizien für zwingend genug, um ein Urteil zu fällen. Und in dem Publikum war damals nur eine Stimme gewesen: Helene ist schwanger. Die Hebammen hatten eidlich erklärt, alle Merkmale deuteten darauf hin, daß sie vor vierzehn Tagen niedergekommen sei. Es war ungefähr ebenso lange her, daß man allgemein und ebenso bestimmt im Publikum die Wahrnehmung gemacht hatte, daß die Anzeichen der Schwangerschaft plötzlich wieder verschwunden waren. Helene selbst hatte eingeräumt, daß sie vor mehreren Monaten wider ihren Willen von einem Manne überwältigt worden war. Sie hatte den Tag ihrer Vergewaltigung genau angegeben, und die von den Hebammen bestimmte Zeit, zu der sie geboren haben sollte, fiel gerade auf neun Monate nach jenem verhängnisvollen Tage. — Nun war ein totes Kind unfern der Wohnung ihrer Eltern in der Erde verscharrt gefunden worden. Es war in ein Hemd gewickelt, welches unstreitig eines der ihrigen war. Dieser Zusammenhang dringender Indizien war so schlagend, daß er den Richtern als Beweis des begangenen Verbrechens galt.

So stark und dringend diese Vermutungen waren, so waren es doch im Sinne des Gesetzes nur Ver-

18*

mutungen. Man konnte ihnen Gegenvermutungen und
Möglichkeiten entgegenhalten, welche ihre Kraft ab-
schwächen mußten. Es war nur ein Gerücht, das
Helene für schwanger erklärte. Der Augenschein
konnte trügen; ihre veränderte Farbe, ihr matter
Blick, ihre veränderte Gestalt konnten andere Gründe
gehabt haben. Auch der Bericht der Hebammen,
die nur von etwas Gewesenem sprachen, konnte
auf Täuschung beruhen, die in solchen Fällen wohl
vorkommt. Zudem waren sie mit dem bestimmten
Vorurteil des Publikums, Helene sei schwanger gewesen, an die Untersuchung gegangen. Daß Helene
nach ihrem eigenen Geständnis von einem Manne
genotzüchtigt worden war, machte es noch nicht
notwendig, daß sie davon schwanger geworden; denn
der Beischlaf war nur einmal vollzogen, und dazu
war es ein gewaltsamer gewesen, der nur in den
seltensten Fällen Schwangerschaft im Gefolge hat.
Auch ein anderes Weib konnte heimlich geboren
und ihr Kind an der Gartenmauer verscharrt haben.
Endlich war es wohl auch möglich, daß die wahre
Mutter, um den Verdacht von sich abzulenken, das
Hemd einer anderen gestohlen hatte, von der schon
das Gerücht ging, sie sei schwanger.
Die Richter hielten indes die Angeschuldigte für
überführt und sprachen am 6. Februar 1625 das
Urteil, daß Helene Gillet wegen verheimlichter
Schwangerschaft und Kindesmordes mit dem

Schwerte vom Leben zum Tode zu bringen sei. Das Urteil traf kein unschuldiges Mädchen.

Nach dem Urteilsspruch bekannte Helene, sie sei allerdings infolge der Gewalttat des jungen Mannes schwanger geworden, aber Furcht vor ihren Eltern und eine unüberwindliche Scham hätten ihr den Mund verschlossen. Sie hätte sich der Mutter entdecken wollen, aber das furchtbare Bekenntnis von einem Tage zum andern verschoben. So sei die Zeit unter unaussprechlicher Angst verstrichen, bis sie, ihr selbst unerwartet, in einer Nacht von den Geburtswehen überrascht worden sei. Sie habe nicht Kräfte genug gehabt, um aufzustehen und jemanden um Hilfe zu rufen. Sie habe daher allein, ohne allen Beistand und in entsetzlicher Todesangst, ein Kind zur Welt gebracht.

Als sie aus ihrer Besinnungslosigkeit wieder zu sich gekommen, habe sie ihr Kind besehen, aber kein Leben in demselben bemerkt. Dies habe sie bewogen, alles zu verbergen, um ihre Ehre zu retten. Sie habe den Leichnam an der angegebenen Stelle im Garten verscharrt. Sie beteuerte bei allem, was ihr heilig, daß sie ihr Kind nicht umgebracht und wollte auf dies Bekenntnis leben und sterben. Das Parlament zu Dijon bestätigte das Urteil, und das um so mehr, als ein Edikt, das jährlich viermal von allen Kanzeln verlesen wurde, bestimmte, daß jedes Mädchen schon wegen verheimlichter Schwanger-

schaft und Niederkunft als Kindesmörderin bestraft
werden sollte, auch wenn sie behaupte, das Kind
tot zur Welt gebracht zu haben.
Die Stadt Bourg und ihre ganze Umgegend war von
innigstem Mitleiden für die Unglückliche erfüllt.
Das Publikum glaubte ihrer Aussage. Es sah in
dem anmutigen 21jährigen Mädchen, dessen Ruf
bis dahin völlig unbescholten war, nur das Opfer
eines frechen Wüstlings und begriff nicht oder wollte
nicht begreifen, daß ein Widerstand ohne Sieg und
ein Schweigen, um den Ruf vor den Menschen zu
bewahren, zu einem Verbrechen werden könnte,
welches nur durch Blut zu sühnen sei!
Der Tag der Hinrichtung war schon bestimmt.
Helene betrat das Schafott, blaß, zitternd und
von der ganzen furchtbaren Bedeutung des Auf-
tritts durchschauert, aber doch gefaßt und vorbereitet
auf den Tod. Nicht so der Scharfrichter. Die allgemeine Meinung im Publikum hatte auch auf ihn
eingewirkt. Sein Amt schien ihm heute eine Mordtat zu sein. Er hatte am Tage vorher das Abend-
mahl genommen und gebeichtet. Jetzt, beim Anblick
des lieblichen, in sein Schicksal ergebenen Opfers,
vielleicht auch beim Anblick der unwilligen Menge,
welche das Schafott umgab, ergriff ihn eine entsetzliche Unruhe; er zitterte, rang und wand die
Hände, er hob die Arme zum Himmel, fiel auf seine
Knie, sprang in die Höhe und fiel wieder auf die

Erde. Er flehte Helenen an, sie möge ihm vergeben,
was er ihr anzutun gezwungen wäre, und wie halb gestört bät er wieder die Geistlichen, sie möchten ihm
ihren, des unschuldigen Opfers, Segen verschaffen.
Diesem erschütternden Auftritt sollte ein noch
furchtbarerer folgen. Helene betete zum letzten
Male und kniete auf dem Sandhaufen nieder. Der
Scharfrichter rief laut, er wünschte an ihrer Stelle
zu sein. Indes ergriff er rasch das Schwert, hieb,
fehlte, und statt den Hals zu treffen, verwundete er
sie nur in der linken Schulter. Das getroffene,
blutende Mädchen fiel auf die rechte Seite. Nun
warf der Unglückliche, entsetzte Mann das Richt-
schwert von sich und bat die Umstehenden flehentlich, sie möchten ihn töten. Das Volk geriet wirklich in Aufruhr; man brüllte, schimpfte ihn und ein
Steinregen flog gegen seinen Kopf.
Des Scharfrichters Frau stand auch auf dem
Schafott. Sie hatte einen bösen Ausgang vermutet,
weil sie das innere Widerstreben kannte, mit welchem
er gerade an diese Hinrichtung ging. Sie sah, daß
es hier sich vielleicht um sein Leben, mindestens
aber um den Ruf seiner Tüchtigkeit, um sein Amt
handele. Während sie ihm mit kurzen, eindring-
lichen Worten Mut zusprach, stürzte sie auf Helene
zu, hob sie auf, überredete sie, dem Unwiderruflichen sich in Ruhe zu fügen, und brachte sie wieder
dahin, daß das unglückselige Geschöpf sich aber-

mals freiwillig nach dem Sandhaufen schleppte,
niederkniete und ihren Hals dem Schwerte darbot.
Auch dieser Auftritt sollte indes noch durch die
Folgen überboten werden. Das entsetzliche Weib
reichte ihrem Manne das Schwert wieder hin. „Nun
tu' deine Schuldigkeit!" Er nahm es, holte aus und
führte den Streich entweder mit geschlossenen Augen
oder blind vor Schreck. Er fehlte zum zweiten
Male. Von neuem Grauen und gerechter Furcht ergriffen schleuderte er das Schwert von sich und
stürzte vor dem Gebrüll des wütenden Volkes vom
Schafott herunter und in eine dicht daneben befind-
liche Kapelle. Vielleicht hätte sie ihm als Asyl gedient, wenn nicht das Volk durch die Handlungsweise
seiner Frau auf das äußerste empört gewesen wäre.
Das weibliche Ungeheuer fühlte sich dazu berufen,
das Werk, das ihrem Manne mißlungen war, aus-
zuführen. Zwar hatte sie nicht die Kraft, das Richt-
schwert zu schwingen, aber zum Tode bringen wollte
sie wenigstens das Opfer. Sie ergriff die Leine,
mit der Helene festgebunden war, und schlang sie
ihr um den Hals. Jetzt wehrte sich das arme Mädchen, sie war ja nicht zum Strange verurteilt; das
Weib schlug sie mit den Fäusten auf Nacken und
Brust, um sie zu betäuben. Fünf- bis sechsmal
versuchte sie, die Schlinge zuzuziehen, um Helene
zu erwürgen. Aber das Volk schleuderte einen
Hagel von Steinen nach ihr. Getroffen, selbst schon

blutend, halb betäubt, wollte sie doch ihr Opfer
nicht lassen. Sie schleppte das halbtote Mädchen
an ihren langen Haaren von der Stelle fort an den
anderen Rand des Schafotts. Hier zog sie eine
lange Schere aus der Tasche. Da sie den Hals
nicht abschneiden konnte, stach sie ihr damit in die
Kehle, in den Hals, ins Gesicht, und versetzte ihr
neun bis zehn Wunden.
Die Wut des Volkes war nicht mehr zu bändigen.
Sie kletterten von allen Seiten auf das Gerüst und
erstürmten das Schafott. Das gemarterte, arme
Wesen ward den Händen seiner Peinigerin ent-
rissen. Diese, von Faust- und Knittelschlägen getroffen, sank zu Boden. Man stampfte sie mit
Füßen, man warf sich auf sie und in wenigen Augenblicken war sie erschlagen. Dasselbe Schicksal traf
ihren Mann, den man aus der Kapelle hervorriß.
Auf der Stelle tödlich getroffen, stürzte er in seinem
Blute an den Stufen des Schafotts nieder.
Auch Helene Gillet ward vom Schafott herunter-
getragen — es war niemand in der Stadt, der sie
hinrichten konnte — und in den Laden eines Wund-
arztes gebracht. Er fand viele, aber keine tödlichen Wunden. Als sie wieder zum Bewußtsein
gekommen war, waren ihre ersten Worte: „Ich
wußte wohl, daß mir Gott beistehen würde.“
Alle diese Angaben sind den Akten genau entnommen. Man findet jedoch dort keine Erklärung

für die außerordentliche Angst des Scharfrichters
und für die rasende Wut seines Weibes. Ein Scharfrichter jener Zeit war oft in der Lage, Unschuldige
hinzurichten. War die Teilnahme für das arme
Opfer vielleicht schon von der Ahnung begleitet,
daß er, in ihr den Liebling des Volkes tötend, der
Rache desselben verfallen sollte? Und was machte
das Weib zur Furie und Kannibalin? Nur die
Angst, daß der Mann um Brot und Amt komme?
Menschenhaß oder die Erinnerung an ähnliche Verbrechen, die sie selbst vielleicht in ihrer Jugend begangen? Wir haben nur eine Vermutung: daß sie,
aus einem Henkergeschlecht stammend, jene kanni-
balische Wut als Familienerbteil mit auf die Welt
gebracht. Und diese Vermutung erscheint uns als
die wahrscheinlichste; nur daß dieses Henkergeschlecht ein weiter verbreitetes in jenem Lande
ist, wenn wir die Furienfamilien von der Bartholo-
mäusnacht bis zu den Tagen des Terrorismus ins
Auge fassen.

Das Volk hatte Helene freigemacht; mit tausend
Stimmen rief es, sie ist unschuldig. Die tausend
Stimmen stießen aber das einmal gefällte rechts-
kräftige Urteil nicht um. Es stand fest auf dem
Papier; das Parlament wäre nach der Strenge der
Gesetze verpflichtet gewesen, einen anderen Scharf-
richter herbeizuholen und aufs neue die Todesstrafe
an ihr vollziehen zu lassen; denn es stand geschrie-

ben: sie solle mit dem Schwerte vom Leben zum
Tode gebracht werden. Wohl herrschte im Mittel-
alter der Glaube, daß, wenn der Scharfrichter zwei-
oder dreimal Fehlschläge tue und der Verbrecher
noch lebe, das Gottesurteil über das Menschenurteil
gehe und dem Sünder sein Leben geschenkt sei; aber
kein Gesetzbuch hat diesen Glauben aufgenommen.
Noch weniger hatte das Parlament ein Recht, zu
begnadigen; der Antrag auf Gnade war damals,
wo er geschah, ein rein zufälliger.
Auch Helene Gillet hätte bluten müssen ohne das
Zusammentreffen besonders glücklicher Umstände.
Das Parlament hätte ein neues Schafott bauen, einen
neuen Scharfrichter verschreiben und das Mädchen,
nachdem sie von ihren Wunden geheilt oder vielleicht
auch nicht geheilt gewesen, hinaufführen lassen
müssen, um sie doppelt oder dreifach hinzurichten.
Aber gerade an dem Tage nach jenen Mordszenen
traten die gewöhnlichen Parlamentsferien ein. Alle
Sitzungen und Geschäfte blieben ausgesetzt, nachdem noch am Abend vorher Helene, bis auf weitere
Verordnung, der Bewachung durch einen Gerichtsdiener übergeben worden war.
Diese Zwischenzeit benutzten ihre Freunde, um ihre
Begnadigung bei Hofe zu erwirken. Es war eine
sehr günstige Zeit dazu, denn in ganz Frankreich
wurde die Vermählung der Prinzessin Henriette,
der Schwester König Ludwig XIII., mit König

Karl I. von England festlich begangen. Die Bittsteller fanden beim König Gehör. Das pikante Schicksal der armen Büßerin interessierte am Hofe, und es erfolgte im Mai 1625 nicht allein eine Begnadigung, sondern eine vollständige Annullierung des Rechtsverfahrens.

Es hieß darin: In Betracht der Schwäche und Unerfahrenheit ihres Geschlechts und Alters, in Erwägung, daß die Todesangst, welche sie erlitten, und die ihr zugefügten körperlichen Leiden die zuerkannte Todesstrafe beinahe überwogen, auch daß ihre alten Eltern, die als Leute von Ehre und guter Familie bekannt waren, wohl verdienten, mit weiterer Schande und Schmach verschont zu werden; desgleichen in Erwartung, sie werde ihr künftiges Leben mit Dank gegen Gott, Fürbitte für das Königliche Wohlsein und in Ausübung guter Werke verbringen; aus diesen Gründen und weil die Vermählung der innigstgeliebten königlichen Schwester, jetzigen Königin von England, uns besonders hoch erfreut hat, wollen wir aus königlicher Macht und Gewalt usw. besagte Helene Gillet vollkommene Begnadigung angedeihen lassen, auch die wider sie geschehene Untersuchung und das gesprochene Todesurteil für nicht geschehen und gesprochen erklären und ihre bürgerliche Ehre vollkommen wieder herstellen.

… A gostino Waldis. ⟨Capua. Mord.⟩
1875.

I.

Agostino Waldis war ein Mann von 40 Jahren,
stattlich gebaut, hübsch, blond, von gefälligen
Umgangsformen, gutmütig, ritterlichen Sinnes, dabei bescheiden und anspruchslos. Er hatte schwere
Jugendjahre hinter sich und als junger Mann sich
als Buchhalter einer Privatbank seinen Unterhalt erworben. Seine näheren Bekannten rühmten, daß er
sich von allen Ausschreitungen und Ausschweifungen
ferngehalten habe.

Dann war das Jahr 1859 gekommen und mit ihm
der Krieg. Auch Waldis befand sich unter denen,
die dem Rufe des Vaterlandes Folge leisteten
und unter die Fahnen des Königs eilten, die nach
mancherlei Zwischenfällen endlich vom Kapitol
wehen sollten. Seit dem 15. Mai Freiwilliger wurde
er am 7. Juni Sergeant, am 21. Juni Unterleutnant
bei der Infanterie und mit Dekret vom 16. April
des folgenden Jahres zu den Bersaglieri versetzt.

Waldis schien vom Glücke zu seinem Schoßkind ausersehen. Der König-Ehrenmann und sein savoy-
isches Volk begnügten sich nicht mit dem Gewinn
der Lombardei. Ihr Sinn stand nach nichts Ge-
ringerem als ganz Italien, so sehr Napoleon III.

und Österreich diesem Gedanken abgeneigt waren;
jener, weil er fürchtete, das einige Italien möchte
sich von seinem Einflusse emanzipieren; Österreich,
weil es mit Franz II. durch Bande des Blutes und
der Politik verbunden war; das noch immer kleine
Savoyen brachte zum Staunen der Welt ein mäch-
tiges Heer auf die Beine; es kam zu Aufständen,
kam zu Schlachten.
Die Kämpfe der folgenden Jahre trugen Agostino
Waldis 1866 die Kapitänsepauletten ein. Jede Be-
förderung erfolgte auf Grund besonderer Auszeichnung. Namentlich beim letzten entscheidenden
Sturme auf Gaeta am 4. November 1860 tat er sich
durch Unerschrockenheit und Tapferkeit rühmlich
hervor. Und als dieses letzte Bollwerk der Bour-
bonen auf der italienischen Halbinsel gefallen war,
holte sich Agostino Waldis im Kampfe gegen den
Brigantaggio die Tapferkeitsmedaille. Dann wid-
mete er sich in der Muße des Garnisonlebens zu
Kapua mit Eifer militärischer Studien.
Aber auch sein Herz verlangte sein Recht. Er liebte
eine junge Römerin, fand Gegenliebe und gedachte
sich mit der Geliebten durch die Bande der Ehe
für immer zu vereinigen. Nichts schien mehr zu
seinem Lebensglücke zu fehlen: hier die Aussicht
auf eine schöne militärische Laufbahn, dort die Freuden eines auf wahre Liebe gegründeten Familienlebens.

Da bricht mit einem Male ein fürchterlicher Sturm über ihn herein. Sein Herz entflammt in glühender Leidenschaft für ein schönes, junges Mädchen, das kaum die Jahre der Kindheit hinter sich hat. Er, der Vierzigjährige, liebt mit dem Feuer eines Zwanzigjährigen!

In seiner Brust war eine Liebe erwacht, die seinen sonst so klaren Verstand mit süßen Träumereien einwiegte und mit jedem Tage stärker heranwuchs, ohne daß er sich dessen klar bewußt ward. Zweifel, Eifersucht, bange Sorge scheuchten den Schlaf von seinem Lager. Zwei Bilder gaukelten vor seiner ruhelos gequälten Seele: das der fernen Braut, das der nahen Geliebten. Hundertmal stand der Unglückliche im Begriff, jener, die seiner Rückkehr mit liebender Sehnsucht entgegenharrte, alles zu gestehen, sich des schmählichsten Treubruchs anzuklagen. Aber immer gab er diesen Gedanken wieder auf. Der Mann, der so oft kaltblütig dem Tode ins Auge geblickt, konnte den traurigen Mut nicht finden, der dazu nötig war, ein treues Herz durch das Geständnis eigener Untreue zu brechen. Er ließ die Briefe unbeantwortet, in welchen die ferne Braut ihr banges Herz ausgoß, oder beantwortete sie kühl und selten. Die Ärmste hatte keine Ahnung von dem bejammernswerten Zwiespalt, der sein ganzes Wesen zerfleischte, sie quälte sich mit der Sorge, ihre Klagen um den geliebten Abwesen-

den hätten ihn verstimmt, seien ihm peinlich geworden. Und ihr eigenes Weh vergessend, gedachte
sie mit der aufopfernden Liebe des Weibes nur
seiner Unzufriedenheit. Einer ihrer Briefe läßt uns
einen Blick in ihre Seele tun. Er lautet:

„Mein geliebter Agostino!

Es sind acht Tage, daß ich unter dem Eindrucke
Deines letzten Briefes Dir schrieb. Hast Du meine
Antwort nicht erhalten oder bist Du unwillig darüber, daß ich Dir immer wieder von meiner Liebe
zu Dir spreche? Du hast recht, ich darf es nicht
mehr, ich werde es nicht mehr tun. Verzeihe mir's,
verzeihe mir's! Ach, wenn Du wüßtest, welche
Qualen ich täglich, stündlich erdulde, wie sich meine
Seele in dem Gedanken verzehrt, Du könntest eine
andere lieben, könntest ihr Deine Liebe gestehen!
Ach, wenn Du wüßtest, wie allein und unnütz ich
mich auf der Welt fühle — Du würdest mir gewiß
verzeihen, daß ich Dir mein ganzes Herz ausschütte.

Du willst mir nicht sagen, was der Grund Deiner
Traurigkeit, Deiner Trostlosigkeit? Weißt Du
nicht, daß Du gerade damit auch die meine bis zur
Unerträglichkeit steigerst? Aber in Gottes Namen!
Ich werde auch das ertragen; nur sage mir, daß
Dir kein Unheil droht; sage mir, wie es Dir geht,

sprich von Dir, ganz allein nur von Dir, aber be-
denke, daß ich nur die Wahrheit will und nichts
als die reine Wahrheit. Lebe wohl, lebe wohl, mein
Geliebter!"

Adele Ducroy war eine Schönheit ersten Ranges;
kaum 15 Jahre alt, von hohem Wuchs, schlank und
biegsam, voll kindlicher Anmut, glich sie der nur
halb erschlossenen Rosenknospe, die sich in ihrer
ganzen Pracht entfalten will.
Noch ging sie Tag für Tag zur Pension, aber wo
sie auch ging, wendeten sich ihr bewundernde und
verlangende Blicke zu. Im Süden, wo körperliche
Schönheit höher geschätzt wird als im Norden,
wurde ihr von allen Männern einstimmig der Preis
zuerkannt, und sie selbst wußte, daß sie schön war.
Halb Kind, halb Jungfrau, ließ sie sich auf ein
gefährliches Spiel ein mit dem älteren, gereiften
Manne, der, von ihrem Liebreiz bezaubert, der erste
war, der ihr seine Huldigungen darbrachte. In
jugendlicher Unbefangenheit nahm sie diese Huldigungen an und ließ es sich gefallen, daß Agostino
Waldis ihr immer feuriger und heißer seine Zuneigung zu erkennen gab.
Es schmeichelte ihr, daß der Hauptmann, der fast
ihr Vater hätte sein können, in ihren Fesseln schmach-
tete, und Agostino Waldis trank jeden Tag begieriger
von dem süßen Gifte.
19 Der Mord.

Er stammte ebenso wie die Familie Ducroy aus
Rom, war befreundet mit ihren Verwandten und
wurde von Herrn und Frau Ducroy als Hausfreund
behandelt. Er kam täglich zu ihnen, blieb oft bis
spät abends und übernachtete dann auch wohl in
dem gastlichen Hause.
Im September des Jahres 1874 wurde der Kapitän
mit seiner Truppe von Kapua nach Cassino versetzt, und die Familie Ducroy ging auf drei Wochen
ebendahin. Dort war Agostino Waldis ihr steter
Gesellschafter und Begleiter bei Ausflügen. Am
1. Dezember ward die Kompagnie wieder nach
Santa-Maria di Capua verlegt und hatte bis Ende
März daselbst zu verbleiben. Nun fand er sich
jeden Tag im Hause der Familie Ducroy ein. Herrn
Ducroy fiel das zwar auf und er sprach auch mit
seiner Frau darüber, aber er glaubte, kein sonder-
liches Gewicht darauf legen zu sollen.
Eines Abends jedoch beobachtete er, daß der
Kapitän seiner Tochter Adele einen verstohlenen
Blick zuwarf, und veranlaßte infolgedessen seine
Frau, den Schrank des Mädchens nach Briefen von
dem Kapitän zu durchsuchen. Die Mutter tat es,
während Adele in der Pensionsschule war, fand aber
nichts Verdächtiges. Erst ein paar Tage nachher
bemerkte sie in einem Stülpnapf einige Stückchen
Papier und kam aus Neugier auf den Gedanken, sie
zusammenzulesen. Gedacht, getan, und siehe da:

sie zeigten die ihr wohlbekannte Handschrift des
Kapitäns. Ein Zusammenhang war nicht heraus-
zufinden, doch hier und da ein zärtliches Wort zu
lesen.

Der Vater, sofort von der Lage der Dinge ver-
ständigt, beschloß, bei der ersten passenden Gelegenheit den Kapitän in geeigneter Weise über seine
Verirrung zur Rede zu stellen und der Sache so ein
für allemal ein Ende zu machen.

Die Mutter dagegen war anderer Ansicht. Sie
meinte, es sei nicht gut, wenn die Eltern sich ein-
mischten, sie wollten lieber der Tochter die Weisung geben, daß sie dem Kapitän erklären sollte, er
dürfe sich keiner Hoffnung hingeben. Der Vater
schloß sich dieser Meinung an, einmal, weil er die
Überzeugung gewann, die Abweisung des Kapitäns
werde so wirksamer werden, und dann, weil es ihm
widerstrebte, demselben zu gestehen, daß er den
Schrank seiner Tochter habe durchsuchen lassen.

Eines Morgens setzte sich Frau Ducroy an Adelens
Bett und fragte sie, ob sie mit niemand in Briefwechsel stehen. Adele stellte das zuerst in Abrede,
geriet aber sichtlich in Verwirrung und gestand endlich, nachdem ihr die Mutter die Bruchstücke des
Briefchens vorgezeigt hatte, daß der Kapitän an sie
geschrieben habe. Sie bekannte sodann weiter, daß
ihr der Kapitän Liebesbriefe geschrieben, um deren

19 *

Zurückgabe gebeten und daß sie dieselben zu wiederholten Malen beantwortet habe.

Frau Ducroy wies auf alle die Hindernisse hin, die der Realisierung ihrer Plänen entgegenstünden, namentlich auf die Verschiedenheit des Alters und das von dem Kapitän in Rom eingegangene Verlöbnis.

Adele konnte nicht umhin, der Mutter recht zu geben, und erhielt nun von dieser den Auftrag, mit dem Kapitän zu sprechen und ihm die Gründe auseinanderzusetzen, welche sie bestimmten, ein Verhältnis abzubrechen, welches ohne alle Hoffnung sei. Unter einem Strom von Tränen, aber schnell resigniert, versprach Adele, dem mütterlichen Auftrage nachzukommen.

Als ein paar Tage später der Kapitän wiederkam, gab Frau Ducroy ihrer Tochter Gelegenheit, mit ihm unter vier Augen zu sprechen, und hörte von einem Nebenzimmer aus die ganze Unterredung mit an, ohne befürchten zu müssen, daß ihr der Kapitän Vorwürfe über ihre Handlungsweise machte, was ihr außerordentlich unangenehm gewesen wäre. Adele entledigte sich ihres Auftrages mit einer Pünktlichkeit, welche der Mutter die Überzeugung verschaffte, daß ihre Tochter den Kapitän entweder nie wirklich geliebt, oder doch zu lieben aufgehört hatte. Der Kapitän dagegen schien vor Schmerz außer sich, er gab Adelen die bittersten Worte, nannte sie eine Kokette, die ihr Spiel mit ihm getrieben, und schwur in seiner Leidenschaftlichkeit alle Strafen des Himmels auf sie herab.

Beim nächsten Zusammentreffen mit dem Kapitän gab sich Adelens Mutter den Anschein, als ob sie von dem erwähnten Vorgange keinerlei Kenntnis habe und legte den fortgesetzten Besuchen des Kapitäns — er redete sich ein, er müsse sie fortsetzen, um keinen Verdacht zu erregen — nicht das geringste Hindernis in den Weg, denn sie war überzeugt, die kühle Art und Weise, in der ihm das Mädchen die Hoffnungslosigkeit ihrer Beziehungen auseinandergesetzt, habe ihn vollkommen zur Einsicht gebracht. Und sie und ihr Gemahl waren ja dem Kapitän so von ganzem Herzen gut, daß sie es nicht über sich bringen konnten, ihm ihr Haus zu verbieten.

So kam der Kapitän nach wie vor fast jeden Tag zu der Familie Ducroy und er verkehrte mit Adele dem Anschein nach so unbefangen, daß sich Frau Ducroy und ihr Gatte vollkommen beruhigten.

Kurze Zeit nachher verreiste der Kapitän auf drei oder vier Tage nach Rom. Nach seiner Rückkehr am 14. März zeigte er sich ebenso heiter wie zuvor, benutzte aber ein augenblickliches Zusammensein mit Adele, um dieser zuzuflüstern, er habe während seines Aufenthaltes in Rom seine alten Fesseln abgestreift. Das junge Mädchen setzte hiervon ihre Mutter in Kenntnis, diese aber befahl ihr, trotzdem ihre Briefe zurückzufordern. Der Kapitän versprach sie ihr zwar, konnte es aber nicht über sich gewinnen, sich wirklich von ihnen zu trennen.

Um die Mitte des folgenden Monats kehrte der Kapitän nach Cassino zurück und kam tags vorher, um von der Familie Ducroy Abschied zu nehmen, wobei er sich völlig ruhig und kühl benahm. Er versprach, bald etwas von sich hören zu lassen.

Kurze Zeit danach brachte Frau Ducroy in Erfahrung, daß der Kapitän mit einem Freunde ihrer Familie, einem gewissen Herrn Salvatore del Vecchio, einen Briefwechsel unterhielt. Sie und ihr Gatte waren darüber nicht wenig bestürzt, denn ihr erster Gedanke war natürlich, daß der Kapitän auf diesem Wege die abgebrochenen Beziehungen zu ihrer Tochter heimlich wieder anzuknüpfen suche. Adele aber schwur hoch und teuer, sie wisse davon nicht mehr als ihre Eltern, und versprach, daß sie jede Wiederannäherung streng zurückweisen würde. Die Eltern glaubten, daran um so weniger zweifeln zu dürfen, als Adele ihren Befehlen bis dahin mit aller Pünktlichkeit nachgekommen war.

Ein weniger von seiner Leidenschaft verblendeter Mensch hätte sich längst davon überzeugen müssen, daß die Neigung der Geliebten nichts weniger als tief ging. Niemals hätte ein von einer wirklichen Leidenschaft beherrschtes Mädchen in Adeles Alter sich in einer halben Stunde überreden lassen, daß

es besser sei, ihre Beziehungen zu dem geliebten
Manne zu lösen. Ein Mädchen, welches wirklich
liebt, hätte sich sicher nicht ohne Kampf, einem
harten, inneren Kampf entschlossen, den Ratschlägen der Mutter Folge zu leisten. Der Kapitän
aber war vollständig verblendet. Seine Liebe gehörte nicht zu jenen romantischen Neigungen, die
das Herz beim ersten Anblick mit unwiderstehlicher
Gewalt erfassen. Sie fiel nicht wie ein zündender
Blitz in sein Herz, welches ja bereits für ein anderes
Mädchen schlug, sondern der tägliche Anblick der
immer schöner aufblühenden Jungfrau drängte das
Andenken an seine Braut allmählich aus dem Herzen.
Er kämpfte anfänglich gegen die Neigung, die sich
seiner bemächtigte, aber er unterlag in dem Kampfe
und überließ sich zuletzt seiner immer heftiger auf-
tretenden Leidenschaft. Er liebte mit dem ganzen
Feuer eines Jünglings, mit der Aufregung, Unruhe
und Bangigkeit eines Herzens, das sich ungeliebt
oder doch weniger geliebt glaubt, als es selber liebt.
Und zudem wurde in der letzten Zeit auch noch seine
Eifersucht aufgestachelt.
Er hatte einen Ball besucht, weil er wußte, daß
Adele und ihre Eltern sich unter den Gästen befinden würden; dort glaubte er zu bemerken, daß
Adele dem Leutnant Gliamas zärtliche Blicke zuwarf, daß sie den Leutnant ansah, wie sie ihn selber
in den ersten Tagen ihrer Bekanntschaft angesehen

hatte. Adele suchte nicht mehr ihn mit ihren Augen, sie unterhielt sich mehr mit dem Leutnant als mit ihm, sie errötete, als dieser ihr mit leiser Stimme etwas zuflüsterte, und ihre Blicke folgten ihm, wenn er sie verließ, durch das Gedränge des Saales. Die Eifersucht sieht alles und sie sieht mehr, als was wirklich vorgeht, sie spioniert überall herum und wehe, wenn sie etwas findet oder zu finden glaubt, was ihren Verdacht nährt oder gar zur Gewißheit erhöht.

Und der Kapitän ist ein Sohn des heißen Südens, sein Blut wallt stürmisch, und er hat sich nicht daran gewöhnt, seinen Leidenschaften einen Zügel anzulegen; sein Herz zieht sich krampfhaft zusammen, weil er sich von dem heißgeliebten Mädchen aufgegeben glaubt um eines anderen willen. Es bringt ihn zum Wahnsinn, daß seine Adele in den Armen eines anderen Mannes im Wirbel des Tanzes dahinrast, daß sie freundlich auf sein Flüstern antwortet. Noch erhitzt vom Tanze verläßt sie den Saal am Arme des Leutnants und promeniert mit ihm durch die anstoßenden Zimmer. Das hält er nicht aus. Er nähert sich ihr und macht ihr Vorwürfe. Adele liebt ihn zwar nicht mehr, aber sie vermag sich doch dem Einflusse des Mannes nicht zu entziehen, dem sie einst gestanden, daß ihr Herz ihm gehöre; sie antwortet mit leise gestammelten Entschuldigungen, ihrem Munde entschlüpfen neue Versprechungen, die sie nie zu erfüllen gedenkt, die aber für den Augenblick den Zorn des Kapitäns entwaffnen sollen und wirklich entwaffnen.

Der Leutnant Gliamas hat im Hause der Familie Ducroy und — der Kapitän kann sich nicht länger mehr darüber täuschen — im Herzen Adeles dieselbe Stelle eingenommen, welche vordem er selber einnahm.

Bei jeder Gelegenheit macht der Kapitän dem noch immer geliebten Mädchen, obwohl er sich selber sagen muß, daß er kein Recht auf sie hat, Vorwürfe. Adele weist sie bald mit Kälte, bald mit aufflammender Entrüstung zurück.

Endlich ruft ihn seine Pflicht als Offizier wieder in seine Garnison nach Cassino zurück. Aber wie mit ganz anderen Gefühlen betritt er nun das Städtchen am Fuße der Apenninen, in welchem die Familie Ducroy vordem Villeggiatur gehalten hatte.

Er fühlt sich allein mit seinen zertrümmerten Hoffnungen, allein mit seiner verzehrenden Unruhe. Alles ist anders geworden. Eine Frist von ein paar Monaten hat sein Glück kommen und verschwinden sehen. Er hat die offene und freimütige Freundschaft der Ducroy verloren und sieht sich von dem veränderlichen Sinne der Tochter verlassen, um derentwillen er so heilige Verpflichtungen gebrochen.

Und er läßt das, was er verschuldet, in schmählicher Ungerechtigkeit das arme Wesen entgelten, das

seiner in Rom vergeblich harrt. Täuschung gibt er
für Täuschung, Qual für Qual, Verrat für Verrat.
Am 16. März 1874 schreibt er einen Brief, der so
lautet:

„Kapitän Waldis an Leutnant Gliamas.

Geehrter Herr!

Ich vertraue mich Ihrer Loyalität an. Es drängt
mich, Sie zu sprechen, ich muß Sie sprechen; aber
ich bitte Sie, mit niemand über das zu sprechen, was
ich Ihnen jetzt mitteile und was ich Ihnen künftig
mitteilen werde.

Ich muß Ihnen ein Geständnis ablegen. Sie ahnen
wohl, was ich meine, aber Sie können sich die Einzelheiten unmöglich vorstellen. Ich bitte Sie also,
mir so bald als möglich Tag und Stunde zu bestimmen,
wo ich Sie in Kapua sprechen kann, oder noch
besser hier in Santa-Maria. Ich käme gern zu Ihnen
ins Lager nach Brezzo, aber mein Eintreffen dort-
selbst ohne plausiblen Grund müßte notwendig Aufsehen machen.

Ich bitte Sie, meiner Bitte zu willfahren, denn es
handelt sich um eine Angelegenheit, welche für mich
von der größten Wichtigkeit und selbst für Sie, wie
ich glauben darf, von näherem Interesse ist.
Sollten Sie für unsere Unterredung Kapua vorziehen,

298

so bitte ich Ort und Stunde zu bestimmen. Wollen
Sie aber lieber nach Santa-Maria kommen, so teilen
Sie mir die Zeit und Gelegenheit mit, damit ich
Ihnen entgegenkommen kann.

Schließlich bin ich mehr als sicher darüber, daß das
Vertrauen, das ich in einen Offizier setze, nicht getäuscht wird, daß Sie mir die Bitte nicht abschlagen,
die ich an Sie gestellt und daß Sie keiner lebenden
Seele mitteilen, was jetzt unter uns vorgeht und
künftig vorgehen wird.

Ihrer baldigst gefälligen Antwort entgegensehend,
bin ich mit dem Ausdruck vollkommener Hochachtung usw."

Der Kapitän hatte mit der Unbesonnenheit eines
Knaben oder besser gesagt eines bis zur Tollheit
Verliebten seine Liebe gerade dem anvertraut, in
welchem er nicht ohne Grund seinen bevorzugten
Nebenbuhler sah und gehofft, es werde ihm gelingen,
ihn dazu zu bestimmen, daß er sich von einem Mädchen zurückziehe, das er selber liebte und von dem
er sich noch heute geliebt glaubte, weil es ihm in
der leidenschaftlichen Aufregung des Augenblicks
das süße, aber auch so trügerische Wort zugeflüstert
hatte: „Ich liebe dich!"

Der Kapitän war von Sinnen. Hundertmal hatte er
Adele beschworen, mit dem Leutnant nicht mehr zu
sprechen, nicht mehr an das Fenster zu kommen,

von dem man zu denen des Leutnants hinübersah,
nicht mehr mit ihm zu tanzen. Und Adele hatte immer
wieder mit dem Leutnant gesprochen, war immer
wieder an ihr den seinen gegenüberliegendes Fenster
gekommen, hatte immer wieder mit ihm getanzt. Der
Kapitän aber hoffte trotzdem, bis er im März einen
Brief von Adele erhielt, worin sie ihm, von seinen
bittern Vorwürfen gereizt, mit kurzen Worten sagte:
„Sie sei sich keiner Verpflichtung ihm gegenüber
bewußt."
Waldis und Gliamas hatten in Kapua eine Zusammenkunft.
Der Kapitän stand dem Leutnant kaum gegenüber,
als er auch schon, von seiner unseligen Leidenschaft
verblendet, die Frage an ihn richtete, ob er Adele
liebe, ob es ihm ein großes Opfer kosten würde,
auf sie zu verzichten.
Der Leutnant, so befragt, hatte sofort begriffen, in
welch heikler Lage er sich befinde und welche Verantwortung er möglicherweise auf sich nehmen könnte.
Er war sich vollkommen klar darüber, daß er als
Mann von Ehre die Verpflichtung hatte, Adele zu
seiner Frau zu machen, sobald er zugab, daß er sie
liebe. Denn Adele war aus geachteter Familie und
selber unbescholten. Darum erklärte er dem Kapitän offen, er sei dem Mädchen warm zugetan und
habe manches Wort mit ihr gesprochen, welches
ihm seine Zuneigung eingegeben; er habe aber auf

sie verzichtet und sie seien durch nichts gebunden. Gleichwohl beruhigte diese offene Erklärung des Leutnants den Kapitän nicht. Mit jener Unbeständigkeit der Empfindungen, welche seine beklagenswerte Gemütsstimmung kennzeichnete, sprang er von Bitten zu Drohungen über und rief ihm mit bebender Stimme zu: „Sagen Sie mir die reine Wahrheit! Haben Sie irgend Hoffnungen auf Adele gesetzt, so muß einer von uns beiden aus der Welt!“

Der junge Leutnant, der eine schöne Laufbahn vor sich hat und eine Mutter besitzt, an der er mit treuer Liebe hängt, bewahrt seine volle Ruhe:

„Aber mein lieber Herr Kapitän, warum soll ich Sie aus der Welt schaffen oder mich von Ihnen aus der Welt schaffen lassen, während ich gar nicht an Adele denke? Zudem gebe ich Ihnen hiermit mein Wort, daß, wenigstens soweit es mich angeht, zwischen Adele und mir keine Beziehungen bestehen und auch künftig nicht bestehen werden.“

Die Worte des Leutnants träufelten wie Balsam in die wunde Seele des Kapitäns.
Aber die Besonnenheit des jungen Leutnants macht ihm auch seine eigene Torheit klar. Er schämt sich der kläglichen Rolle, die er, der ältere Mann, seinem jüngern Kameraden gegenüber gespielt hat. Er gäbe viel darum, wenn er den Leutnant nicht in sein Geheimnis eingeweiht hätte und will seinen Verstoß, so-

weit es überhaupt noch möglich, wieder gutmachen.
Darum schreibt er ihm:

„Mein lieber Leutnant!

Ich verbrenne meine Schiffe, lasse das Feld frei
und ziehe mich vollständig zurück.

Sie haben mich mit Ihrer edeln Handlungsweise dazu
gebracht, daß ich lebhaften Anteil an Ihnen nehme.
Überhaupt habe ich mich entschieden, habe einen
energischen Entschluß gefaßt und mir gesagt, daß
es ungeheuere Tollheit ist, sie noch länger so zu
lieben, wie ich sie liebe. Ja, noch mehr, ich sehe
ein, daß es unter meiner Würde steht. Es muß
damit ein Ende werden. Das wird freilich für den
Anfang schwer genug sein; ich leide viel, aber mit
der Zeit vergißt man alles auf der Welt. Ich darf
eben nicht daran denken.

Bleiben Sie gesund, mein lieber Leutnant, seien Sie
mir gut und halten Sie sich von meiner Hochachtung
für Sie überzeugt.

Waldis.“

In diesem Augenblicke hatte bei dem Kapitän die
Besonnenheit über die Leidenschaft, der Kopf über
das Herz die Oberhand gewonnen; er war entschlossen, seinem Vorsatze getreu zu bleiben und zu
verzichten.

302

Aber kaum hat er getan, wozu er all seines Mutes
bedurfte, als es ihn auch schon wieder reut. Er
hat an seinen Fesseln nur gerüttelt, um sich zu überzeugen, daß er dieselben nicht lösen kann. Jeder
Tag bringt neue Unruhe, neuen Jammer, neue Qualen.
Der Kapitän nimmt in seinem dritten Briefe an den
Leutnant alles zurück, was er im zweiten gesagt, und
der junge Mann, der Mitleid empfindet, läßt sich
auch dies gefallen. Vielleicht kostet es ihm kein
großes Opfer, auf Adele zu verzichten. Aber wie
dem auch sein mag, er hält sein Versprechen mit
einer Festigkeit und Ausdauer, die alle Achtung verdient.
Gleichwohl verzehrt sich Waldis seinerseits in Liebe
und Eifersucht; seine Leidenschaft grenzt an Verzweiflung.
Was hat es ihn gekostet, Adele einen ganzen Monat
hindurch nicht zu sehen! Welchen Groll trägt er
im Herzen, welche Wut entflammt ihn, als in einer
Gesellschaft Adele und der Leutnant als ein Liebes-
paar bezeichnet werden! Es war eine nur geringe
Beruhigung, als er im Verlaufe des Gesprächs die
Überzeugung gewann, daß von der Vergangenheit die
Rede gewesen und von einem jetzt noch bestehenden
Verhältnis keine Rede mehr ist. Selbst sein Zu-
sammentreffen mit Gliamas kann seine Zweifel nur
vorübergehend beseitigen.
Zwischen Furcht und Hoffnung hin und her ge-

rissen, hält er es für möglich, das Mädchen wieder
zu sich herüberzuziehen und ihre Liebe wieder-
zugewinnen, wenn er sie überzeugt, daß er ihr zuliebe jene älteren Bande, die ihn an seine Braut in
Rom knüpfen, völlig zerrissen habe.
Er übergibt Herrn Del Vecchio, dem Hausfreunde
der Familie Ducroy, ein Päckchen Briefe und andere
Papiere, aus denen mit Gewißheit zu ersehen ist,
daß er seine alten Beziehungen in Rom gelöst hat.
Dabei liegt ein Brief von seiner eigenen Hand an
Adele, in welchem er sie um ihre Liebe von neuem
anfleht. Del Vecchio soll dem Mädchen die Briefe
zustellen. Adele aber weigert sich, die Papiere
anzunehmen und erklärt dem Herrn Del Vecchio,
wenn er nochmals auf diesen Gegenstand zurückkäme, sähe sie sich gezwungen, ihre Mutter davon in
Kenntnis zu setzen. Unter diesen Umständen hält es
Del Vecchio für angemessen, selber mit Adeles
Mutter zu sprechen und ihr die ganze Sache auseinanderzusetzen. Frau Ducroy ersucht den erprobten
Freund, dem Kapitän in ihrem Namen kategorisch
zu erklären, man könne von dem einmal gefaßten
und wohlbegründeten Entschlusse nicht mehr ab-
gehen, und er würde guttun, wenn er die Beziehungen
zu seiner verlassenen Braut in Rom wieder anzuknüpfen versuche.
Del Vecchio gibt dem Kapitän über sein verunglück-
tes Unternehmen in folgendem Briefe Nachricht:

Endlich gelang es mir, Adele unter vier Augen zu
sprechen. Infolge dieser Unterredung hatte ich sofort eine zweite mit ihrer Mutter, welche über eine
Stunde dauerte. Ich kann Dir unmöglich alles schreiben, was bei dieser Gelegenheit gesprochen wurde.
Das kann ich Dir aber mitteilen, daß Dir Mutter
und Tochter sagen, Du solltest doch ein wenig Vernunft annehmen. In ein paar Tagen wirst Du auch
das mir übergebene Päckchen wieder in Händen
haben, vielleicht mit einigen Zeilen von der Hand
Adeles selber, die wohl darauf dringen werden, Du
mögest zu Deiner armen, verlassenen Braut zurückkehren.

Dein

Del Vecchio."

Die Wirkung dieses so wohlgemeinten Briefes auf
den Kapitän war eine ganz unerhörte. Der Unglückliche schien völlig von Sinnen, und ihm Näherstehende
fürchteten stündlich den Ausbruch förmlicher Raserei. Tagelang strich er auf den Feldern herum, das
Haupt gesenkt, dann und wann mit den Händen ge-
stikulierend. Über Tisch starrt er oft minutenlang
auf einen Fleck, den Bissen im Munde, schlug sich
mit beiden Händen vor die Stirn, senkte den Kopf,
warf denselben dann plötzlich zurück und verschlang,
was vor ihm stand, mit der Gier eines Verhungern-
den. Als sich um dieselbe Zeit ein Husten einstellte,

stieß er sich mit beiden Fäusten gleich einem Rasenden auf die Brust.

Im Monat Mai nahmen diese leidenschaftlichen Ausbrüche eines tiefen Seelenkonfliktes noch an Heftigkeit zu, ohne daß der Kapitän mit jemand darüber sprach.

Eines Tages ersuchte er den Leutnant Sebastiano Constantini, ihm seinen kleinen Revolver zu leihen, um, wie er angab, sich damit im Schießen auf die Scheibe zu üben, was er jeden Tag zu tun pflegte. Seine Kameraden vermuteten, daß es sich um ein bevorstehendes Duell handle, und das um so mehr, als man davon munkelte, der Kapitän habe sich in Rom verlobt. Constantini erklärte im Hinblick auf des Kapitäns eigentümliches Wesen, er habe den Lauf seines Revolvers abgeschraubt und ihn irgendwo in seiner Wohnung verlegt. Nun wollte der Kapitän wissen, ob die Triebkraft der kleinen Waffe hinreiche, eine Kugel in einen Tisch oder einen Schrank zu jagen.

So kam das Ende des Monats Mai heran. Am 25. Mai teilte der Kapitän dem Leutnant Constantini mit, er müsse die kommende Nacht verreisen. Käme er bis nächsten Donnerstag nicht zurück, so möchte der Leutnant einen Pack Schriften, die der Kapitän mitbrachte und auf den Kamin legte, zur Post geben. Dadurch ward Constantini in seiner Vermutung bezüglich des Duells noch mehr bestärkt und empfahl dem Kapitän deshalb, die Sache in der üblichen Weise abzumachen und seine Stellung als Offizier nicht zu komprimittieren. Übrigens möge er ihm jedenfalls ein Telegramm zugehen lassen, welches ihm den Ausgang der Angelegenheit bekanntgebe.

Als der Kapitän weggegangen war, sah der Leutnant, daß der erwähnte Pack aus Briefen bestand, die an den Obersten Rabaudi, den Kapitän Casati und an Frau Ducroy adressiert waren.

Wie sich später zeigte, enthielt der Brief an seinen Obersten eine Reihe von Widersprüchen, aus denen nur das eine mit Sicherheit zu entnehmen war, daß sich der Kapitän mit verzweifelten Schritten trug, welche auf einen Selbstmord hinauszulaufen schienen. Weiter berichtigte der Kapitän die Rechnungen seiner Kompagnie, verfügte, es sollten alle seine Kleidungsstücke verkauft und mit dem Erlöse daraus ein Darlehen von 60 Frank, welches er von der Regimentskasse erhalten, getilgt werden.

In seinem Briefe an Frau Ducroy machte er dieser die bittersten Vorwürfe, daß sie das Herz ihrer Tochter ihm abgewendet.

Der Brief an den Kapitän Casati endlich ließ kaum mehr einen Zweifel daran aufkommen, daß Waldis sich töten wollte.

Dennoch schien nochmals ein rettender Stern an seinem Himmel aufzugehen. Er suchte nämlich

20*

unterwegs den Leutnant Gliamas auf, und die Versicherungen, die dieser ihm gab, richteten den Unglücklichen noch einmal auf. Er verließ Kapua mit
erleichtertem Herzen und kehrte mit neuen, wie
es schien, diesmal unerschütterlichen und bessern
Vorsätzen nach Neapel zurück.
Sein erster Gang war zu seinem Freunde und Verwandten Accarise. Ihm schüttete er sein Herz aus.
Er erzählte ihm von seiner unseligen Leidenschaft,
von seiner Verwirrung und seinem verzweifelten
Vorhaben. Der Freund tröstete und ermahnte ihn.
Er erinnerte ihn an die Pflichten gegen sein Vaterland, gegen seine Mutter und seine Braut in Rom.
Das gute Wort schien eine gute Statt zu finden.
Das Wesen des Kapitäns war plötzlich wie verwandelt: er besuchte Gesellschaften, Theater und was
ihm sonst Zerstreuung und Ermüdung und Vergessen
bieten konnte.
Vielleicht war es ihm gelungen, sich selbst zu be-
trügen. Vielleicht hatte er sich vorgenommen, den,
wie er sich selber sagen mußte, guten Ratschlägen
seines alten Freundes zu folgen, nach Rom zu gehen,
seine Mutter zu sprechen und die verlassene Braut
um Verzeihung zu bitten. Er weiß es, sie, die so viel
geliebt und gelitten, sie wird ihm verzeihen. Die
Liebe ist großmütig, und Leiden versteht zu würdigen, wer selbst gelitten.
Ein anderer, als er gewesen, geht Waldis nach Cas-

sino zurück. Cancello passierend, fällt ihm ein, Gliamas zu besuchen. Er schlägt den Weg nach Nola
ein, verfehlt aber den Leutnant, der eben abwesend
ist. Er kehrt nach Cancello zurück und telegraphiert
ihm, er möge um $6^1/_2$ Uhr abends des nämlichen
Tages zu ihm kommen. Der Leutnant findet sich
in der Tat pünktlich ein.
Sobald der Kapitän seines Rivalen ansichtig wird,
erfaßt die eifersüchtige Wut seine Seele von neuem.
Nur die ruhige, besonnene und überzeugende Sprache
des Leutnants gibt ihm die Ruhe wieder. Er ermannt
sich noch einmal, wiederholt sich im stillen alle seine
guten Vorsätze und trifft dann in Cassino mit Constantini zusammen, der ihn in schwerer Sorge erwartet und ihm Glück wünscht, daß die Sache für
ihn so günstig abgelaufen sei und er seine vorige Ruhe
wiedergewonnen habe.
Aber die Ruhe täuscht; es ist eine Ruhe, die durch
ein Nichts sofort gestört werden kann.
Am 27. Mai 1874 schreibt er an Frau Luigia Ducroy:

„Nach drei langen Monaten voll der schrecklichsten
Seelenqualen fühle ich mich heute ein wenig beruhigter, nicht viel, und überdenke das Leben dieser qualvollen Zeit. Tag für Tag, Stunde für Stunde ohne
Unterbrechung von einem unerträglichen Schmerz
gefoltert, hatte ich Augenblicke, glauben Sie mir,
Augenblicke, in denen ich alle Besinnung verloren

hatte. In solchen Momenten beging ich dann unverzeihliche Torheiten, fühlte ich das unwiderstehliche Bedürfnis, mich jemand anzuvertrauen, mir Rat zu holen und tat manches Unrecht, das ich nun tief bereue.

Sie aber, Signora Luigia, deren Herzensgüte und Verstand ich kennen zu lernen mehr als eine Gelegenheit gehabt, Sie mögen sich der Worte Manzonis erinnern:

Inesausta di cianoie è la sventura!

(Unerschöpflich an Qualen ist das Unglück.) Und ich versichere, ich habe so viele erduldet, so viele, daß niemand es glaubte, wenn ich sie schildern könnte. Welch entsetzliche Tage habe ich hier in Cassino erlebt, eingedenk so vieler schöner!

Es ist ein wahres Wunder zu nennen, ja, in der Tat ein Wunder, daß ich nicht zum Äußersten schritt. Wußte ich doch oft zwei, drei Tage lang nichts von alledem, was um mich vorging, und verrannte mich in einen Gedanken, der, wie es scheint, wenigstens diesmal seine Macht verloren hat. Nun ist die Zeit dieser schweren Prüfungen vorüber, und ich werde suchen, ob ich sie nicht vergessen kann. Nie aber werde ich vergessen, daß ich schweres Unrecht beging, indem ich mein Geheimnis nicht für mich behielt und Ihnen, der ich für so viele Güte zu danken habe, nicht Unannehmlichkeiten ersparte. Ich bedauere es lebhaft und bitte Sie um Verzeihung.

In der ganzen Angelegenheit habe ich, Gott ist mein Zeuge, und Ihre Tochter kann es mir bestätigen, als ein Mann von Ehre gehandelt. Es ist wahr, ich konnte meiner Leidenschaft nicht Herr werden, aber wer sagen kann, er hätte es an meiner Stelle besser gemacht, werfe einen Stein nach mir!
Verzeihen Sie mir also, was ich Ihnen Übles zugefügt? Werden Sie mir — natürlich nur dann und wann — wieder die Hand drücken wie vordem? O, sagen Sie: Ja!
Ich meinesteils aber werde mich damit begnügen müssen, ein Leben zu leben, das mir nicnts mehr bietet, als ein trauriges und hoffnungsloses Morgen.“

Frau Ducroy ließ sich durch diesen Brief keineswegs zu einer andern Anschauung der Sachlage bekehren, sei es, weil sie glaubte, erst die Zeit werde auch hier ihre Heilkraft üben, sei es, weil sie in der Schreibweise des Hauptmanns etwas fand, was sie an den Stil eines Briefstellers mahnte und deshalb verstimmte. Und es läßt sich nicht in Abrede stellen, daß ihre Anschauung manches für sich hatte. Belog Waldis nicht andere und sich selber, so befand er sich in einem Zustande der Agonie, so waren seine Worte die eines Mannes, der fühlt, daß es um seinen Verstand geschehen ist.
Indem er von seinen guten Vorsätzen sprach, wollte er sich selber glauben machen, es werde ihm ge-

lingen, sie zu halten. Indem er von seiner Stärke
sprach, glaubte er für den Augenblick selber, er
besitze sie. So glich er einem Menschen, der sich
im Dunkeln fürchtet und dabei singt und pfeift. Er
sah die Gefahr vor sich und fühlte, daß er ihr nicht
entgehen könne, aber er besaß gleichwohl nicht den
Mut, ihr ins Gesicht zu schauen.
Und zu alledem Gliamas, der Kapua verlassen sollte
und noch immer zögerte!
O dieser hübsche, junge Mann mit seinen 25 Jahren
und seinem einnehmenden Wesen! Mußte Adele
nicht bei seinem Anblicke ihr Herz zu ihm hingezogen
fühlen und ihm zuliebe eine kindische Leidenschaft
opfern?
Aber hatte ihm Gliamas nicht sein Wort dafür verpfändet, daß er sich mit Adele nie auf eine zärtliche
Korrespondenz einlassen werde? Hatte er ihm das
nicht förmlich zugeschworen?
Allerdings; aber der Verstand mag schwören, was
er will, das Herz hält sich nicht an unüberlegte Ver-
heißungen des Verstandes. Und dann: würde sich
Gliamas schließlich durch ein Versprechen gebunden
erachten, das er offenbar nur gegeben hatte, um
einen Mann zu beruhigen, den er dem Wahnsinn
nahe gesehen? Und darf man den Wortbruch eines
Liebenden nach dem gewöhnlichen Maßstab messen?
Die Leidenschaft betäubt das Gewissen: raubt doch
der leidenschaftlich liebende Freund dem Freunde

312

das Herz der Gattin! Warum sollte der Leutnant
Gliamas nicht heimlicherweise ein Liebesverhältnis
unterhalten mit einem wunderschönen Mädchen, das
ihn wieder liebt, während sie nicht mehr an Waldis
denkt? Sie hat ihn ja zudem zurückgewiesen, und
er selbst hat versprochen, auf sie zu verzichten, um
so mehr, als er im Begriff steht, nach Rom zu gehen
und sich dort mit einer anderen zu verbinden.
Mit solchen und ähnlichen Gedanken quälte sich der
arme Kapitän, als ihm der unglückselige Freund, der
ihm von Zeit zu Zeit aus Kapua schreibt, wie es im
Hause der Familie Ducroy geht, mitteilt, die Beziehungen Adeles und des Leutnants zueinander dau-
erten fort, und die Familie werde am 21. Juni zum
Leutnant nach Nola hinauskommen, um dem Feste
des Schutzpatrons der Stadt anzuwohnen.
Diese Nachricht ward zum Funken, der die Explo-
sion der Mine herbeiführte. Der Zorn gewann die
Oberhand über jede Rücksicht und trieb den Kapitän
dazu, sich nochmals mit einem Briefe an den Leutnant zu wenden. Derselbe lautete:
„Eins kann ich nicht begreifen und finde es nach
den Zusicherungen, die ich von Ihnen erhalten und
nach den Geständnissen, die ich Ihnen gemacht, geradezu unglaublich: ich habe nämlich in Erfahrung
gebracht, daß Sie die Familie Ducroy und folglich
auch Adele dazu zu veranlassen suchen, zum Fest
vom 21. Juni nach Nola zu kommen.

Ist dem wirklich so? Wollen Sie es darauf ankommen lassen, wollen Sie die Verantwortung für alles übernehmen, was infolgedessen sich ereignen könnte? Schenken Sie mir um Gottes willen reinen Wein ein! Unter allen Umständen aber muß ich Sie am 21. Juni sprechen."

Während diese Nachricht den armen Kapitän wieder ganz außer Rand und Band brachte, handelte es sich in der Tat um nichts weiter als eine Artigkeit der Frau Gliamas, der Mutter des Leutnants, welche in Nola wohnte und der Frau Ducroy und ihren Angehörigen anbot, sie möchten sich die wenigen Stunden, welche das Fest dauerte, des bei ihrer Wohnung befindlichen Balkons bedienen.

Auf den herausfordernden und drohenden Brief des Kapitäns antwortete der Leutnant in offener und ernster Weise, so daß dieser sein Unrecht einsah und sich in einem weiteren Briefe an diesen wegen seiner Leidenschaftlichkeit entschuldigte. Er schrieb ihm nämlich:

„Ich danke Ihnen für Ihre ebenso freimütige als loyale Erklärung und drücke Ihnen gleichzeitig mein Bedauern darüber aus, daß ich mich in so rücksichtsloser Weise Ihnen gegenüber ausgesprochen. Wenn ich mich aber entschlossen hatte, in solcher Weise an Sie zu schreiben, so war das nicht wegen der Ein-

ladung allein geschehen, sondern auch deshalb, weil
ich gefürchtet hatte, daß von dem, was ich Ihnen anvertraut, das eine und andere unter die Leute gekommen. Freilich könnte ich mich darüber im Grunde
gar nicht so sehr beklagen. In der Tat würde ich
mich, wenn es mir je gelänge, wieder Ruhe und Besinnung zu finden, welche mir dermalen völlig ab-
handen gekommen sind, beim Gedanken an meine
Handlungsweise eines tief schmerzlichen Gefühles
nicht erwehren können.
Habe ich je einmal diese Zeit unsäglicher Schmerzen
hinter mir, so wird eine andere kommen voll von
Klagen, und ich besitze den Mut, Ihnen das zu sagen,
schamrot über die zahllosen Torheiten, die ich jetzt
begehe, die ich als solche erkenne und die ich gleichwohl immer wieder begehe.
Aber wer meine Lage unbefangen ins Auge faßt, wer
ein Herz im Leibe trägt, der kann unmöglich, bloß
um des wohlfeilen Vergnügens halber, mich auszu-
lachen, Dinge, die er geheimzuhalten sein Wort gab,
auf offenem Markte auszuplaudern.
Freilich bin ich für meinen Teil außerstande, mir
klarzumachen, wie das, was ich Ihnen anvertraute,
unter die Leute gekommen sein kann. Haben Sie
mit Adele, haben Sie mit irgendeinem ihrer Angehörigen darüber gesprochen?
Ich will mich der Hoffnung hingeben, daß nicht
Sie die Schuld tragen, sondern ein außer meiner Be-

rechnung liegendes Zusammentreffen mir unbekannter Umstände solches herbeiführte!

Doch genug davon! Ich beschwöre Sie noch einmal, über alles unverbrüchliches Stillschweigen zu bewahren, was Ihnen bekannt wurde und was ich Ihnen in furchtbarster Aufregung und, ich möchte sagen, unter dem Zwange einer wahren Behexung selber mitzuteilen die Ungeschicklichkeit beging."

Der günstige Eindruck, den der obenerwähnte Brief des Leutnants auf den Kapitän hervorgebracht hatte, dauerte leider nur kurze Zeit. Alsbald schlugen die trüben Wogen unlösbarer Gegensätze wieder über des Unglücklichen Haupt zusammen.

Wenige Tage später schilderte er seine damalige Gemütsstimmung mit nachstehenden Worten:

„Die Wut meiner blutigen Gedanken wuchs mit jedem neuen Gedanken, so daß ich glaubte, es sei nun der Zeitpunkt gekommen, an dem ich mich und sie töten müßte. Gleichwohl schwankte ich bis zum Morgen des 4. Juni. An diesem Tage trat eine Gegenströmung ein, und ich dachte vormittags in allem Ernste daran, mich noch selben Tages nach Rom zu begeben. Aber schon gegen mittag änderte ich mein Vorhaben und kehrte zu meinem früheren Plane zurück. Um 1 Uhr mittags stand mein Entschluß fest, und ich löste ein Eisenbahnbillett nach Kapua."

Um 4 Uhr nachmittags traf Waldis in Zivilkleidung auf dem Bahnhofe zu Kapua ein und begab sich sofort zum Kapitän Lami. Derselbe nahm wahr, daß sein Kamerad in ungeheurer Aufregung und sein Puls fieberhaft beschleunigt war. Dazu sprach er nur von seiner unglücklichen Liebe. Nach längerem Aufenthalte bei seinem Freunde ging Waldis zur Signora Cicconi, der Gattin eines Eisenbahnbeamten, der ebenfalls seine tiefe Melancholie und Aufregung nicht entging.

Gegen 6 Uhr begab er sich in die Trattorie Zum goldenen Löwen, wo er mit den Kapitänen Dentone, Becchis und Bassi zusammentraf. Sie luden ihn ein, mit ihnen zu essen, aber er lehnte es ab und trank nur ein Glas Wasser, in welches er ein paar Tropfen Rotwein gegossen hatte.

Eine Stunde später verließ er die Trattorie, um ins Kasino hinüberzugehen, von wo aus er wiederholt nach dem Balkon der Wohnung der Familie Ducroy hinüberschaute. Dann begab er sich in die Trattorie Majale und ließ sich dort einen Teller Suppe geben, den er aber infolge seiner hochgradigen Aufregung unberührt stehen ließ.

Vom Fenster dieses Lokales sah er Adele die Straße vorüberkommen und stürzte sofort hinaus und ihr nach.

Unmittelbar darauf vernahmen die Umwohnenden

einen Revolverschuß und dann nach ein paar Sekunden drei weitere Schüsse. Den ersten Schuß hatte der Kapitän, die Waffe mit beiden Händen haltend, um ja sein Opfer nicht zu fehlen, auf Adele von hinten abgegeben und ihr den Schädel zerschmettert, dann hatte er die übrigen Schüsse auf sich selbst gerichtet. Zwei Kugeln gingen vorbei, die dritte drang bis zum Schädelknochen ein, nachdem sie von der Schläfe gegen den behaarten Teil des Kopfes abgeglitten war, und blieb dort stecken. Adele Ducroy lag tot mit zerschmettertem Kopfe auf der Straße und neben ihr der Kapitän Waldis bewußtlos in seinem Blute.

Am frühen Morgen des 4. März 1875 waren alle Zugänge zum Justizpalast von Santa-Maria di Capua Vetere von Neugierigen besetzt, welche den Equipagen entgegensahen, in denen die Mitglieder des Gerichtshofes, die Geschworenen und der Angeklagte, Kapitän Waldis, ankommen mußten. Zahlreiche Polizeimaßregeln wiesen darauf hin, wieviel den Behörden an strenger Aufrechterhaltung der öffentlichen Ruhe und Ordnung gelegen war.

Starke Kavallerie-, Karabinieri- und Nationalgardeabteilungen besetzten unter dem Kommando von Offizieren die Treppen, Gänge und Türen des Justizpalastes, um den Eintritt des Publikums zu regeln. Auf den reservierten Plätzen hatten sich

alle Honoratioren der Provinz Terra di Lavoro zu-
sammengefunden, und noch größer war der Zudrang
des Publikums in den gewöhnlichen Zuhörerraum.
Zahlreiche Artillerie- und namentlich Bersaglieri-
offiziere in voller Uniform standen in Gruppen
beisammen, unter ihnen mehrere Militärärzte.
Mehrere berühmte Advokaten des Landes hatten
Waldis ihre Dienste zu seiner Verteidigung angeboten, er aber hatte nur mit Mühe dazu bewogen
werden können, den Beistand zweier von ihnen anzunehmen.
Die Geschworenen nahmen Platz, man bemerkte, daß
es meist Männer von reiferem Alter waren.
Mit dem Glockenschlage 10 Uhr trat Waldis in den
für die Angeklagten bestimmten, mit einem Eisen-
gitter umgebenen Raum. Er trug Zivilkleider. Der
eine seiner Verteidiger hatte gewünscht, er solle in
seiner Uniform erscheinen, Waldis aber antwortete,
er wolle das Kleid, welches er auf den Schlacht-
feldern getragen, nicht schänden, indem er es auf
der Anklagebank trage. Er schien ungemein ergriffen, sein Blick war verstört. Aber trotz der
furchtbaren Anklage, die über seinem Haupte
schwebte, verleugnete er doch in keiner Bewegung
seinen militärischen Anstand.
Nachdem der Schwurgerichtspräsident die Geschworenen vereidigt, die auf Mord lautende Anklageakte
hatte verlesen lassen und die übrigen Förmlichkeiten

erfüllt waren, forderte er den Kapitän Waldis auf,
die der Anklage zugrunde liegende Tatsache zu erzählen, und Waldis kam dieser Aufforderung, ohne
irgendeinen Versuch, seine Tat zu beschönigen, nach.
Dabei sprach er von der verstorbenen Adele Ducroy
und ihrer Familie mit der größten Hochachtung.
Der erste Zeuge, der in den Saal geführt wurde,
war Vincenzo Ducroy, der Vater der Ermordeten,
ein Mann von imponierender Gestalt, die durch die
Trauerkleidung noch mehr gehoben wurde. Jede
Miene und jede Bewegung sprach von tiefem Seelen-
schmerze.
Ducroy bezog sich auf seine Aussage in der Voruntersuchung und betonte nur, daß er es gewesen,
der Verdacht geschöpft, zwischen seiner Tochter
und dem Kapitän bestehe ein Liebesverhältnis, und
daß er seine Frau aufgefordert, demselben ein Ende
zu machen, weil der Altersunterschied ein zu großer,
seine Tochter nicht wohlhabend genug und Waldis
bereits verlobt gewesen sei. Seine arme Tochter
habe seiner Ansicht nach das Verhältnis mit Waldis
nicht wegen einer neuen Neigung zu dem Leutnant
Gliamas, sondern aus kindlichem Gehorsam gelöst.
Nach Herrn Ducroy ward seine Gattin vernommen.
Ihr Erscheinen brachte auf das Publikum den tiefsten
Eindruck hervor. Sie schwankte, ganz von Schmerz
gebrochen, wie sie war, mehr als sie ging, von ihrem
Gatten unterstützt, zur Zeugenbank hin, auf die sie

sich mit seiner Hilfe niederließ. Anfänglich längere Zeit außerstande, zu sprechen, erzählte sie dann mit von Tränen erstickter Stimme, wie sie mit Waldis, der, wie sie selber, aus Rom gebürtig, bekannt geworden seien, wie ihr Mann und sie hinter das Liebesverhältnis ihrer Tochter mit dem Kapitän gekommen, wie sie deren Briefwechsel entdeckt und Adele von der Notwendigkeit überzeugt, demselben ein Ende zu machen, wie sie am 7. März Adele beauftragt habe, die Sache mit Waldis zum Bruche zu bringen, wie sie an der Tür des Nebenzimmers gehorcht habe und wie der Kapitän dabei ihrer Tochter vorgeworfen, sie werde ihm wegen einer neuen Liebe untreu. Als der Kapitän nach Cassino versetzt worden, habe sie sich dem Vertrauen hingegeben, die Sache sei nun zu Ende, bis Del Vecchio ihr den Pack Briefe gebracht, die ihre Tochter nicht angenommen. Aber auch dann habe sie sich wiederum beruhigen lassen durch den Brief des Kapitäns vom 27. Mai, worin dieser ihr versichert habe, er sei von jedem Liebesgedanken zurückgekommen und wünsche nur Fortsetzung der freundschaftlichen Beziehungen zwischen ihm und ihrer Familie. Und dann erzählte die arme Mutter, wie sie die Schüsse gehört und ihre unglückliche Tochter blutend habe niederstürzen sehen. Sie sei auf die Straße herab- und dem Mörder nachgeeilt und habe ihn in dem Augenblicke eingeholt, als er selber zu Boden sank.

21 Der Mord.

Auf Vorhalt des Staatsanwalts gab Signora Ducroy zu, ein paar Bersaglieri, die herbeigelaufen, hätten sie gefragt, ob sie den Mörder kenne, und sie habe ihnen geantwortet: „Ich habe ihn erkannt, aber sein Name wird nie über meine Lippen kommen." Als der Staatsanwalt wissen wollte, was sie damit habe sagen wollen, meinte sie, es sei unendlich schwer, sich darüber Rechenschaft zu geben, was damals in ihrer Seele vorgegangen, übrigens habe sie den Kapitän nicht für tot gehalten.

Nach Frau Ducroy wurde der Zeuge Artillerieoberst Dho vernommen. Er wußte anfänglich über die Liebesangelegenheiten des Kapitäns nichts und erfuhr davon erst, als ihn der Bersaglierioberst Cavaliere Robandi und die Bersaglierimajore Avogrado und Bosco einluden, an dem Vorlesen aller von Waldis an Robandi übersendeten Briefe teilzunehmen. Zeuge teilte diese Briefe in drei Gruppen. Die erste enthielt die Briefe der Verlobten des Kapitäns, die zweite die Liebesbriefe Adeles, meist auf Blätter von Schulheften geschrieben, die dritte die Briefe an Freunde und Verwandte und an Signora Ducroy. Nach seiner Angabe wurde beschlossen, Adeles Briefe zu verbrennen, der Verlobten des Kapitäns die ihren zurückzugeben, und zwar beides aus Anstandsgefühl, da diese Papiere für den Kriminalprozeß ohne Belang seien.

Auf die Frage des Staatsanwalts, welches der In-

halt der Liebesbriefe der Ermordeten gewesen, gab
Zeuge an, genau könne er es selber nicht angeben,
sie seien eben sehr zärtlich gewesen.

Dann stellte die Verteidigung die Frage, welchen
Eindruck der Fall Waldis' in Offizierskreisen gemacht, und erhielt die Antwort, man habe den Unglücklichen allgemein bedauert.

Der nächste Zeuge war der Restaurateur Majale.
Er gab an, am Abend des 4. Juni sei der Kapitän
Waldis in höchst aufgeregtem Zustand in sein Gast-
zimmer getreten und habe eine Tasse Fleischbrühe
verlangt, sie aber wegen seines Zustandes nicht zu
sich genommen. Auf seine Frage, ob die Fleischbrühe vielleicht zu heiß sei, habe ihm der Kapitän
nur ganz einsilbig geantwortet. Gleich darauf sei
derselbe weggegangen. Die Revolverschüsse hätten
ihn auf die Straße hinauszulaufen veranlaßt, da habe
es zuerst geheißen, der Kapitän hätte sich umgebracht, dann aber habe er gehört, daß Fräulein
Ducroy ermordet worden sei.

Mit größter Aufmerksamkeit folgten alle Anwesenden der Aussage des nächsten Zeugen, des Ber-
saglierikapitäns Pietro Lami. Er deponierte, er sei
der erste gewesen, dem Waldis seine Absicht mitgeteilt habe, die schöne, junge Römerin zu heiraten,
die in sehr angesehener, sozialer Stellung sich befinde. Zu Anfang des Jahres 1874 aber habe ihm
Waldis seine Liebe zu Fräulein Ducroy gestanden,

21*

mit dem Beifügen, sie habe über seine ältere Neigung den Sieg davongetragen. Später habe Waldis ihm darüber geklagt, daß Adele gegen ihn erkaltet sei und ihm den Leutnant Gliamas vorziehe. Waldis sei völlig außer Rand und Band gewesen und er, Zeuge, habe ihm dringendst ans Herz gelegt, seine Leidenschaft zu bezwingen und seine Beziehungen zu der Dame in Rom wieder anzuknüpfen.

Am Schlusse erzählte Lami, an dem unglücklichen 4. Juni sei Waldis in seine Wohnung gekommen und habe ihm vorgejammert, wie elend er sei. Er habe ihn den Puls fühlen lassen, und da habe sich gezeigt, daß derselbe ungemein stark und rasch geschlagen. Waldis habe über Trockenheit und Hitze in der Kehle geklagt und ein Glas Himbeerwasser in großen Zügen hinabgestürzt, dann sei er weggegangen, um, wie er sagte, bei Frau Cicconi sich um ein Quartier umzusehen, und habe sich mit ihm auf 7 Uhr abends auf der Piazza dei Giudici zusammenbestellt.

Staatsanwalt: „Erinnern Sie sich, ob Waldis, dessen ganzes Vertrauen Sie besaßen, als er zwei Stunden vor der Tat bei Ihnen war, sein blutiges Vorhaben in nichts verriet?“

Zeuge: „Ich erlaube mir, dem Herrn Staatsanwalt zu erwidern, daß, wenn Waldis mit mir über sein Unglück zu sprechen kam, er in mir den Freund fand, der ihn aufforderte, zu seiner Braut in Rom

324

zurückzukehren, daß ich aber, falls er von seinem
schwarzen Vorhaben gesprochen hätte, Mann genug
gewesen wäre, ihn auf jede Weise an dessen Ausführung zu hindern.“
Hierauf erbat sich der Verteidiger Pierantoni das
Wort und bedauerte, dem Zeugen eine delikate Frage
vorlegen zu müssen; er tue es nur, weil es seine
Pflicht als Verteidiger dringend fordere. Man suche
nämlich von gewisser Seite gegen Waldis dadurch
einzunehmen, daß man das Gerücht ausstreue, in
Offizierskreisen habe man gegen ihn eine Disziplinar-
untersuchung beantragt, während doch im Gegenteil
der Bataillonskommandant eine solche gegen den
Zeugen habe einleiten lassen, weil er die Tat in
Schutz genommen und das Ehrengericht den Zeugen
dann von aller Schuld freigesprochen habe.
Kapitän Lami erwiderte darauf, er wundere sich,
daß die Verteidigung diese rein militärische Frage
hier öffentlich anrege. Was übrigens den Vorgang
selber anlange, so habe er der Familie Ducroy einen
Kondolenzbesuch gemacht, sich dabei über die Gemütsstimmung seines Kameraden Waldis am Tage
der Tat ausgelassen, und das sei ihm derart falsch
ausgelegt worden, daß seine Vorgesetzten, wie das
eben ihre Pflicht gewesen, ein Ehrengericht berufen
hätten, welches dann jeden Zweifel beseitigt habe.
Der Präsident glaubte den Zeugen darüber beruhigen
zu sollen, daß seitens der Verteidigung seine Ehren-

haftigkeit in keiner Weise in Frage gestellt werde,
und fragte ihn dann, ob er sich erinnere, daß Herr
Ducroy ihm gegenüber ausgesprochen habe, er verzeihe Waldis.

Zeuge Lami erklärte darauf, am 5. Juni habe sich
ihm Herr Ducroy an der Leiche seiner ermordeten
Tochter in die Arme geworfen und sei unter Tränen
in die Worte ausgebrochen: „Bringen Sie Agostino
meine Verzeihung, möge ihm Gott ebenso verzeihen!“

Präsident: „Was können Sie über den Charakter
des Angeklagten und sein Vorleben angeben?“

Zeuge: „Waldis war von jeher im höchsten Grade
Gefühlsmensch und von einer gewissen Exzentrizi-
tät. Während er in Umbriati, einem Flecken in der
Provinz Catanzaro, in Garnison lag, erstieg er gelegentlich einer Jagdpartie mit Kameraden einen
Felsen, der vordem für unersteiglich galt. Er unternahm den Versuch mit Erfolg, aber auch mit Lebens-
gefahr. Die Landleute der Umgegend aber wußten
die Schwierigkeiten des Unternehmens so vollkommen
zu würdigen, daß die Felsspitze von ihnen seitdem
den Namen ‚Waldis‘ trägt.“

Herr Ducroy bestätigt die ihn betreffende Aussage
des Zeugen Lami und fügt bei, er habe den Kapitän
deshalb gebeten, Waldis seine Verzeihung zu über-
bringen, weil er geglaubt, derselbe werde seiner
Wunde erliegen.

Als nächster Zeuge ward der Bersaglierimajor Bosco
gerufen; er bat, sich wegen seines schwachen Ge-
dächtnisses schriftlicher Notizen bedienen zu dürfen.
Als darin aber auch vom Inhalt der Liebesbriefe der
Ermordeten die Rede war, legte die Verteidigung
dagegen Protest ein, betonend, nachdem die zum
Verlesen derselben beigezogenen Offiziere aus
ritterlichem Gefühle die Briefe verbrannt, sei es
durchaus unzulässig, sie nun, aus dem Gedächtnis
nachgeschrieben, zu veröffentlichen, und das um so
mehr, als die Verteidigung auch die Authentizität
der verbrannten Originale nicht zugeben könne.
Nach diesem Zwischenfalle fuhr der Zeuge in seiner
Deposition fort und erzählte, Waldis habe, als er
verwundet in die Kaserne geschafft worden, seine
Kameraden wiederholt und dringendst um einen Revolver gebeten, um seinem Leben ein Ende machen
zu können.
Der folgende Zeuge, Kapitän Becchis, traf kurz vor
der Tat mit dem Angeklagten im Goldenen Löwen
sammen. Waldis war ungeheuer aufgeregt, lehnte
die Teilnahme am Mittagessen ab, antwortete kurz
und einsilbig und schenkte dem Gespräch seiner
Kameraden keinerlei Aufmerksamkeit. Bezüglich
des Charakters des Angeklagten deponierte Zeuge
dahin, Waldis habe um jeden Preis in allem und
jedem der erste sein wollen. In Vallo di Lucania
habe er einmal behauptet, er sei imstande, 14 Kilo-

meter im Laufe zurückzulegen. Als das in Zweifel
gezogen wurde, habe er eines Tages, nachdem man vor
die Stadt gefahren, dort den Wagen verlassen, Hals-
binde und Säbel abgelegt und sei neben den Pferden
hergelaufen, schließlich aber habe er den Wagen
um 600 Meter überholt. Nach der Einnahme von
Gaeta, als die Armee noch auf dem Kriegsfuße gestanden, habe ihn plötzlich Heimweh nach Rom ergriffen und sei er innerhalb des ihm bewilligten
48stündigen Urlaubs unter dem Namen eines französischen Malers Roze von Gaeta nach Rom und
zurück gegangen, nicht ohne sich der größten Gefahr auszusetzen. Denn ward er in Rom erkannt,
so war Gefangenschaft sein Los, und verspätete er
sich, so ward er als Deserteur verurteilt.
Nach verschiedenen anderen Zeugen, deren Aussagen besonders Bemerkenswertes nicht enthielten,
ward der Leutnant Gliamas vorgerufen. Sein Erscheinen erregte die allgemeinste Aufmerksamkeit.
Im Laufe seiner Vernehmung gestand Zeuge, er
habe allerdings für Adele Ducroy Neigung empfunden, aber doch nicht in dem Grade, um die Dame
einem andern streitig zu machen. Wäre er der
Forderung, die Waldis an ihn gestellt, entgegen-
getreten, so hätte er sich als Mann von Ehre auch
verpflichtet gefühlt, um die Hand der allgemein ge-
achteten jungen Dame anzuhalten. Einmal habe ihm
Waldis einen kleinen Streifen Papier vorgewiesen,

328

worauf von Adeles Hand: „Ich liebe dich! Ich liebe dich!" geschrieben gewesen.

Die Verteidigung stellte an den Zeugen die Frage, ob Waldis wirklich seine Eifersucht bis zu dem Grade getrieben, daß er ihn gebeten, er solle nicht an das Fenster kommen, das der Wohnung der Familie Ducroy gegenüberlag, und der Zeuge bestätigte das mit dem Beifügen, er habe der Bitte des Angeklagten auch entsprochen.

Der nächstfolgende Zeuge, Leutnant Costantini, wußte nichts weiter anzugeben, als daß ihm der Angeklagte am 25. Mai einige Briefe mit dem Ersuchen übergeben, sie an ihre Adresse zu befördern, falls er am nächsten Tage nicht zurückkäme. Er habe geglaubt, es handle sich um ein Duell, und zwar um so mehr, als Waldis ihm Vorsicht empfohlen. Am 4. Juni sei Waldis zu ihm gekommen und habe seinen Revolver entlehnt. Auf Befragen der Verteidigung deponierte Zeuge ferner, gegen Ende des Monats Mai habe es geschienen, Waldis suche sich zu zerstreuen, er habe aber einmal mitten unter dem Kartenspiel starr vor sich hin geblickt und dann mit den Worten: „Du Esel! Du Esel! Du Esel!" sich vor die Stirn geschlagen.

Der nächste Zeuge, Kapitän Bandini, gab an, Waldis habe ihn einmal auf dem Bahnhofe zu Rom seiner Braut vorgestellt, einer schönen Dame von distinguiertem Äußeren. Im Mai aber habe er Waldis

in Sora, wo derselbe damals in Garnison gelegen,
besucht und von ihm von der unwiderstehlichen
Leidenschaft für das Fräulein Ducroy gehört.
Dabei sei Waldis in krampfhaftes Weinen ausgebrochen. Er habe in seinem ganzen Leben noch
nie einen Mann so tief ergriffen gesehen.
Der Zeuge Kapitän Casati deponierte, der Oberst
Robandi habe ihn einen Brief des Angeklagten lesen
lassen, worin derselbe schrieb, er sei auf dem Punkte,
seiner Leidenschaft zu erliegen. In einer Nachschrift desselben Briefes hieß es, es bleibe ihm nichts
übrig, als sie und sich ums Leben zu bringen. Am
Tage vor der Tat habe der Angeklagte von ihm und
mehreren anderen Kameraden verlangt, ihm einen
Revolver zu leihen, es sei ihm das aber im Hinblick auf dessen hochgradige Gemütsaufregung abgeschlagen worden.
Mit dem folgenden Zeugen Del Vecchio, dessen
Tätigkeit als Vermittler der Korrespondenz des Angeklagten mit Fräulein Ducroy bereits erwähnt wurde,
schließt die Reihe der Belastungszeugen, während
der Kapitän Trenta seinerseits die Reihe der von
der Verteidigung vorgeschlagenen Entlastungszeugen
eröffnete.
Er bezeichnet den Angeklagten als einen durchaus
ehrenwerten Charakter, als ungemein leicht emp-
fänglich für Eindrücke jeder Art, als leicht für
einen Gegenstand enthusiasmiert, wenig tolerant und

außerordentlich reizbar. Zum Belege dafür teilte
Zeuge nachstehende Tatsachen mit:

Nach der Schlacht von Castelfidardo kampierte das
Regiment, bei dem der Angeklagte stand, am Ufer
des Chienti, und Waldis hatte in der Richtung von
Macerata vorzugehen. Hierbei stieß er auf eine
Abteilung Nationalgarde, welche ihn für einen
Schweizeroffizier des Generals Lamoricière hielten
und aufforderten, sich zu ergeben. Waldis sah zwar
sofort, daß es sich nur um ein Mißverständnis handle,
aber war zu stolz, die nötige Aufklärung zu geben,
und entging dem Tode nur durch einen glücklichen
Zufall.

Die Mittel zu dem bereits erwähnten gefahrvollen
Marsche von Gaeta nach Rom und zurück mußte
Waldis durch ein Darlehen gewinnen, das er auf
die Stunde heimzahlte, obschon er sich deshalb Ent-
behrungen auflegen mußte, die vielleicht außer ihm
kein anderer ertragen hätte.

In Sorrento machte Waldis mit einigen Damen einen
Ausflug zu Pferde. Unterwegs geriet er in Streit
mit einem Herrn und es kam zur Forderung. Waldis
nahm dieselbe bereitwilligst an, schlug aber ein Duell
mit einem geladenen und einem ungeladenen Pistol
vor, an welchem er so fest hielt, daß sein Gegner
sich zurückzog.

Nach Eintritt des nächsten Zeugen, Leutnant Salta-

relli, erhob sich der Angeklagte mit der Bitte, man
möge von Feststellung derartiger Momente aus
seinem Leben abstehen, die völlig nutzlos sei und
ihm als Eitelkeit ausgelegt werden könnte. Da indessen die Verteidiger anderer Ansicht waren, wurde
die Zeugenvernehmung in dieser Richtung fortgesetzt
und zunächst der Zeuge Saltarelli in bezug auf ein
anderes Duell vernommen. Der Hergang war folgender: Im Jahre 1865 hatte die „Gazzetta del
Popolo“ von einem Bersaglierioffizier berichtet, der
in einen Handel verwickelt worden sei. Der Angeklagte hörte durch Saltarelli, daß jener Offizier
bei den Grenadieren stehe und begab sich alsbald
in das Gastlokal, in welchem der größere Teil der
Grenadieroffiziere zu frühstücken pflegte, und erhob ihnen gegenüber solche Remonstrationen, welche
ein Duell unter sehr scharfen Bedingungen nach sich
zogen. Waldis verwundete seinen Gegner, wollte
sich aber auch jetzt noch nicht zufrieden geben,
weil dieser nicht mit der nötigen Ruhe vorgegangen,
und Waldis bekam ein zweites Duell, das, obwohl er
inzwischen nach Sizilien versetzt worden war, statt-
finden sollte und sicher stattgefunden hätte, wenn
sein Gegner nicht bei Astoya gefallen wäre.
Ein anderes Mal lag Waldis in Oietragalla in Kala-
brien in Garnison, woselbst der Brigantaggio derart
überhandgenommen hatte, daß kein Offizier anders
als im Dienst die Ringmauern der Stadt verlassen

durfte. Gleichwohl unternahmen Waldis und ein paar seiner Freunde zu Wagen einen Ausflug nach einem benachbarten Dorfe, wobei sie für den Fall eines Zusammentreffens mit Briganten ein ganzes Arsenal von Waffen mit sich führten. Die Partie blieb kein Geheimnis und trug den Teilnehmern Arrest ein.

Der Zeuge Bersaglierileutnant Tommaso Emmenegger wußte von einem Handstreich zu erzählen, den Waldis bei Salerno ausführte. Es war im Jahre 1865, als Waldis dort in Garnison lag. Es galt, dem Schmuggel an der Küste ein Ende zu machen. Eines Abends erfuhr Waldis, auf der Reede draußen liege eine mit Salz beladene Trabakel namens Maria Carmela, und das Salz solle eingeschmuggelt werden. Alsbald beschloß Waldis, die Trabakel wegzunehmen. Er bestieg mit drei Bersaglieris eine gebrechliche Barke und täuschte die Schmuggler durch allerlei Signale, so daß dieselben ihn und seine Leute für Freunde hielten. Im letzten Augenblick aber entdeckten sie ihren Irrtum. Im entscheidenden Augenblick nahm Waldis seinen Säbel zwischen die Zähne, schwang sich mittels eines von der Trabakel herabhängenden Seiles an Bord derselben und rief den Schmugglern zu, sie sollten sich augenblicklich ergeben. Und sie ergaben sich, obwohl ihrer vierzehn Mann waren.

Der Zeuge Accarisi, Verwalter des Hospitales Gesù
e Maria in Neapel, deponiert: Der Angeklagte habe
ihn oft besucht. Gegen Ende Mai sei ihm dessen
gänzlich veränderte Gemütsstimmung aufgefallen, er
habe oft und lange vor sich hingestarrt und sei in
Weinen und Schluchzen ausgebrochen. Lange habe
Waldis es nicht über sich gebracht, ein Geständnis
abzulegen und nur von einer Tatsache gesprochen,
die sich nicht mehr gutmachen lasse. Endlich aber
habe er seine unglückliche und leidenschaftliche
Liebe eingestanden und gebeten, ihm zu raten, wie
er ihrer Herr werden könne. Er, Zeuge, habe ihm
denn auch geraten, er solle nach Rom gehen und seine
Verlobte besuchen. Er habe ihn auch mehrmals ins
Theater mitgenommen, um ihn zu zerstreuen, aber
vergeblich. Auch habe er Waldis erklärt, er werde
demnächst nach Cassino gehen und ihn von dort nach
Rom begleiten. Er sei in der Tat in der Nacht
vom 3. auf den 4. Juni nach Monte-Casino gefahren und habe noch im letzten Augenblick vor dem
Abgang des Zuges daran gedacht, an Waldis zu
telegraphieren, es aber dann gleichwohl unterlassen
in der Erwägung, daß Waldis als Offizier ja ohne
Urlaub nicht weggehen dürfe.
Der folgende Zeuge war der Dr. Parisi, der den
Angeklagten behandelte, als sich dieser, um sich zu
töten, in den Abort stürzte. Seiner Aussage nach
war Waldis offenbar fest entschlossen, sich den Tod

zu geben; derselbe war infolge des Sturzes 45 Tage
in ärztlicher Behandlung.

Die feste Absicht des Selbstmordes bestätigte auch
der Oberaufseher des Gefängnisses in Kapua, Luigi
de Gennaro. Derselbe deponierte nämlich, daß der
Angeklagte fünf Tage hintereinander weder Speise
noch Trank zu sich nahm und sich wiederholte Male
mit der ganzen Wucht seines Körpers aus dem Bett
warf, um sich so zu töten. Der Lärm, den der Fall
gemacht, sei so groß gewesen, daß die übrigen Ge-
fangenen darüber zu schreien begannen und auf der
Straße einige Frauen riefen: „Der Kapitän hat sich
umgebracht!"

Auch dieser Zeuge nennt den Gemütszustand des
Angeklagten einen wahrhaft furchtbaren.

Der Zeuge Francesco Franco, der bei Waldis während seiner Krankheit als Wärter fungierte, sowie
der Vizedirektor des Gefängnisses deponieren in
gleicher Weise und fügen noch bei, die Aufregung
des Angeklagten sei eine so hochgradige gewesen,
daß man sich, um demselben den Selbstmord unmöglich zu machen, genötigt gesehen, alle Gegenstände aus Metall zu entfernen. Gleichwohl habe
Waldis wiederholt versucht, sich zu töten.

Nachdem weiterhin durch Verlesen offizieller Akten-
stücke festgestellt worden, was oben bereits über
die militärische Laufbahn des Angeklagten mitgeteilt

ward, erteilte der Präsident des Gerichtshofes dem
Staatsanwalt das Wort zur Anklage.

Dieser erinnerte im Eingange seiner Rede daran,
daß Herr Ducroy am Tage nach der Ermordung
seiner Tochter durch den Kapitän Waldis diesen
habe seiner Vergebung versichern lassen, weil er
geglaubt, Waldis sei dem Tode verfallen. Er habe
gewünscht, der Angeklagte möge in Frieden sterben.
Dieser aber lebe noch und sei für sein Verbrechen
verantwortlich. Jene Verzeihung des tiefgekränkten
Vaters seines Opfers könne dem guten Rechte der
menschlichen Gesellschaft, den Schuldigen der wohl-
verdienten Strafe zu unterziehen, keinen Abbruch
tun. Tausende von Müttern erwarteten den Schuld-
ausspruch der Geschworenen, der ihnen den Schutz
ihrer Töchter gewährleiste, das gleiche erwarte des
Angeklagten verratene Braut in Rom und das Andenken der gleich einer zarten Blüte hingeknickten
Adeline Ducroy. Er wies darauf hin, welch tiefen
Eindruck der Tod derselben in allen Kreisen des
italienischen Volkes gemacht, aber er gedachte auch
nicht minder der Verdienste, die sich der Mörder
um das Vaterland erworben, um den Geschworenen
weiterhin ins Gedächtnis zu rufen, daß sie Richter
seien und als solche Recht zu sprechen, nicht Gnade
zu üben hätten.

Er werde kein Wort der Mißachtung gegen den
Angeklagten aussprechen, dessen Leben bis zu jener

unglückseligen Stunde makellos und reich an Verdiensten gewesen. Als Mensch und Staatsbürger könne er nur tief bedauern, daß er nicht von der Kugel eines Kroaten auf dem Schlachtfelde gefallen, als Beamter aber werde er dessen Verbrechen mit dem ganzen Ernste eines hohen Pflichtgefühls darlegen.

Dann auf des Angeklagten Liebe zu Adele Ducroy übergehend, meinte der Staatsanwalt, man dürfe dieselbe nicht zu hoch anschlagen, denn sie habe jeder Existenzberechtigung entbehrt.

Waldis habe in seinem Verhör den Ausdruck gebraucht, er habe geliebt, um zu lieben. Das scheine ihm bei einem Manne, der bereits die Hälfte seines Lebens und damit die Zeit rascher und stürmischer Leidenschaften hinter sich habe, geradezu kindisch. Und selbst Adele habe ihm mit ihrem Geständnis: „Ich liebe dich!" kein Recht gegeben, Liebe da zu sehen, wo keine war.

Adele sei nichts gewesen als ein unerfahrenes Kind, das sich selber nicht kannte und das die Bedeutung gewisser Worte nicht zu würdigen verstand, die ihr die kindische Begier nach Neuem auf die Zunge legte. Sie sei von ihren Eltern noch zur Schule geschickt, mithin noch als Kind betrachtet worden; der Oberst Robandi habe ihre kurzen Liebesbriefchen als Kopien aus Liebesgedichten bezeichnet.

22 Der Mord.

Kurzum, er meinte, Adeles Lippen seien noch von der Muttermilch feucht gewesen.

Das Benehmen des Angeklagten, der die Gastfreundschaft der Familie Ducroy dadurch mißbrauchte, daß er, obwohl ohne zur Verehelichung zureichendes Vermögen zu besitzen, ein Liebesverhältnis mit der Tochter angefangen, sei nichts weniger als zu rechtfertigen. Seine Mittellosigkeit habe die Eltern auch mit Grund dazu veranlaßt, von ihrer Tochter den Bruch mit Waldis zu fordern, und deshalb habe auch die Eifersucht des Angeklagten der Berechtigung entbehrt.

Der Redner gedachte dann des Charakters des Angeklagten und seiner daraus entspringenden Handlungsweise, seiner Duelle, seiner Ersteigung jener Felsspitze, der Wegnahme des Trabakels usw., er erinnerte an die Aussagen der Zeugen, wonach er überall habe der erste sein wollen und knüpfte daran die Folgerung, daß Waldis durch die Hartnäckigkeit seiner Gemütsart und durch seinen zügellosen Hochmut zum Verbrechen getrieben ward. Dieser Hochmut machte ihn glauben, was er wolle, könne er auch erreichen. Von dem Augenblicke an, in welchem er es sich in den Kopf gesetzt, das schönste Mädchen in Kapua müsse sein werden, habe er Gliamas gequält und Adele die Verpflichtung auferlegt, ihn zu lieben, während er im Grunde selbst

338

über sein eigenes, bereits einem anderen Mädchen geschenktes Herz nicht mehr verfügen konnte.

Der Angeklagte habe Adele nie geliebt, denn es gebe keine Liebe ohne Hochachtung. Daß er sie aber nicht geachtet, das erhelle aus seinem Benehmen gegen sie, als sie auf Geheiß ihrer Mutter ihn gebeten, er möge sich zurückziehen und aus seinen damaligen Worten, in einem solchen Falle könne nicht länger von Liebe die Rede sein. Nach seiner Ansicht sei Adele, wenn sie ihn nicht geliebt, eine Kokette gewesen. Liebte sie ihn aber, so war doch die Ehe aus äußeren Gründen eine Unmöglichkeit, und darum blieb nichts übrig als der Selbstmord.

Ein Mann habe die Verpflichtung, seinen schlimmen Leidenschaften Zügel anzulegen. Nicht von Liebe sei der Angeklagte erfüllt gewesen, sondern von der Selbstsucht der Liebe, und diese Selbstsucht sei zur Mutter des Verbrechens geworden. Waldis habe nicht in der ersten Aufwallung der Leidenschaft einen Mord begangen, sondern die Absicht, denselben zu begehen, lange Zeit in sich getragen. Das gehe aus seinem eignen Geständnis wie aus der eigens zu diesem Zweck unternommenen Reise von Cassino nach Kapua zur Genüge hervor, nicht minder daraus, daß er öfter nach dem Balkon der Familie Ducroy gesehen, daß er seinem Opfer in der Osteria Majale aufgelauert, sowie aus dem Umstande, daß er noch in dem seiner schrecklichen Tat unmittelbar vorausgegangenen Augenblicke so viel Kaltblütigkeit besaß, sich eine Tasse Suppe zu bestellen, um sich zur Tat zu stärken. Angesichts dieser Umstände müßten die Geschworenen den Angeklagten des vorbedachten Mordes schuldig erklären. Mancher von ihnen werde durch die Straße dei Giudici zu Kapua gehen, in der die arme Adele ermordet worden, mancher von ihnen werde am Allerseelentage den dortigen Kirchhof besuchen, und er wünsche nicht, daß ihnen dann Geisterstimmen ins Ohr flüsterten: „Adele Ducroy hat keinen Rächer gefunden."

Unter atemloser Stille des Publikums begann die Verteidigung. Sie wolle nicht mit lügnerischer Beredsamkeit die Unparteilichkeit der Geschworenen in Versuchung ziehen, noch mit Argumentationen, die mit dem Falle nichts zu schaffen hätten. Sie werde nichts tun, als mit mathematischer Sicherheit die sich aus den Akten ergebenden Schlüsse ziehen und den Geschworenen die Vorgänge des innersten Seelenlebens des Angeklagten darlegen, wie es den Anforderungen der Wahrheit und Gerechtigkeit entspreche.

Um aber das zu tun, müsse sie die leidenschaftliche Anklage der Staatsbehörde widerlegen, welche, der Begründung ihrer Sache bis zum letzten Moment ungewiß, sich gedrängt gefühlt habe, die Geschworenen zur Rache für die verratene Verlobte, für die unglückliche Tote aufzustacheln und zu behaupten, werde Waldis nicht bestraft, so sei kein junges Mädchen mehr ihres Lebens sicher.

Was die von Waldis verlassene Braut anlange, so erinnerte die Verteidigung an deren wunderbaren Brief vom 7. Juni. Das liebende Weib habe gefühlt, daß der Mann, der ihr Treue geschworen, sie verlassen, sie gestehe zu, daß sie von Eifersucht erfaßt sei auf eine andere, und gleichwohl habe sie resigniert, fordere nichts mehr für sich, wolle nur, daß der Mann ihrer unauslöschlichen Liebe sich glücklich und beruhigt fühle. Gegenüber so edeln und wahrhaft hochherzigen Gefühlen habe die Staatsanwaltschaft kein Recht, derselben Dame unedle Rachsucht zuzuschreiben.

Und wenn der unglückliche Vater der Ermordeten, an der Leiche seiner geliebten Tochter stehend, deren Mörder seine Verzeihung schicke, so habe die Staatsbehörde kein Recht, dieser nicht minder edlen Handlung irgend andere Motive unterzulegen und zu behaupten, die Geschworenen hätten die Pflicht, den tiefverletzten Vater zu rächen. Wo verziehen worden, könne nicht mehr von Rache die Rede sein. Freilich seien alle von dem unseligen Ende des armen Mädchens aufs tiefste ergriffen, und es sei eine unleugbare Tatsache, daß Waldis infolge eines außerordentlichen Zufalls noch am Leben sei. Aber nehme man dagegen an, die Kugel habe Adele ge-

fehlt, sie sei unversehrt und sähe zu ihren Füßen
den Leichnam eines Mannes von ungewöhnlichem
Mute, von hohen Verdiensten um das Vaterland und
dabei das Opfer verführerischer Liebesverheißun-
gen: ihr Leben wäre fortan für sie ein liebeloses
gewesen. Im Antlitz eines jeden Mannes träten ihr
die blutüberströmten Züge des Selbstmörders entgegen. Alle Frauen Italiens würden das unerfahrene
Mädchen verurteilen, das einen in den großen Kämpfen des Lebens erprobten Mann zu einem so schrecklichen Ende gebracht.

Und wenn der Staatsanwalt von der Gefahr spräche,
die im Falle der Freisprechung des Angeklagten allen
Mädchen des Landes drohe, so müsse darauf er-
widert werden, die beste Sicherheit für dieselben läge
darin, daß ihnen ihre Mütter klarmachten, wie bedenklich es sei, Liebeshoffnungen zu erwecken,
denen ewige Treue nicht entspreche.

Von einem vorbedachten Morde könne keine Rede
sein, derselbe setze die Absicht und die Tatsache
der Tötung eines andern voraus, aber auch die Absicht, das eigene Leben zu erhalten. Beim nicht
gelungenen Selbstmord in Verbindung mit einem
Morde aber wolle der Täter nicht bloß dem fremden Leben ein Ende machen, sondern auch dem
eigenen und damit seiner Verzweiflung. Der Mörder will sein Opfer überleben und seine Rache genießen, mag es sich um pekuniären Gewinn, um

alten Haß oder ein anderes Motiv handeln. Der
Selbstmörder dagegen hat nicht die Absicht, länger
zu leben und die Früchte seiner Rache zu genießen;
sein eigenes Leben ist ihm zum Ekel, und darüber
achtet er auch das fremde nicht mehr. Kein Mensch
in der Welt werde behaupten wollen, daß ein Mann,
der so von Eifersucht gepeinigt gewesen wie der
Angeklagte, bei vollem Bewußtsein und bei voller
Freiheit des Willens gewesen.
Und welche Leidenschaft sei es gewesen, die ihn
um Bewußtsein und Willensfreiheit gebracht? Erwiderte Liebe! So auch bei Waldis, der, in bezug
auf sein Opfer betrachtet, Abscheu und Furcht er-
rege, im Lichte der Wissenschaft aber nichts anderes
sei, als einer der von der Liebe Verblendeten und
um den Verstand Gebrachten, welche nichts mehr
von Gott und der Welt wissen und von sich selber
wissen und, um ihren Gedanken und ihrem Jammer,
der Zeit und dem Raume zu entfliehen, sich ins
Unendliche flüchten.
Die Geschichte verzeichne eine ungeheure Menge
aus Eifersucht begangener blutiger Taten. Die Eifersucht verwandle Liebe in Haß, Hoffnung in Ver-
zweifelung und führe zu krankhaften Vorspiegelun-
gen und zum Selbstmord. Die Eifersucht Othellos
sei in aller Mund, und Autoritäten wie Morel, Tardieu, Esquirol, Fodere, Marc, Revergie, Tagliabue,
Gandolfi, Brierre de Boismont u. a. wiesen nach,

wie oft Eifersucht zum Selbstmord führe und wie oft Eifersüchtige den Entschluß fassen, mit sich auch die Geliebte zu töten. Selbstmord aber schließe allezeit Bewußtsein und Freiheit aus und setze eine geistige Störung voraus.

Die Verteidigung könnte es sich bequem machen und darauf hinweisen, daß die alte gerichtliche Medizin jeden Selbstmörder kurzweg einen geistig Gestörten nannte, weil es geradezu unvernünftig sei und im Widerspruch mit dem natürlichen Triebe zum Leben, seinem Dasein ein Ende zu machen. Die Verteidigung wolle das aber nicht, sondern den Geschworenen die Ergebnisse der neuen Wissenschaft vorlegen und ihnen so die Mittel an die Hand geben, ein gerechtes Urteil zu fällen.

Alle modernen Fachschriftsteller seien der Ansicht, daß man, um einen Selbstmord richtig zu beurteilen, möge damit der Mord an einem andern verbunden sein oder nicht, alle speziellen Umstände genau ins Auge fassen müsse, denn nicht jeder Selbstmord beruhe auf geistiger Störung.

So habe sich Filippo Strozzi nach seiner Gefangennehmung durch den Großherzog Cosimo I. getötet, um der Gefangenschaft ein Ende zu machen und der Tortur zu entgehen, welche ihn möglicherweise wie Juliano di Gandi zum Verräter an seinen Freunden machen konnte. In diesem Falle sei der Selbstmord bei völlig ungetrübtem Verstande und aus Zweckmäßigkeitsgründen erfolgt.

Dasselbe gelte vom Selbstmorde des Kaisers Otho, der, von Vitellius besiegt, ohne Zustimmung seiner Armee keine neue Schlacht schlagen wollte. Sueton, welcher als Tribun in der 13. Legion stand, erzählte die letzten Augenblicke des Kaisers in der Weise, welche jeden Gedanken an Beeinträchtigung des freien Willens ausschließe, vielmehr unzweifelhaft ersehen lasse, daß Otho sein eigenes Leben hingegeben, um das vieler tausend Tapferer zu retten. Daß man mit vollem Bewußtsein und unbeeinträchtigter Willensfreiheit einen Selbstmord begehen könne, das zeige sich an denen, welche die Französische Bank um mehrere Millionen zu berauben sich vorgenommen hatten, aber auch entschlossen waren, sich eine Kugel durch den Kopf zu jagen, wenn ihr Unternehmen fehlschlüge.

Andererseits führte die Verteidigung aber auch zahlreiche Fälle von Selbstmord an, welchen geistige Störung zugrunde lag und die jede Willensfreiheit ausschließen, wie z. B. der Selbstmordversuch des eiteln Simon, der über dem Gedanken, er könne es nicht zur Berühmtheit bringen, zum Narren geworden.

An der Hand englischer, französischer, belgischer und italienischer statistischer Zusammenstellungen wies der Verteidiger dann nach, daß die meisten

Selbstmorde im Alter von 30 bis 40 Jahren und in
den Monaten Juni und Juli vorfielen und namentlich
aus Eifersucht und hoffnungsloser Liebe verübt
würden und dann häufig mit der Ermordung eines
andern verbunden seien.

Alle diese Einflüsse: des Alters, der Jahreszeit und
der Leidenschaft, trügen dazu bei, die Zurechnungsfähigkeit zu stören.

Dann entwickelte der Redner mit ebensoviel Scharf-
blick als Beredsamkeit die Theorie von der vorüber-
gehenden Geistesstörung und von der unwiderstehlichen Gewalt. Ohne Bewußtsein und Willensfreiheit gebe es keine Zurechnungsfähigkeit, und unter
unwiderstehlicher Gewalt sei nicht bloß äußere, d. h.
mechanische Gewalt zu verstehen, die von einem
Dritten angewendet werde, die den Vergewaltigten
gleichsam zum Werkzeug dieses Dritten mache, sondern auch die gewaltsame moralische Einwirkung
mittels Drohungen und die innere Gewalt, wie der
Trieb des Wahnsinnigen, etwas zu tun. Denn es
widerstrebe der Kriminalphilosophie, anzunehmen,
es bestehe da eine Verantwortlichkeit, wo keine Freiheit des Willens besteht.

Weiterhin kam der Redner darauf zu sprechen, in
wie glückseliger Stimmung Waldis sich befunden,
als er die Familie Ducroy kennen gelernt: stand er
doch im Begriff, eine Liebesheirat abzuschließen!
Zuerst habe er Adele als Kind und mit vollkommener

Gleichgültigkeit behandelt. Aber Adele war von mehr als gewöhnlicher Schönheit, ein Strahl der Sonne hatte ihr das schönste blonde Haar gegeben, das tiefe Blau der italienischen Meere strahlte aus ihren Augen, sie stellte jedes Mädchen neben ihr in Schatten. Im Frühling ihres Lebens glich sie einem Schmetterling, der zwischen Blumen hin und her gaukelt. Mit siebzehn Jahren aber wußte Adele Ducroy durch die Stimme ihres Herzens, was Liebe ist und wie die Natur erwacht.

Der Verteidiger verlas den Artikel 54 des Bürgerlichen Gesetzbuches für das Königreich Italien, welches Mädchen die Eheschließung mit fünfzehn Jahren erlaubt, erinnerte daran, daß das alte neapolitanische Gesetz selbe mit zwölf Jahren zulässig erklärt und daß das Kirchenrecht die gleiche Bestimmung enthalte. Dabei erregte er durch eine treffende Bemerkung über die Worte der Anklage: „Adele sei noch ein Kind gewesen, dem die Muttermilch an den Lippen gehangen", die Heiterkeit des Publikums.

Wenn die Staatsbehörde der Ansicht sei, Waldis habe gar kein Recht gehabt, das Fräulein Ducroy zu lieben, so sei das eine ganz eigentümliche Ansicht. Er sei der Freund des Hauses gewesen, und man sage bekanntlich, Freundschaft sei halbe Liebe. Er habe keinen Verrat an der Gastfreundschaft begangen, weil alle Ehen und alle Liebesverhältnisse aus dem Verkehre entspringen. Das Hindernis des Mangels an zureichendem Vermögen sei keineswegs ein unübersteigliches gewesen; denn bei Waldis wäre es bei seiner vielseitigen Bildung und seiner Ausdauer keiner Schwierigkeit unterlegen, nötigenfalls die militärische Laufbahn aufzugeben und zum Geschäftsleben zurückzukehren, das er vordem aus Liebe zum Vaterlande und zum Waffenhandwerk verlassen, und so den Besitz des geliebten Weibes durch Arbeit zu adeln.

Auch dürfe man nicht übersehen, daß die Familie Ducroy von Waldis nie entschieden gefordert habe, er solle sich zurückziehen.

Übrigens habe Waldis in der Tat Grund zur Eifersucht gehabt, denn Gliamas habe in loyalster Weise zugegeben, daß es zwischen ihm und dem reizenden Mädchen zum Austausche zärtlicher Worte gekommen. Und Othello sei durch ein bloßes Taschentuch, das Desdemona Jago gegeben, zum Entschlusse getrieben worden, sein geliebtes Weib und sich selbst zu töten.

Angesichts so vieler Fälle von Eifersucht gehe die Anklage zu weit, wenn sie behaupte, Waldis habe Adele gar nicht geliebt, bloß deshalb, weil er sich von einer anderen geliebt wußte. Habe doch auch Romeo vor Julien Roselina geliebt. Die Gewalt und Glut der Leidenschaften und die Verschiedenheit ihrer Charaktere seien bis zur Stunde unlösbare Rätsel geblieben.

Am 25. Mai endlich beschloß Waldis, nachdem Del Vecchio ihm die letzte Hoffnung auf die Rückkehr Adeles genommen, sich zu töten. Dieser Vorsatz sei in seinen Briefen an seine Freunde und an seinen Obersten aufs deutlichste ausgesprochen, und Tardieu und viele andere Fachleute heben ausdrücklich hervor, wie Selbstmörder gewöhnlich sich dem Andenken ihrer Freunde zu empfehlen bestrebt seien, und in dem Ausdrucke dieses Verlangens liege ein beachtenswerter Beweis für die Unsterblichkeit der Seele. Bis zum 25. Mai habe Waldis noch nichts gegen Adele im Schilde geführt, denn in einem vor diesem Tage geschriebenen Briefe findet sich die Stelle: „Adele wird blutige Tränen vergießen.“ Aber nur Lebende könnten weinen, und das Wörtchen „wird“ weist darauf hin, daß Adele das traurige Ende des Mannes überleben sollte, der sie vergötterte.

Alle Schriftsteller im Gebiete der Seelenheilkunde bemerkten, daß eins der untrüglichsten Heilmittel gegen unglückliche Liebe das Verlassen desjenigen Ortes sei, an welchem man die ersten Freuden der hinterher unglücklichen Liebe genossen.

Für Waldis sei alles zum Unglück ausgeschlagen. In Cassino war die Flamme entbrannt, dort hatte ihn die Liebe des reizendsten Mädchens beglückt, und nach Cassino kam er, die Qual nicht mehr erwiderter Liebe im Herzen, in Garnison zurück.

Und daran anknüpfend, malte der Verteidiger mit beredten Worten zwei Skizzen: die des Herbstes 1873 und seiner Liebeshoffnungen für Waldis und die des Frühlings 1874 mit seinen Enttäuschungen. Waldis aber habe den Kampf mit seinem Geschick aufnehmen wollen, mit der unwiderstehlichen Gewalt seiner Eifersucht, welche ihn dem Tod in den Arm werfen sollte, aber nicht allein, sondern mit ihm das geliebte Mädchen.

Waldis sei am 4. Juni von seinem Garnisonsorte abgegangen und habe er möglicherweise im Augenblick der Abreise seinem Briefe an Casati jene Nachschrift beigefügt, welche ankündigt, daß er nicht bloß sich, sondern auch die Geliebte töten wollte. Er sei offenbar in der Absicht weggegangen, sich das Leben zu nehmen. Auf dem Bahnhofe sei er dem Leutnant Gliamas begegnet und ein paar mit ihm gewechselte Worte hätten hingereicht, seinen Schmerz aufzufrischen. Aber diesmal sei er vom Fieber befallen, der Bahnhof zu heiß gewesen, und so habe seine Raserei den Gipfelpunkt erreicht. So sei er in Kapua angekommen. Wer einen Mord begehen will, der suche keine Kameraden auf, der vergieße keine Tränen. — Die fixe Idee, der Ekel am Leben seien durch die schönen, aus dem Herzen kommenden Worte seines Freundes Lami nicht beseitigt worden;

ein Glas Wasser habe das Fieber nicht vertrieben, der Name Roms keine Gewalt mehr über sein Herz, die Erinnerung an die Seinen für ihn keinen Wert mehr gehabt.

In solchem Gemütszustande habe er Lami verlassen und sich zu Signora Ciccone begeben. Und zu welchem Zwecke? Kein Mensch habe es sich erklären können. Die Signora habe sich über den Zustand ihres Freundes in so hohem Grade entsetzt, daß sie ihn geradezu bat, sie zu verlassen. Waldis habe um Wasser gebeten, um sich das Gesicht zu kühlen. Gleichwohl sei sein Antlitz glühend geblieben, denn sein Blut sei nach wie vor mit Ungestüm nach dem Gehirn geströmt. Dann sei er in die Osteria Zum goldenen Löwen gegangen. Und warum? Er habe dort Freunde und Kameraden getroffen, sich aber nicht an ihren Tisch gesetzt und ihnen nur ganz einsilbig geantwortet. Ihre jovialen Scherze, ihre Erzählungen aus glücklicher Vergangenheit seien so wenig an sein Herz gedrungen, als ihre Besorgnisse für die Zukunft. Und von da sei er in die Osteria Majale und habe Suppe bestellt, aber er habe keinen Tropfen hinuntergebracht.

In einem solchen Zustande sei von freier Willensbestimmung dessen, der einen Mord beschließt, keine Rede mehr. Man morde im Dunkel der Nacht, in einem versteckten Winkel, nachdem man alles vorbereitet, sich in Sicherheit zu bringen, aber man begehe einen Mord nicht bei hellem Tage, nicht gewissermaßen in der Mitte seiner Freunde, und man vergieße vor demselben auch keine Tränen.

Aber man sage, Waldis habe auf die Uhr gesehen und nach dem Balkon der Familie Ducroy hinaufgeschaut. Wer aber, wer könne sagen, ob, wenn sich Adele auf dem Balkon gezeigt, wenn sie für den Mann, den sie so gar unglücklich gemacht, auch nur einen einzigen Blick gehabt hätte, ob nicht dann sich sein Ekel am Leben in neuen Glauben und in neue Sehnsucht verwandelt hätte?

Es sei nachgewiesen, daß Waldis keine Freiheit des Urteils und der Selbstbestimmung hatte, daß er geistig gestört war, und darin liege auch der Beweis, daß er gar nicht imstande gewesen, das Vorhaben eines Mordes zu überlegen und seinem Opfer nachzustellen.

Es könne keine Rede sein von einem lange und wohlausgedachten und kalten Blutes vorbereiteten Morde in einem Zustande völliger Gemütszerrüttung und überströmender Leidenschaft wie der, welche die Medea des Euripides und den Othello Shakespeares zu überall geltenden Typen gemacht. Und daß Waldis noch jetzt seine freie Selbstbestimmung nicht wiedererlangt, das bewiesen, meinte der Verteidiger, seine wiederholten Selbstmordversuche und seine häufig wiederkehrenden Wutanfälle. Wer nicht im Besitze seiner Willensfreiheit, der sei auch nicht verantwortlich. Allerdings habe Waldis dermalen den Gedanken an Selbstmord aufgegeben, und es erhelle daraus, daß der Lebenstrieb in ihm wieder den Sieg über die fixe Idee davongetragen, aber das beweise nur, daß er von dieser geheilt worden, wie auch der Abscheu vor seiner Tat dafür spreche, daß er sich wieder im vollen Gebrauche seiner geistigen Kräfte befinde.

Ähnliche Fälle wie der vorliegende seien anderwärts wiederholt vorgekommen. So habe das Schwurgericht von Paris ein armes Mädchen freigesprochen, das sich mit ihrem Kinde in die Seine gestürzt, als sie ihren Verführer mit einer anderen zur Trauung gehen sah, obschon das Kind ertrunken. Ein französischer Sergeant, namens Dremont, habe eine öffentliche Dirne geliebt und derselben aus Eifersucht verboten, die Besuche eines seiner Kameraden anzunehmen und dann, als sie dieser Weisung nicht nachkam, sie getötet und sich selbst töten wollen. Letzteres aber sei ihm nicht gelungen, man habe ihn dann wegen Mordes vor Gericht gestellt, die Geschworenen aber hätten ihn freigesprochen. Und im Jahre 1838 sei ein gewisser Nicola Cavalli, Maler aus Chieti, der aus Eifersucht seine Geliebte ermordet und dann einen verunglückten Selbstmordversuch gemacht, von Ferdinand II., dessen Strenge doch genugsam bekannt, begnadigt worden.

Hätte die zweite Kugel des Angeklagten nicht zu

23 Der Mord.

wenig Kraft gehabt, so stände derselbe heute überhaupt nicht vor den Geschworenen. Wäre geschehen, was er angestrebt, so würde er der Gegenstand der allgemeinsten Teilnahme geworden sein; da sein Vorhaben durch einen Zufall mißlungen, müsse er sich wegen Mordes verantworten. Das sei ein Widerspruch, gegen den sich das öffentliche Rechtsbewußtsein sträube.

Er, Redner, streite nicht für das Leben oder die Freiheit seines Klienten; ein Mann, der so oft sich zu töten versucht, der sein Leben so oft für das Vaterland in die Schanze geschlagen, der dem Tode schon anheimgefallen war, der könne keine Sehnsucht danach haben. Für ihn könnte der Tod oder lebenslängliche Haft eher eine Wohltat und ein Ausruhen sein, ein Heilmittel gegen den Schmerz, nicht eine Strafe für ein Verbrechen. Waldis fürchte keine Strafe, er, der Sterben und den Todgeben als höchste Seligkeit betrachtet habe. Sein Verteidiger aber stehe auf einem anderen Standpunkte, er habe eine große gesellschaftliche Verpflichtung übernommen, und er sei sich der ganzen Größe dieser Aufgabe bewußt. Als Mensch müsse er sich dagegen erheben, daß sein Klient für eine Tat verantwortlich gemacht werde, die er in einem Zustande mangelnder Selbstbestimmung verübt, als sein Verstand Schiffbruch gelitten und Nerven und von wilder Leidenschaft glühendes Blut die Überlegung betäubt hatten, möge diese Tat

auch von der landläufigen Rechtsanschauung Mord
genannt werden.

Der Mutter des Angeklagten, dieser wahren Schmer-
zensmutter, möchte der Verteidiger den Sohn zurück-
geben, freigesprochen von aller Schuld bezüglich
einer Tat, die nicht ihn, sondern dem Fieber tobender
Leidenschaft imputiert werden müsse.

Der Staatsanwalt hielt in dreistündiger Rede seine
Anklage nach allen Seiten aufrecht, wenn er auch
zugab, nicht von dem Selbstmordversuche des Angeklagten gesprochen zu haben, der in der Tat als
Begleiter des an Fräulein Ducroy verübten Mordes
erscheine. Dann suchte die Staatsbehörde an der
Hand von Fachschriftstellern nachzuweisen, daß die
leidenschaftliche Eifersucht des Angeklagten denselben höchstens teilweise geistig gestört habe, aber
nicht in dem Grade, daß dadurch seine Zurechnungsfähigkeit aufgehoben worden sei. Habe Waldis doch
während der ganzen Dauer seiner leidenschaftlichen
Erregung nie eine seiner dienstlichen Obliegenheiten
vernachlässigt, habe er doch dem Vorsatze, sich und
Adele zu töten, schriftlichen Ausdruck gegeben und
sei er sich doch, wie aus seinen Verhören ersicht-
lich, auch hinterher aller Einzelheiten seiner verbrecherischen Tat noch vollkommen bewußt gewesen.
Möge den Angeklagten immerhin eine mildere Strafe
treffen, als das Gesetz verlangt, das öffentliche
Rechtsgefühl würde durch eine Freisprechung aufs
23 *

tiefste beleidigt werden. Wie trefflich auch von seiten der Verteidigung die Sache des Angeklagten vertreten worden, so müsse der Redner doch seinem
Zweifel darüber Ausdruck geben, ob viele ihrer glänzenden Nachweise auf das vorliegende Verbrechen
paßten. Und so möchten denn die Geschworenen
ihrer Pflicht gemäß urteilen und nicht vergessen,
daß über ihnen der Fluch der unglücklichen Mutter
des Opfers blutiger Leidenschaft schwebe.

Die Verteidigung antwortete ihrerseits mit juristi-
scher Klarheit und eindringlicher Wärme des Ge-
fühls.

Nachdem der Schwurgerichtspräsident dann noch
ein erschöpfendes Résumé der Sache gegeben, legte
er den Geschworenen sieben Fragen vor.

Dreiviertel Stunde blieben die Geschworenen im Beratungszimmer, dreiviertel Stunde harrten der Angeklagte, die Verteidiger, das Publikum und selbst
der Gerichtshof in höchster Spannung ihrer Wieder-
kehr entgegen. Dann öffnete sich die Tür, und die
Geschworenen erschienen wiederum im Saal. Aller
Augen hingen an ihren Mienen.

Und nun trat ihr Obmann vor und sprach, die Rechte
aufs Herz gelegt, mit fester Stimme:

„Auf Ehre und Gewissen! Der Wahrspruch der
Geschworenen auf die erste und zweite Frage lautet:
1. Hat Agostino Waldis am Abend des 4. Juni 1874

auf der öffentlichen Piazza dei Giudici in Kapua
einen Revolverschuß abgefeuert, der den sofortigen
Tod der Adele Ducroy herbeiführte?

Ja!

2. Sind Sie überzeugt, daß Waldis beim Abfeuern
dieses Schusses unter dem Einfluß einer unwiderstehlichen Gewalt stand, hervorgegangen aus eifer-
süchtiger Liebe?

Ja!"

Laute Beifallsrufe folgten trotz des Abmahnens des
Präsidenten diesen Worten.

Waldis hatte nur die Worte: „Mutter, meine
Mutter!" Der Schwurgerichtspräsident verkündete
ihm, daß er den Saal frei verlassen könne und schloß
die Sitzung.

Das war das Ende eines Prozesses, der in den Ge-
richtsannalen für alle Zeiten berühmt und vielleicht
einzig dastehen wird.